피아트룩스 5 - 카르페디엠 2부

초판 1쇄 발행 | 2018년 2월 12일

지은이 ⓒ 메르비스 2018
일러스트 ⓒ 나래 2018

교정교열 | 문보람
타이틀/목차 디자인 | 나래
캘리그라피 | 김덕수
표지 디자인 | 니시
표지 편집 | 서유미

펴낸이 | 김혜랑
펴낸곳 | (주)메르헨미디어
등록일자 | 2016년 12월 28일
등록번호 | 제 2016-000253 호
ISBN 979-11-88503-64-3 04810
ISBN 979-11-959956-1-5 (세트)

※ 이 도서의 국립중앙도서관 출판예정도서목록(CIP)은 서지정보유통지원시스템 홈페
이지(http://seoji.nl.go.kr)와 국가자료공동목록시스템(http://www.nl.go.kr/kolisnet)에서
이용하실 수 있습니다. (CIP제어번호 : CIP2018001634)

nabinovel@nabinovel.net
http://nabinovel.net

메르비스 지 음
나 래 일러스트

피아트 룩스

~ 카르페 디엠 2부

vol. 5

나비노블

피아트룩스
목 차

16. 불꽃의 주인

리리는 자신의 손목에 묶인 리본을 내려다보았다. 제법 가지런한 리본은 그녀의 움직임에 맞추어 살랑살랑 흔들렸다.

양 손목을 묶은 탓에 그녀의 희고 가느다란 손가락이 서로 맞닿아 있었다.

그 끝을 까무잡잡하고 탄력 있는 피부의 소유자, 카아네스가 붙잡은 상태였다. 희고 까무잡잡한 피부의 대비가 붉은 천 때문에 더욱 도드라져 보였다.

어느새 사람들의 시선에서 벗어나 바깥으로 빠져나왔으나 카아네스는 손을 놓지 않았다.

'나 끌려가는 거 맞지?'

분명 리리를 감옥에 가두기 위해 양손을 구속한 뒤 강제로 끌고 가는 걸 텐데 전혀 그런 느낌이 들지 않았다.

카아네스의 행동과 표정 탓이었다. 그는 데이트하는 남자처럼 들뜬 얼굴이었고, 리리 역시 무슨 산책이라도 하는 기분으로 그의 뒤를 따라가고 있었다.

숲으로 들어설 때쯤 리리가 입을 열었다.

"카아네스는 나를 믿는 거야?"

카아네스의 행동과 표정으로 그런 답을 유추해낸 리리였으나 카아네스는 모호한 말을 내뱉었다.

"글쎄."

"나를 도와주려는 거 아니야? 실은 감옥 같은 거 없는 거지?"

일단 상황을 벗어난 후 리리를 풀어주거나 숨겨주지 않을까, 일말의 기대감이 스민 목소리로 물었으나 카아네스는 고개를 저었다.

"그건 아니야. 정말로 그곳은 한번 갇히면 절대 못 빠져나오는 곳이거든."

"……그럼 카아네스도 다우지 말을 믿는다는 거야?"

"뭐, 그것도 아닌데……."

그럼 뭐 어쩌자는 건데. 리리는 답답함에 한숨을 푹푹 내쉬었다. 늘 습하고 더운 마하엔스였지만 오늘따라 유독 더 심하게 느껴졌다.

숨이 턱턱 막혔다. 어쩌면 기분 탓일지도 몰랐다.

카아네스가 이끄는 대로 쫓아가던 리리는 서서히 목적지가 어디인지 감이 오는 듯했다. 어째 길이 익숙하다 싶더니, 카아네스가 리리를 데려온 곳은 천제를 올린다던 제단이었다.

"여긴 왜……."

혹여나 전에 못 보고 놓친 것이 있을까, 휘휘 둘러보았으나 낭떠러지 앞에 놓인 제단만이 덩그러니 그녀를 반겼다. 제단 주위로 뿌연 안개가 넘실넘실 흘러넘쳤다. 어쩌면 이 장소 자체가 감옥이라는 건지도 모른다는 생각이 들었다. 일반 사람이라면 안개 속에 모습을 숨긴 가파른 절벽을 타고 내려갈 엄두를 내지 못할 터였다.

생각에 잠긴 사이, 카아네스가 리리의 손목을 묶었던 리본을 풀어주었다.

살살, 예쁘게 묶어둔 리본은 자국 하나 남기지 않은 채 스르륵 흘러내렸다.

손목이 허전한 듯해 만지작거리던 리리는 카아네스의 목소리에 고개를 들어 올렸다.

"꺼지지 않는 불은 어떻게 알았어?"

"그야……."

꿈에서 봤다고 대답하려던 리리는 잠시 머뭇거렸다. 카아네스의 눈이 평소와 달리 제법 진지했다.

그가 원하는 대답은 이게 아니었다.

'꺼지지 않는 불은 정말로 꿈에서 들은 게 맞지만……'

고민하던 리리가 입을 열었다.

"카아네스는 내 말 믿어?"

"비안타가 솔직하게 말해준다면."

리리는 카아네스가 퍽 만족해할 만한 대답을 내놓았다.

"신탁이 알려줬어."

"뭐? 신탁?"

리리의 입가에 미소가 슬쩍 걸렸다.

따지고 보면 그녀가 마하엔스에 온 이유는 퀘스트 때문이었다. 다른 곳과 마찬가지로 무슨 문제가 있겠거니 지레짐작했던 것도 퀘스트 때문이었다. 그리고 퀘스트란, 이곳에서는 신탁이나 다름 없지 않은가.

그녀는 교묘하게 포장하기로 했다.

"그래, 신탁. 여신께서 나를 이곳으로 불렀어. 마하엔스에 문제가 생겼다고, 그걸 해결할 사람은 나뿐이라고."

"센테르에는 신탁이 없다고 했는데?"

"무엇이든 예외는 있는 법이야."

카아네스는 모호한 표정으로 그녀를 **빤히** 내려다보았다. 믿기 힘든 모양이었다.

리리는 그런 카아네스를 비웃어주었다.

"카아네스만 신탁을 받는 줄 알아? 오만하긴."

어쨌든 카아네스가 자신의 말을 믿어야 하는 상황이므로, 조금 더 살을 붙여보기로 한 리리가 말을 이었다.

"음. 여신께서는 말투가 독특했어. 대단히 아름다운 목소리였지만 위엄이라곤 찾아보려야 찾을 수가 없었지. 무척 장난기가 가득했어."

그러면서 오래전 그녀에게 처음 퀘스트를 안겨주었던 신의 목소리를 떠올리며 애써 따라 해보았다.

멍한 얼굴로 리리의 성대모사를 듣던 카아네스가 서서히 입꼬리를 말아 올렸다.

"카슈토 여신님이잖아?"

"역시 맞구나. 설마 했는데."

마하엔스에만 내려온다는 신탁. 그리고 마하엔스에서만 모시는 또 한 명의 여신. 그 이야기를 들었을 때 리리는 자신의 기도에 응했던 여신을 떠올렸다.

그녀의 생각이 맞아떨어졌다.

신탁에 대한 의심은 풀린 듯하나, 아직 의문이 남은 카아네스가 고개를 갸웃거렸다.

"어째서 여신께선 비안타에게 그런 신탁을 내린 거지?"

"여신 말씀으로는 내가 여신 담당에 속해 있다고 했는데. 나도 잘 몰라."

"그래. 그건 중요치 않으니까. 중요한 건 비안타가 카슈토 여신님의 신탁을 받고 마하엔스를 구하러 온 이방인이라는 거잖아?"

왜인지 카아네스는 잔뜩 신이 난 얼굴이었다. 뭐가 그리 기쁜지는 모르겠으나 어쨌든 의심이 풀렸다면 잘된 일이었기에 리리는 고개를 끄덕였다.

"그렇지."

"왜 처음부터 말해주지 않은 거야?"

"그야, 말도 통하지 않았고…… 무엇보다 내 말을 믿어주지 않을 것 같아서……."

"그랬구나. 미안, 비안타. 비안타를 불안하게 만들었네."

그리 말하며 리리의 양어깨를 손바닥으로 감싸 쥔 채 눈을 마주쳐오는 카아네스는 여느 때처럼 다정하면서도 유혹적이었다. 리리는 아무리 신탁이 있는 나라라지만 이리도 쉽게 믿어주는 건가, 설마 믿어주는 척하는 건 아니겠지 조금쯤 미심쩍은 눈빛으로 살피며 말했다.

"하여간, 생각보다 오래 걸렸으니까 카아네스가 나를 도와줘. 빨리 해결하고 싶어."

"물론이야. 지금 바로 안내해줄게."

카아네스가 제단으로 향하더니 그 위에 놓여 있던 돌로 이루어진 작은 상자를 품에 안았다.

그러곤 제단 이곳저곳을 기웃거리던 그가 무척 무거워 보이는 제단을 끙끙거리며 밀기 시작했다.

"뭐 하는 거야?"

"거의, 다 됐어."

팔뚝에 힘줄이 다 솟을 정도로 힘껏 밀자 제단이 조금씩 뒤로 밀리기 시작했다.

제단 아래 숨겨져 있던 무언가가 서서히 모습을 드러냈다. 그걸 발견한 리리도 재빨리 합세하자 제단은 금방 밀려났다. 그곳엔 성인 한 명이 겨우 몸을 집어넣을 만한 크기의 작은 돌문이 만들어져 있었다.

카아네스가 뻑뻑한 문을 힘겹게 젖혔다. 문이 열리는 순간, 그 안에서 후끈후끈한 열기가 훅 빠져나오며 주변 온도가 확 높아졌다.

그렇지 않아도 덥고 습한데 온도가 더욱 높아지자 땀이 주르륵 흘러내렸다.

"여긴 대체……."

그저 가장 중앙, 가장 높은 곳에서 천제를 지내는 거라 여겼는데 이제 보니 꼭 그 이유만은 아니었던 모양이다.

리리는 아래로 향하는 까마득한 계단을 보며 현기증을 느꼈다. 마치 지옥의 불구덩이로 향하는 지름길처럼 보였다.

"들어가자."

"……꼭 여기로 들어가야 해?"

"비안타가 찾는 게 여기 있으니까."

카아네스는 피부로 느껴지는 무더위가 두렵지도 않은지 생글생글 웃으며 계단을 가리켰다. 리리는 차마 발이 떨어지질 않는 걸 느꼈다.

이글이글, 땅속에서부터 올라오는 열기에 주위는 온통 아지랑이투성이였다.

그러나 계속 서 있을 수만은 없는 노릇이었다. 앞장서는 카아네스를 따라 조심스레 돌계단에 발을 디뎠다. 지하로 이어져 있는 사우나에 들어선 것만 같았다.

"와…… 와…… 정말…… 와……."

리리는 연신 감탄사를 내뱉었다. 그 말밖엔 나오지 않았다. 가파른 절벽 내에 이런 돌계단이 있다는 것도, 그걸 누군가들이 만들었으리라는 것도, 깊어도 너무 깊다는 것도 놀라운 일이었지만 그보다는…….

"더워…… 너무 더워……."

미칠 듯한 더위 때문에 정신이 다 혼미했다.

리리는 분명 추위도, 더위도 거의 안 타는 특이한 체질이었다. 오죽하면 그 추운 노베 바다에서도 얇은 옷만 걸치고 돌아다녔을까.

그뿐인가. 빙산이 떠도는 바닷속을 헤엄치기까지 했다.

그랬던 그녀가 이곳 더위에는 말을 잇지 못했다.

이 돌계단 끝에는 용암이 있는 거야. 그런 생각만이 들었다. 사람이고 뭐고 그 어떤 생명체도 온전할 수 없을 만큼 어마어마한 온도로 끓는 용암이 말이다.

"마하엔스의 기후는 바로 이곳 때문일 거야."

"어…… 어어……."

리리는 아주 이해가 된다는 듯이 고개를 끄덕였다.

불지옥, 불구덩이는 말로만 들었지, 직접 겪는 건 처음이었다. 피부로 느껴지는 더위보다는 폐 속에 들어차는 열기, 숨이 턱턱 막히고 땀이 비 오듯 쏟아져 온몸이 미칠 듯이 끈적거리는 그런 것들이 리리를 더욱 괴롭게 했다.

차라리 노베에서 폐 속을 얼게 할 듯한 차가운 바람을 마시며 얼어붙는 몸을 움직이는 게 나았다.

"괜찮아? 쉬었다가 갈까?"

"아니!"

쉬긴 뭘 쉬어! 리리는 황급히 고개를 저었다.

최대한 빨리 이곳을 벗어나고 싶었다. 그러려면 최대한 빨리 볼일을 끝마쳐야만 했다.

리리는 땀을 흘려 더욱 번들번들 윤이 나는 카아네스의 등을 보며 한 걸음 한 걸음 혼미한 걸음을 내디뎠다. 그도 덥기는 한지 숨을 몰아쉬고 있었다.

"땅속에 이런 열기를 품고 있을 줄은 상상도 못 했다……. 여기에 비하면 바깥은 너무 시원해."

"돌 때문이야. 돌이 다 막아주고 있어서. 듣기로 열기가 빠져나가는 구멍들이 존재한다더라. 그 덕에 우리는 편하게 살 수 있었던 건데, 갈수록 더 더워지고 있어. 언젠간 이 섬을 다 집어삼키겠지."

어째 점점 넓어진다고 느꼈던 것이 기분 탓은 아닌 모양이었다. 한 사람이 겨우 내려갈 만한 계단의 넓이도 그렇고, 벽을 짚고 있던 팔도 점점 벌어지고 있었다. 그만큼 공간이 넓어진다는 뜻이었다.

"조심해. 내 어깨를 잡고 내려와."

어디선가 스멀스멀 나타난 구름인지 안개인지 모를 것들이 두 사람을 감쌌다.

한 치 앞도 보이지 않는데 조금도 시원하지 않은 물이 얼굴에 고여 눈까지 제대로 뜨기 힘들었다.

카아네스의 말대로 한 손은 그의 어깨에 얹고, 다른 한 손은 벽을 짚은 채 천천히 계단을 밟았다.

얼마나 내려갔을까. 양팔을 쫙 펼쳐도 벽에 닿지 않을 때쯤에서야 계단이 끝나고 커다란 동굴이 리리와 카아네스를 반겨주었다. 한증막에서 하루를 꼬박 보내도 이렇게까지 몸속의 수분을 빼앗긴다는 느낌은 안 들 것 같았다.

그러나 그게 끝이 아니라는 걸 알려주듯, 동굴 안에서 더한 열기가 증기와 함께 밀려 나오고 있었다.

리리는 질린 얼굴로 동굴 안을 가리켰다.

"저기서 더 뜨거운 열기가 느껴져."

"저쪽에 있으니까. 걸을 수 있겠어? 손잡을래?"

"아니, 괜찮아."

어차피 앞이 보이지 않더라도 예민한 오감을 믿고 걸어가면 될 일이었다.

그렇게 안개 속을 헤쳐서 도착한 곳엔 말 그대로 모든 것을 집어삼킬 듯한 커다란 불이 활활 타오르고 있었다.

"……꺼지지 않는 불."

리리는 멍하니 중얼거렸다.

지옥 불을 형상화한 듯 광포하게 넘실거리는 불이 현실감 없이 다가왔다.

게다가 거대한 그 불은 투명한 얼음에 갇힌 상태였다. 다리우스의 성을 보는 듯한 광대한 크기의 얼음은 표면이 녹아 물방울이 맺혀 있었으며 치익, 치이익 쉼 없이 뿌연 연기가 뿜어져 나왔다.

얼음이 불의 온도를 버티지 못하고 곧장 기화가 되는 거였다.

'아이템 확인.'

† 녹지 않는 얼음
:: 태초부터 존재하던 바닷물이 북쪽 기운을 품은 거센 바람에 확 얼었다가 뜨거운 태양에 녹는 것을 반복하며 생긴 이 얼음은 꺼지지 않는 불이 아니고선 녹일 수 없다.

"녹지 않는 얼음!"

리리는 깜짝 놀라 저도 모르게 외쳤다.

녹지 않는 얼음이라면 노베에서 질리도록 본 바로 그 얼음들이었다.

당시엔 아이템 설명을 봐도 「꺼지지 않는 불」이 뭔지 알 수 없었는데 그게 바로 마하엔스의 심장을 가리키는 거였다니…….

"세상에…… 창과 방패잖아."

꿈에서 말했던 창과 방패가 무엇인지 비로소 알게 되었다. 꿈속의 여인은 이걸 두고 얘기한 거였다.

모든 걸 뚫는 창과 모든 걸 막는 방패. 그 둘이 만나 전투를 치르고 있었다.

아무래도 이곳이 마하엔스이다 보니 녹지 않는 얼음이 밀리는 모양이었다. 꺼지지 않는 불의 열기를 제 몸 내어가며 힘껏 막아서고 있었지만 역부족이었다.

"아마 조금 더 시간이 지나면 이 불은 마하엔스를 장작 삼아 거칠게 타오르지 않을까. 마하엔스는 재가 되어 사라지겠지. 갈 곳 잃은 불꽃은 바다에 잠겨 바다를 뜨겁게 끓어오르게 할 거야. 그렇게 되면……."

"남쪽 바다는 죽음의 바다가 되고 말겠지."

리리의 말에 카아네스가 고개를 끄덕였다.

수온이 조금만 높아져도 바다 생태계에는 큰 변화가 일어난다. 그런데 꺼지지 않는 불꽃이 바다 한가운데 잠긴다면? 아마 남쪽 바다만으로 끝나지 않을 터였다.

"그래서 얼음을 구하기 위해 사람을 보내보았지만 소용없었어. 아무도 이 섬에서 나갈 수 없었으니까."

리리의 의아한 시선이 카아네스에게 향했다. 그는 팔짱을 낀 채 여전히 뿌연 연기를 뿜어내는 불꽃과 얼음을 쳐다보며 말을 이었다.

"비안타. 이 섬은 지금 하늘 어딘가에 떠 있어."

"……떠 있다고?"

"그래. 원래 마하엔스는 평범한 섬이었는데, 얼음이 녹기 시작 하면서 버티지 못하고 떠오르기 시작했다더군. 그걸 깨달았을 땐 이미 늦었지. 앞이 보이지 않는 안개와 높이조차 가늠이 되지 않 는 폭포 속에 갇혔으니 말이야."

리리는 충격적인 사실에 입을 다물지 못했다.

그러면서도 머릿속에선 순식간에 퍼즐이 맞춰졌다.

사라져버린 신비의 섬.

이곳에선 빠져나갈 수 없다던 다우지의 말. 거기다 센테르 남쪽 바닷가의 수위가 낮아져 높게 지어놓았던 건물만 덩그러니 놓여 있던 것까지.

얼음이 녹기 시작하며 섬 한가운데 만들어진 동굴이 뜨거운 공기로 가득 찬 데다 열기와 수증기가 빠져나가도록 만들어놓은 구멍들이 죄 아래쪽으로 몰려 있다면…….

열기구의 원리가 뭐였더라.

리리는 오래전에 배워 가물가물한 과학 상식들을 떠올리며 혼란스러운 머릿속을 정리했다.

그사이 가까이 다가온 카아네스가 당혹스러워하는 리리의 어깨를 가볍게 감싸 쥐었다.

"그러나 나는 조금도 걱정하지 않았어. 그 이유가 뭔지 알아?"

"……뭔데?"

"비안타가 올 것을 이미 알고 있었기 때문이야."

그리 속삭이며 카아네스가 눈을 생긋 접었다. 리리는 더욱 혼란스러워져, 눈썹을 찌푸리며 물었다.

"그게 무슨 소리야? 내가 올 거라는 걸 어떻게 알아?"

"비안타가 그러했듯이, 나 역시 신탁이 내렸으니까."

리리의 눈이 동그랗게 뜨였다.

머릿속에 전구 하나가 탁 켜졌다.

아무리 센테르의 새 문물을 전해줄 이방인이라지만, 카아네스의 태도는 지나칠 만큼 친절했다.

자꾸만 리리의 곁을 맴돌았으며 무슨 말이든 곧잘 믿어주곤 했다.

이번 역시 마찬가지였다.

신탁을 받고 마하엔스를 구하기 위해 찾아왔다는 리리의 말을 넙죽 믿어주더니 마하엔스의 가장 중심이 되는 곳까지 친절히 안내해주지 않았던가.

"오래전부터, 우리 대리인들에게 전해 내려오던 신탁이 하나 있었어. 여신의 부름에 응한 성녀가 찾아와 마하엔스의 불꽃을 식혀줄 거라는 내용의 신탁이었지. 그리고 비안타. 나는 비안타를 처음 봤을 때부터 혹시 그 성녀가 아닐까, 기대하고 있었어."

돌아가는 사정을 얼추 알게 된 리리의 얼굴이 사정없이 구겨졌다.

면사 아래로도 확연히 드러나는 기분 나쁨이어서 카아네스가 주춤 뒤로 물러나며 물었다.

"왜…… 왜 그러는 거야, 비안타?"

왜긴 왜겠나. 진작에 「신탁 받고 찾아왔다! 불꽃이 있는 곳으로 안내해라!」라고 말했으면 순식간에 해결했을 일을 이렇게까지 질질 끌었다는 게 몹시 억울하고 화나서지.

물론 리리는 그 사실을 전혀 몰랐고, 이곳에 무슨 문제가 있는지 예상조차 할 수 없었으니 시간과 공을 들이는 게 맞는 거였지만 쉬운 길 내버려두고 빙빙 돌아왔다는 생각을 도무지 지울 수가 없어 속이 부글부글 끓었다.

숨을 깊게 들이마신 후, 애써 진정한 목소리로 물었다.

"근데 왜 전에는 아무 문제가 없다고 했어? 내가 무슨 문제 있느냐고 물었을 때 말이야."

그에 카아네스가 뭘 그런 걸 물어보느냐는 듯한 얼굴로 태연스럽게 답했다.

"이 불꽃에 대해 아는 사람은 극히 일부분이야. 비안타가 신탁 속 성녀일 거라고 기대한 거지, 확신할 수는 없었으니까, 나로선 숨기는 것이 당연하지 않겠어?"

결국 카아네스도 확신이 없어서 기다리고 있었던 거였다.

"단지 비안타 말대로 꿈을 꾼 건지, 아니면 이 문제를 해결할 존재인 건지 고민할 시간이 필요했어. 내 눈에 비치는 비안타는 너무도 연약해서 보호해줘야 할 여인처럼 보이는걸. 도무지 이걸 해결할 거라는 믿음이 들지 않……."

카아네스는 말을 다 끝내지 못하고 멍한 표정을 지었다. 리리의 주변으로 차갑다 못해 시려서 급속도로 주변 온도를 냉각시키는 투명한 얼음들이 줄지어 나타난 까닭이었다.

"……비안타."

리리는 바닥에 쌓여 있는 얼음 중 하나를 발로 툭 찼다.

"이걸 이렇게 써먹을 줄은 몰랐는데, 하여간 뭐든 챙겨두면 어떻게든 써먹게 돼. 안 그래?"

리리는 상황을 이해 못 하고 굳어 있는 카아네스에게 물으며 씩 웃었다. 그랬다. 「녹지 않는 얼음」. 그건 리리의 아이템창에 한가득 쌓여 있었다. 그것도 노베 바다에서 막 공수해 온 상태 그대로 말이다.

"이걸로 냉장고나 만들 생각이었는데…… 허 참."

"어……떻게 이런 일이……. 어디서 꺼낸 거야? 비안타는 이곳에서도 주술을 사용할 수가 있어?"

이 얼음들은 주술이 아니라 아이템창이라는 시스템의 영향력에 속해 있는 거였지만 굳이 그런 것까지 설명해주고 싶지는 않았다.

게다가 다른 주술이면 몰라도 성력만큼은 분명히 쓸 수 있는 걸 확인하기도 했으니까, 주술을 사용할 수 있다는 말이 전부 거짓도 아니었고 말이다.

"나는 여신의 선택을 받은 성녀잖아."

그리 말하며 웃자 카아네스의 놀란 얼굴에 환한 미소가 서렸다. 언뜻 경외심마저 느껴지는 눈동자가 부담스러웠다.

그저 얼음 하나 꺼냈을 뿐인데, 광신도 같은 반응을 보이고 있었다.

리리는 몸을 돌려 얼음으로 보수 공사를 하려다가 문득 생각
난 게 있어 멈추었다.

"근데…… 이걸로 열기를 식히게 되면 갑작스레 섬이 추락한
다거나 그러는 거 아니야?"

지금이야, 동굴 안에 가득 찬 절절 끓는 듯한 열기로 하늘에
떠 있다지만 그게 조금이라도 식는다면 바다로 도로 떨어지는
게 당연했다. 천천히, 조금씩 내려앉도록 오랜 시간에 걸쳐 보수
를 해야 하는 건 아닐까. 망설이던 리리에게 카아네스가 무언가
를 내밀었다.

"열기만 조금 식는다면 그 후론 내가 알아서 할게, 비안타. 본
래 이 섬은 나의 아버지들이 통제하던 곳이니까."

카아네스 손에 들린 것은 제단에서 가져온 돌로 만든 작은 상
자였다. 상자를 열자 그 안에는 어쩐지 익숙한 구슬 하나가 들어
있었다.

붉은빛이 도는 그 구슬은 바로 화속성 신의 조각이었다.

† 신의 조각(화속성)
 :: 화속성 보석은 여신이 세계를 만들 당시 떼어냈다는 육
체의 일부분 중 하나의 기운이 응집된 것으로, 너무나 강력하
며 위험하고 그만큼 매혹적이다. 마하엔스 그 자체인 이것을

제대로 다스리지 못하면 더욱 뜨거워져 마하엔스는 결국 불을 제외하곤 아무것도 존재하지 못하는 죽음의 장소가 될 것이다. 그것을 막기 위해선 본래의 모습으로 되돌리는 방법밖에 없다.

고작 손톱만 한 작은 구슬 주제에 뿜어내는 열기는 장난 아니어서 상자를 여는 순간 이미 후끈거리는 온도가 느껴질 정도였다. 다행히 불꽃처럼 무언가를 태우지는 않는 듯 상자 바닥에는 까만 그을음만이 가득했다.

"너무 뜨거워서 들고 있는 것도 힘들어. 얼른 이 불꽃의 열기를 식혀주었으면 좋겠어."

그 순간이었다. 리리의 눈앞에 시스템창이 떠올랐다.

† 새로운 퀘스트가 등록되었습니다.

† 「신의 조각을 찾아서」의 서브 퀘스트

† 꺼지지 않는 불을 찾아서

:: 태초부터 마하엔스는 꺼지지 않는 불꽃을 품고 있었다. 그 불꽃의 열기가 너무도 강하여 어떤 생명체도 살 수 없었고, 이것을 해결하기 위해 노베 바다의 녹지 않는 얼음으로 불꽃을 감싸게 되었다. 비로소 살기 좋은 섬이 되었지만 시간이 흐를수록 얼음은 열기를 이기지 못하고 조금씩 녹아내리고 말았다. 마하엔스의 통치자인 카아네스는 얼음이 완전히 녹아내리기 전에 보수해줄 것을 부탁했다. 그렇게만 된다면 섬은 원래 자리를 되찾을지도 모른다.

최소 조건 : 체력 ???, 기력 ???, 주술력 ???

신의 조각을 찾아서(퀘스트), 통치자의 신뢰(미지의 치료사)

"좋아, 그렇게 할게."

리리는 곧장 복구 작업에 돌입했다. 복구 작업은 어렵지 않았다. 녹아내린 얼음 표면에 가지고 있던 새 얼음을 가져다 대기만 해도 도로 얼어붙으며 서로 착 달라붙었으니까. 다만 크기가 워낙 커서 그게 문제일 뿐.

고작 이런 일에 성력을 써서 카아네스의 부담스러운 반응을 끌어내고 싶진 않았기에, 남아도는 체력으로 얼음을 손수 옮겼다. 처음엔 도와주겠다고 달려들었던 카아네스가 마하엔스에서는 보기도 힘든 얼음, 그것도 노베에서 막 수입한 거나 다름없는 녹지 않는 얼음의 온도에 질겁해 뒤로 물러났다.

"손가락에 감각이 없어! 비안타! 내 손가락이 죽었나 봐!"

"정말 동상 걸린 거 아니야? 얼른 그 상자나 끌어안고 있어."

리리의 말에 카아네스는 화속성 구슬이 든 상자를 손바닥에
올려놓고 꼭 끌어안았다.

차갑게 얼었던 손이 녹으며 이상한 감각이 느껴지는지 열심히
얼음을 옮기느라 바쁜 리리의 뒤통수에 대고 자꾸만 호들갑을
떨었다.

"손가락이 끊어지는 것만 같아! 이러다 내 손가락이 다 사라지
면 어떡하지? 비안타의 얼굴을 쓰다듬어줄 수가 없는데! 비안타,
비안타도 조심해! 그 하얗고 가느다란 손가락이 다치면 내 마음
이 찢어질 듯 아플 테니까!"

"아, 도와주지 않을 거면 입이라도 다물고 있든가. 시끄러워
죽겠네."

리리는 짜증스러운 목소리로 중얼거렸다.

센테르어로 중얼거린 거라 카아네스가 무슨 뜻이냐고 물어왔
지만 무시했다.

얼음 방패를 보수할 때마다 주변 온도가 확연히 내려갔다. 아
직은 커다란 동굴 안에 남아 있는 열기 등으로 버티는 듯하지만,
곧 섬 전체가 바다로 추락하기 시작할 터였다.

"조금만 더 하면 될 것 같아."

"정말 대단해, 비안타! 다시 비안타에게 반해버렸어, 어쩌면 좋지? 어떻게 그 몸으로 그 무겁고 차갑다 못해 뜨거운 얼음을 들고 나를 수가 있는지. 너무나도 멋진 여인이야."

"칭찬은 됐고, 슬슬 뭐든 해야 하지 않아? 섬이 추락하기 전에 말이야."

"아, 그리고 보니…… 이제 좀 살 것 같아졌네."

카아네스는 닫아두었던 상자를 다시금 열었다. 그러곤 얼음에 갇혀 힘을 잃어가는 불꽃과 마찬가지로 열기가 식어가는 구슬을 집어 올렸다.

동시에 퀘스트가 갱신되었다는 시스템창이 떠올랐다.

† 퀘스트가 갱신되었습니다.

† 꺼지지 않는 불을 찾아서 (2)
:: 신의 조각은 멜비스 여신의 육체 일부분의 힘이 응집된 보석이었다. 하지만 그것은 본래의 모습이 아니다. 강력한 힘을 지니고 있는 그것이 폭주하여 날뛰는 것을 염려한 여신은 힘을 다스릴 존재를 만들어냈고, 보석은 그 존재와 하나가 되었다.

그러나 보석만이 남은 지금, 여신이 우려하던 대로 기운이 제
멋대로 날뛰고 있다. 최대한 빨리 원래의 모습으로 되돌려놓
아라.

　　최소 조건 : 체력 ???, 기력 ???, 주술력 ???, 성력 ???
　　신의 조각을 찾아서(퀘스트), 열기가 식은 신의 조각

---

† 퀘스트「꺼지지 않는 불을 찾아서」완료
　:: 「꺼지지 않는 불을 찾아서」퀘스트 보상은 통치자를 통해
받으실 수 있습니다.

　결국엔 이런 퀘스트 갱신이었다. 아직도 금속성 조각을 어찌하
지 못하고 아이템창에 고스란히 가지고 있는데, 거기에 화속성
조각도 추가되는 셈이었다.

　'뭐야, 무슨 방법이라도 있는 것처럼 굴더니.'

　저 구슬을 쥐고 주문이라도 외우나 싶었으나 카아네스는 그저
살펴볼 뿐이었다. 그러던 리리의 머릿속에 무언가가 떠올랐다.
바로 노베 바다에서의 경험이었다.

　주인이 따로 있으나 리리의 힘으로 성을 바다 위로 끌어 올렸
던 적이 있으니, 이번에도 가능하지 않을까.

어쩌면 카아네스도 그걸 생각한 걸지도 몰랐다. 신탁에 그런 내용이 있었다던가.

"그거 나……."

「나한테 주면 돼.」라고 말하려던 리리의 입이 맥없이 벌어졌다. 카아네스가 들고 있던 구슬을 자신의 왼쪽 가슴 위에 조각을 올리더니 그대로 밀어 넣기 시작했기 때문이었다.

"무슨……."

이번에도 리리의 말은 이어지지 못했다. 화속성 조각은 마치 마술처럼 카아네스의 가슴 속으로 스며들었다. 순식간에, 아주 자연스럽게, 흔적도 없이.

"이게 무슨……."

이내 카아네스의 몸에서 빛이 뿜어져 나왔다. 한 가닥, 한 가닥 마치 그의 몸이 조각나고 그 틈새로 가두었던 빛이 튀어나오듯이 개수를 더해가던 빛은 이윽고 하나가 되어 카아네스를 집어삼켰다. 불꽃처럼 노랗고 붉은 색이었지만 전혀 뜨겁지 않았다.

눈이 부셔 제대로 쳐다볼 수가 없는지라, 잠시 고개를 숙이고 팔로 빛을 가렸던 리리가 서서히 빛이 사그라지는 것을 느끼고 자세를 바로 했다.

"뜨겁지 않아. 다행이야."

정작 빛에 집어삼켜졌던 카아네스는 아무렇지도 않은 얼굴로 자신의 가슴을 툭툭 치고 있었다.

리리가 다가가 살펴보았지만 달라진 건 아무것도 없었다. 조금 전 본 게 환영이었던 것만 같았다.

"방금 뭐 한 거야?"

"원래 자리로 되돌려놓은 거야. 이 구슬을 담는 상자는 이딴 돌 상자가 아니라 바로 대리인의 피를 이은 내 심장이니까."

리리는 넋 잃은 얼굴로 카아네스를 쳐다보았다. 「원래 모습으로 되돌려놓아라.」 그 뜻을 전혀 알지 못하고 무작정 아이템창에다가 넣어두기만 했는데, 이제야 방법을 알아낸 기분이었다. 주인에게 돌려주어라. 원래 모습으로 되돌려놓아라.

"그게 이런 뜻이었다니!"

"힘이 느껴져. 이곳을 가득 채운 마하엔스의 불꽃이 온몸으로 들어오고 있어. 심장이 뜨겁게 뛴다. 비안타, 잘 봐."

벅찬 얼굴로 양팔을 벌린 카아네스가 숨을 깊게 들이마시며 눈을 감았다. 그러자 놀라운 일이 벌어졌다. 그렇지 않아도 얼음 때문에 낮아져 있던 주변 온도가 순식간에 더 낮아지기 시작한 것이다. 얼음 속에 갇힌 불꽃 역시 맥을 못 추고 서서히 사그라들었다. 성채만 하던 크기가 골목에 지어진 집만큼 작아졌다.

"이제 마하엔스는 내 몸 안에 있어. 모든 게 다 느껴져. 이게 이런 느낌이었다니. 대단히 만족스러운걸? 다 비안타 덕분이야."

아직도 놀란 얼굴로 굳어 있는 리리의 눈앞에 새로운 시스템 창이 떠올랐다.

퀘스트를 받자마자 해결하게 되다니, 이게 꿈인지 생시인지.
리리는 어안이 벙벙해졌으나 하여간 잘된 일이었다. 여러모로.

"카아네스가 그 조각 주인이었구나……. 그냥 신의 대리인 정
도가 아니었구나……."

노베 바다의 주인 다리우스나 새디아를 통제하는 아벨을 떠올
리니 카아네스가 앞으로 마하엔스를 잘 통제할 수 있을지 걱정
이 되었다. 긍정적이고 매력 있는 사내이기는 하지만 다른 대륙
의 기운을 다스리는 힘의 주인들에 비해 영 못 미더워 보였다.

일단 나이가 너무 어리다는 것도 한몫했다. 굳이 비유하자면
온실 속 왕자님 같은 라스피 황태자에게 나라를 물려주는 느낌
이랄까.

물론 구슬을 받아들이고도 아무렇지 않은 카아네스를 보아하니 중앙 대륙의 말을 빌려 「타고난 그릇」임이 틀림없지만 말이다.

"역시 사람은 겉만 보고는 모르는 거구나. 새삼 다시 깨달았어."

"응? 그게 무슨 말이야, 비안타?"

"아냐, 아무것도……. 어쨌든 이제 주인을 되찾았으니 주술을 사용할 수 있는 건가?"

리리는 곧장 주술을 사용해보았다. 갑자기 생겨난 부적이 자유자재로 날아다니는 것에 카아네스가 반짝거리는 눈으로 감탄사를 연발했다.

"주술사일 거라고 알고는 있었지만 실제로 보니 정말 놀라워. 나도 그런 걸 사용할 수 있을까?"

"그야 당연하지?"

화속성 대주술사일 텐데 사용을 못 하는 건 말이 안 되었다. 굳이 부적이 아니더라도 불을 자유자재로 다룰 테니까. 그 외 다른 속성은 뭐가 있을지, 그 수준이 얼마나 될지도 궁금하긴 했지만 굳이 알 필요는 없었다.

어차피 상황을 보아하니 오랜 세월 동안 주술을 사용하지 못했을 테고, 그러면 전해 내려오는 주술이나 지식 같은 것도 거의 없을 테니까.

즉, 카아네스는 갑자기 봉인이 풀려서 기운만 넘쳐날 뿐인 생초짜 주술사나 다름없었다.

"분명 기운은 느껴지는데! 이걸 어떻게 해야 차분하게 진정시킬 수 있는지는 저절로 알게 되었단 말이지? 근데 비안타처럼 그런 걸 하려면 어떻게 해야 할지 전혀 모르겠어!"

"그럼 하루아침에 될 줄 알았어? 나도 주술 배우느라 얼마나 고생했는데."

애초에 무한정의 성력을 지닌 리리 역시 주술은 기초부터 차근차근 배워야만 했다. 앞으로 카아네스가 똑같은 길을 걸을 것을 생각하니 조금은 안쓰러워졌다. 넘쳐나는 힘을 지니고도 제대로 쓸 수 없다니, 그야말로 그림의 떡이니 말이다.

"카아네스도 금방 익숙해질 거야. 그러면 이런 것도 할 수 있게 될걸."

리리가 손을 뻗자 허공에 떠오른 부적이 길게 뱀처럼 변하며 사납게 뻗어 나갔다.

반짝거리는 눈으로 지켜보던 카아네스는 부적 뱀이 동굴 입구 주변으로 비죽비죽 솟아난 바위 뒤편으로 날아감과 동시에 남자의 괴성이 들려오는 것에 깜짝 놀랐다.

"으아악! 이게 뭐, 뭐야!"

리리는 곧장 그리로 이동했다. 주인이 생기니 순간이동도 사용할 수 있게 되었다.

바위 뒤에서 부적 뱀에게 꽁꽁 묶인 채 버둥거리고 있는 남자의 목덜미를 잡고 들어 올렸다. 자신보다 몇 배는 살집이 있는 사내였지만 깃털처럼 가볍게 덜렁 매달렸다.

하얗게 질린 얼굴로 눈물까지 글썽이고 있는 그 사내는 다름 아닌 다우지였다.

"버, 버, 버, 버터…… 사, 사, 사, 살려주……."

"다우지? 그대가 왜 여기 있는 거지?"

카아네스가 성큼성큼 다가오고, 리리는 들고 있던 다우지를 그대로 놓아버렸다.

쿵 소리와 함께 바닥에 엉덩방아를 찧은 다우지가 땀으로 흠뻑 젖은 얼굴을 힘없이 숙이며 감추었다.

"……카아네스님."

"묻잖아. 왜 그대가 여기 있느냐고."

리리는 어쩔 줄을 모르는 다우지를 쳐다보며 한숨을 내쉬었다. 계단을 반쯤 내려왔을 때쯤 누군가 쫓아오는 것이 느껴졌다.

사실 누군지 보지 않아도 알 것 같았다. 상황을 이렇게 만든 당사자가, 일이 어떻게 돌아가는지 궁금해하는 것도 이해가 안 되는 바는 아니니까 말이다.

그리고 불꽃으로 인해 섬이 하늘 위에 떠올랐다는 얘기를 듣는 순간, 어째서 다우지가 자신에게 누명을 씌우면서까지 불꽃에 접근을 못 하게 했는지 그 이유를 알게 되었다.

섬이 원래 자리로 돌아가고, 센테르와 왕성한 교류를 시작한다면? 가장 난감해지며 손해 보게 되는 이가 과연 누굴까?

"알량한 지식으로 쥐고 있던 모든 이익이 손가락 사이로 빠져 나갈까 봐 두려웠던 거겠지. 당신 자리, 사람들의 신임, 편한 생활과 자신을 우러러보는 시선들……. 그것들을 잃어버리느니 차라리 섬이 계속 하늘 위에 떠 있길 바랐던 거야, 당신은."

리리의 말에 다우지의 고개가 더욱 꺾였다. 당당하다 못해 오만하던 다우지는 이미 사라진 지 오래였다. 날뛰던 기운들이 차분해지면서 주술을 사용할 수 있게 되었고, 아마 다우지도 몸으로 먼저 느꼈을 터였다.

자신의 앞에 서 있는 리리가 까마득하게 높은 주술사라는 사실을 말이다. 카아네스는 자신이 대주술사라서 체감하지 못하는 것뿐이었다.

"다우지, 비안타의 말이 사실이야?"

"당신이 말 못 하면 내가 말할게. 고작 하급 주술사 주제에 최상급 주술사라는 거짓말로 사람들을 속이고……."

"자, 잠…… 읍!"

리리의 폭로에 당황한 다우지는 서둘러 입을 열었지만 소용없었다.

그의 몸을 칭칭 감고 있던 부적 뱀이 더 길게 늘어나 다우지의 입을 틀어막았다.

리리는 간절한 눈으로 자신을 쳐다보는 다우지에게 상냥한 미소를 지어주며 말을 이었다.

"의술의 의자도 모르면서 가짜 약을 만들어 사람들을 위험에 처하게 하고, 온갖 말도 안 되는 것들을 지어내 센테르의 문화라 며 전파하고, 꺼지지 않는 불에 대해 아는 내가 나타나자 섬이 원 래대로 돌아가면, 그래서 센테르와 교류하게 되면 전부 다 들키 게 될 게 뻔하니까 내게 말도 안 되는 누명을 씌웠지. 안 그래?"

말이 이어질수록 카아네스는 표정이 어두워지고, 반대로 하얗 게 질려 있던 다우지의 안색은 차차 편안해졌다. 그냥 다 포기한 듯했다. 어차피 결국 들키게 될 일이었다.

"어떻게…… 어떻게 그대가 우리에게 그런 짓을 할 수가 있 지? 어떻게!"

리리는 입을 막고 있던 부적을 치워주었다. 다우지는 희미해진 얼굴로 가까스로 입을 열었다.

"버터…… 아니, 대주술사님 말씀대로 저는 하급 주술사였습 니다. 제가 모시던 풍속성 최상급 주술사님의 연구를 도왔지요. 말이 연구지, 실제론 실험이나 다름없었습니다. 그것도 사람을 상대로 하는 위험한 실험 말입니다. 대상은 당연히 저였고요."

과거를 떠올리는 다우지의 눈이 퍽 지쳐 보였다.

"그날도 저를 상대로 실험 중이었습니다. 도중에 뭐가 잘못된 것인지 갑자기 거센 바람이 저를 휘감더니…… 정신을 차리고 보 니 마하엔스였습니다. 처음엔 무섭고 당황스러웠으나 마하엔스 사 람들은 너무도 다정하고…… 별것도 아닌 저를 치켜세워줬어요.

단지 센테르에서 온 주술사라는 이유만으로요.”

그때를 생각하니 행복한지 다우지의 입가에 작은 미소가 떠올랐다.

“대주술사님도 아실지 모르겠습니다만, 센테르에서 하급 주술사는 그다지 대우를 받지 못합니다. 그저 가능성만 있다 뿐이지, 제대로 된 주술사도 아니지 않습니까. 사실 저도 느끼고 있었습니다. 평생을 바쳐도 중급 주술사가 되기는 어려울 것이라는 사실을요. 그러던 와중에 저를 인정해주고 칭찬해주는, 마치 제가 대단한 사람이라도 된다는 양 떠받들어주는 사람들을 만나게 되었는데 어떻게 가만히 있겠습니까. 사소한 거라도, 없으면 지어내서라도 뭐든 하는 수밖에요…….”

한숨 섞인 목소리를 내뱉은 다우지가 카아네스를 올려다보았다. 그의 눈이 어느새 촉촉하게 젖어들고 있었다.

“정말 죄송합니다, 카아네스님. 저를 믿고 의지하셨다는 거 잘 압니다. 카아네스님이 어렸을 때부터 곁에서 지켜보지 않았습니까. 저를 향한 그, 곧은 믿음에 배신하고 싶지 않아서, 저도 나름대로 최선을 다했습니다. 하루에도 수십 번, 수백 번씩 후회했습니다. 남는 시간, 주술 공부 따위 하지 말고 의술이라도 배울걸. 뭐라도 더 배울걸. 어차피 써먹지도 못하는 주술 따위 하느라 버린 시간들이 너무 아까워서…….”

기어코 다우지의 눈에서 눈물이 흘러내렸다.

그의 얼굴이 땀과 눈물로 흠뻑 젖었다. 다우지는 감정이 격해지는지 온몸을 격하게 떨며 울었다.

"누구보다도 제가 제일 잘 압니다. 저는 의원이 될 수 없다는 사실을요. 제가 구하지 못한 사람들이 꿈에 나타나더군요. 제게 손가락질을 했습니다. 저 때문에 죽었다고요. 그런데도 포기할 수가 없었어요. 저를 믿고 기다리는 사람들이 있었으니까요. 어떻게든 치료해내고 싶었습니다. 목이 쉬어 목소리가 나오지 않아도 쉬지 않고 기도했어요. 제발 제게 사람들을 치료해줄 능력을 달라고요."

대강 예상은 했지만 막상 당사자의 입으로 들으니 동정심이 조금 일었다. 이게 다 물음표로 넘어간 도덕성과 성품 때문이었다.

그래 봤자 변명인 것을. 리리는 도저히 보고 있을 자신이 없어 몸을 돌렸다. 그의 절박함이 못내 가슴 아팠다. 이곳에 온 지 얼마 안 되었을 때의 자신을 보는 듯했다. 겨우 가지게 된 것을 도로 잃어버릴까 봐 더욱 최선을 다했던 그 시절이 눈앞에 아른거렸다.

물론 함부로 사람들을 치료하고, 온갖 거짓말로 현혹한 건 분명 잘못이었다. 그러니 이해가 되는 것과 용서하는 것은 달랐다. 사정없는 범죄자가 어디 있겠는가.

"정말 죄송합니다. 버터…… 아니, 대주술사님께도 면목이 없습니다. 대주술사님의 말이 맞음에도 제 욕심에 나쁜 짓을 하고 말았습니다."

다우지가 리리에게 고개를 푹 숙이며 사과했다. 다시금 고개를 들어 올렸을 때는 그의 얼굴이 조금쯤 홀가분해 보였다.

"차라리 다 놓으니 마음만큼은 편하네요. 무슨 벌이든 달게 받겠습니다."

훌쩍거리면서도 제법 경건한 표정이었다. 짐을 내려놓은 그는 한결 편안한 안색이었다.

리리는 문득 오래전 역사 시간에 배웠던 것들이 떠올랐다. 씻으면 도리어 안 좋다고 믿었던 과거 유럽에서, 제대로 된 지식 하나 없이 사람들을 치료했던 의사라는 존재들 역시 다우지와 비슷하지 않았을까. 사람들의 기대 속에 어떻게든 방법을 찾기 위해 고문 기구에 가까운 의료 기구를 만들어냈던 그 의지는 분명 선의였을 터였다.

왕의 이빨을 모조리 뽑아내고, 마취 없이 생으로 살을 파내는 행위들은 현대에 와선 치료 효과가 전혀 없는 끔찍한 고문일 뿐이지만 당시엔 최선이었다. 과연 누가 그 의사들을 손가락질하랴. 결국 그들의 치료에 몸을 맡긴 것은 환자들이었으니 말이다.

다우지의 말도 안 되는 문화를 받아들여 유행시킨 것도, 그의 치료를 적극 몸을 맡긴 것도 모두 마하엔스 사람들의 의지였다. 그럴 의도는 아니었을 다우지는 아마 뒤늦게 후회했겠지만 도망칠 수는 없었을 터였다. 기대는 커져만 가고 자신의 명성은 거품처럼 풍성해지니 어떻게든 부응하는 수밖에.

리리는 알 수 없는 표정을 짓고 있는 카아네스를 보며 물었다.

"어떻게 할 거야?"

그는 워낙 착한 사내니까 용서를 해주지 않을까, 내심 생각하던 참이었다. 의외의 대답이 튀어나왔다.

"벌을 줘야지."

"……정말?"

"비안타는 어떻게 하고 싶은데? 이자는 당신을 곤란하게 만들었고, 비안타의 명성에도 흠집을 냈어. 비안타도 많이 화가 났을 거라 생각해."

"뭐, 그랬었는데…… 노력했다는 건 인정해. 사람들을 치료하려고 자기 딴엔 애를 쓰는 게 보였으니까. 이 좁은 섬 안에서, 제대로 된 지식 하나 없이 오로지 자신의 힘만으로 사람들을 치료해주려다가 그런 짓을 저질렀고, 그걸 들키게 되는 것이 두려워 나한테 누명을 씌운 거겠지. 이해가 되기는 하네."

리리의 말에 다우지의 눈이 휘둥그레졌다. 그는 기대감이 스민 눈으로 리리를 올려다보았다. 보아하니, 천사라도 보는 듯한 눈빛이었다. 아마 그의 눈에 리리의 등 뒤에 펼쳐진 흰 날개가 보일 터였다.

카아네스는 굳었던 얼굴을 풀며 유혹적으로 웃었다.

"역시 비안타는 상냥한 여인이야. 바다처럼 드넓고 태양처럼 너그러운 마음이 아름다워. 부디 경의를 표하게 해주겠어?"

그러면서 리리의 손을 가져가 입을 맞추려고 하기에 그녀는 서둘러 카아네스의 얼굴을 밀어내며 말을 이었다.

"그래도 잘못한 건 잘못한 거니까 죗값은 치러야지."

다우지의 얼굴이 다시금 거무죽죽해졌다. 하얗던 날개 색은 순식간에 까맣게 물들었다.

그야 당연한 것 아닌가. 잘못된 치료로 사람이 죽을 뻔했다. 그것도 많은 사람이. 본의가 아니었다고는 하나 살인 미수범. 대량학살 예정자였던 자를 그냥 두고만 볼 수는 없는 노릇이었다.

"그래서 말인데, 카아네스. 내게 좋은 생각이 하나 있거든. 들어볼래?"

카아네스도 무슨 벌을 주어야 할지 몹시 고민하는 눈치였기에 리리가 은근히 떠보았다. 그는 다우지를 한번 쳐다보았다가 냉큼 리리에게 귀를 내주었다.

리리는 잔뜩 긴장한 얼굴로 귀를 기울이는 다우지를 힐끔거린 후 작은 목소리로 속삭였다.

"호오. 듣고 보니 그럴듯한데……."

리리의 말을 들은 카아네스가 긍정적인 반응을 보였다.

"그럼 일단 이곳을 빠져나가볼까?"

"그러지, 비안타. 이 기쁜 소식을 사람들에게 전하고 축제라도 열어야 할 테니까 말이야."

"으응? 축제라니?"

어리둥절한 얼굴로 쳐다보는 리리의 손을 덥석 붙잡은 카아네스가 앞장서서 걸었다. 얼결에 끌려가던 리리가 허망한 얼굴로 앉아 있는 다우지를 발견하곤 외쳤다.

"다우지! 다우지도 데려가야지!"

"아차. 깜빡했다."

그는 감옥이나 다름없는 곳에 갇히는 게 벌인 걸까 봐, 한껏 질린 얼굴로 두 사람을 쳐다보다가 조금 안도한 낯빛을 했다. 무슨 벌이든 달게 받겠다고 말은 했지만, 실제로는 두려운 모양이었다.

리리는 온몸을 꽁꽁 묶은 부적 뱀을 약간 풀어서 상체만 묶어 주었다. 다리를 움직일 수 있게 된 다우지가 자포자기한 분위기로 얌전히 두 사람을 따랐다.

세 사람은 까마득한 계단을 말없이 오르기 시작했다.

‹‹‹✦›››

축제의 들뜬 기운이 마하엔스 전체로 퍼져 나갔다.

펄럭. 긴 나뭇잎이 드리워지며 리리의 얼굴에 그늘이 졌다.

턱을 괸 채 아래를 내려다보는 그녀의 표정은 퍽 나른했다. 절벽 끝에 놓인 돌의자에 앉아 시종들의 부채질을 받고 있으려니 그녀의 모습은 마치 한 나라의 왕과 같았다.

실제로 리리가 받는 대접은 비슷한 수준이었다. 마하엔스가 한눈에 내려다보이는 곳에 앉아 얌전히 과일을 받아먹으며 선선하게 불어오는 바람을 즐기면 되었으니 말이다. 등 뒤로 잔잔한 연주 음악도 들려왔고, 곧 그녀를 위한 연회도 거창하게 열릴 예정이었다.

그래서인지 리리 주위만 이토록 고요할 뿐, 나머지 공간은 어수선하고 요란스럽기 짝이 없었다.

리리는 온 신경을 기울여 곳곳에서 들려오는 소리에 집중했다. 특히 도드라지는 목소리는 단연 익숙한 이들의 것이었다.

"빨리빨리 움직여! 버터님께서 지루하시겠다! 음식도 더 가져다 놓도록 해!"

"네, 다우지님!"

입구에서 시종들을 다그치는 다우지와,

"옷은 다 되어가?"

"물론입니다, 카아네스님. 자, 어떻습니까?"

"아름답군. 비안타에게 무척 잘 어울리겠어. 여기 이렇게 천을 늘어트리는 건 어떨까? 어깨를 따라 흘러내리도록."

"역시 카아네스님이십니다. 그 정도는 어렵지 않으니 금방 할 겁니다. 버터님의 우아함이 더욱 돋보이겠군요."

리리의 옷을 두고 장인들과 상의하는 카아네스.

"아직 장식이 부족해! 더 달아야 해, 더! 버터님이 얼마나 대단하고 멋지신 분인데. 최고로 화려하게 만들어야 해!"

"치아츠, 의욕이 넘쳐흘러……."

"당연하지! 우리 버터님이, 그렇게 착하고 다정하신 버터님이 누명을 벗고 마하엔스의 은인이 되어 돌아오셨는데! 내가 말했지? 버터님은 정말 멋지신 분이라고! 얼마나 멋지냐면……."

"치아츠, 알겠으니까 그만 떠들고 빨리 움직이기나 해. 오후까지 끝내려면 더 바삐 움직여야 한다고."

시종들과 함께 연회장을 꾸미는 치아츠가 바로 그 예였다. 리리는 턱을 괸 채 픽 웃었다.

조금쯤 기막히다는 표정이었다.

하여간 이 나라 사람들은 참 단순하다. 병을 일부러 퍼트렸다는 누명을 그대로 믿고는 대역죄인 취급을 하더니, 이제는 손수 연회까지 열어줄 정도로 귀인 대접이었다.

뭐가 뭔지는 모르겠지만 하여간 카아네스와 다우지의 말을 들어보니 모든 것이 오해였고, 마하엔스의 큰 문제를 해결했다 하고, 그 덕에 안개가 많이 사라져서 섬 전체가 훤히 내려다보이게 되었고, 갑작스레 날도 시원해졌고, 조만간 센테르와 교류도 시작한다 하니 「어이구, 세상에! 이런 귀인을 우리가 몰라봤구나!」 하고는 또 냉큼 받들어주고 있었다.

어째서 감옥에 가두겠다며 끌고 간 그녀를 도로 데리고 왔는지, 의아한 시선을 던지던 것은 순식간에 거두어졌다. 그야말로 마하엔스인들의 단순하고 긍정적인 면모가 도드라진 것이다.

하기야 감옥조차가 없는 나라이니 오죽할까. 태생이 여유롭고 평화로운 모양이었다. 과연 이런 사람들이 센테르 사람을 상대할 수 있을는지가 걱정이었다.

'사기 치기 딱 좋은 상대인 거잖아?'

온갖 다양한 사람들이 모여 사는 센테르이니만큼 틀림없이 나쁜 마음을 먹고 접근하는 경우가 있을 터였다. 문제는 마하엔스 사람들은 자신이 속은 것도 모르고 헤헤 웃을 순진 그 자체라는 점이었다.

역시 이대로 마하엔스를 개방해서는 안 되었다. 교육이 필요했다.

리리는 다우지가 있는 곳을 내려다보았다. 연회라는 것 자체가 없는 이곳에서, 리리를 위한 연회를 열어야 한다며 나서서 이 사태를 만들어낸 당사자를 말이다.

바깥으로 나오는 즉시 사람들에게 「다우지, 이자는 사기꾼이다.」라고 밝히는 대신 속박했던 팔을 풀어준 리리의 태도를 보고 기회가 있을 거라 여긴 건지 그는 그야말로 충성 모드였다. 리리가 손 달라 하면 손을 주고, 구르라 하면 냉큼 구를 것 같았다.

물론 다 생각이 있어서 일단 보류인 상태였으니, 다우지의 태도가 조금이나마 영향을 끼치긴 할 터였다.

하여간 눈치로 그 자리에 올라선 사람답게, 사태 파악 하나는 최고였다.

리리는 갑작스레 낮아진 온도 탓에 조금 썰렁하게 느껴지는 몸을 움츠리며 중얼거렸다.

"그럼 나도 슬슬 준비해볼까."

아이템창에서 종이와 펜을 꺼내자 주위가 술렁였다. 허공에서 나타난 물건이 놀랍다는 눈치였다.

"방금 봤어?"

"어. 너도 봤어? 내가 잘못 본 거 아니지?"

"어떻게 한 걸까. 여쭈어보면 안 되려나."

"버터님이 불편하지 않도록 최선을 다해 모시라고 했잖아. 귀찮게 하면 안 되지."

뒤쪽에서 수군거리는 목소리들이 들려왔다. 제 딴에는 귓속말을 주고받는 듯했으나 리리의 귀를 피할 수는 없었다. 그녀는 순진무구하기 짝이 없는 호기심이 귀여워 작게 웃음을 흘렸다. 그저 다를 뿐인 센테르의 문화에도 열광하는 사람들이니, 주술이라는 게 얼마나 놀랍고 신기할지 이해가 가는 바였다.

무어라무어라 글씨를 써내려간 리리가 작게 접은 종이를 들어 올렸다. 하얀빛에 휩싸인 종이는 온데간데없이 사라졌다. 이번에는 성력을 사용한 터라 주변의 술렁임이 더욱 거세졌다. 고작 종이 하나를 날려 보냈으니 망정이지, 아니었으면 이곳에서도 성녀니

뭐니 찬양을 받았을지 몰랐다.

펜 역시 아이템창에 집어넣고 나서야 리리를 부르러 사람이 올라왔다. 카아네스가 아름답다며 극찬하던 옷을 든 채였다.

"카아네스님께서 버터님께 드리는 선물입니다."

제아무리 개방적이고 거리낌 없는 마하엔스라지만 야외에서 옷을 갈아입을 수는 없는 노릇이었다. 리리와 시종들은 연회 준비가 한창인 신전으로 돌아왔다.

"갈아입는 것을 도와드리겠습니다."

방에 들어서자마자 리리의 옷을 벗기려 들기에 그녀가 서둘러 막아섰다.

"내가 알아서 입을게."

"옷이 복잡하여……."

"괜찮아. 잠깐이면 돼."

지금까지야 능력을 감추느라 옷시중을 맡긴 거였다지만 마하엔스를 구한 은인이 된 지금은 그럴 필요가 전혀 없었다. 번거로운 것은 딱 질색인 리리가 당황해하는 시종에게서 옷을 받아 들고 곧장 아이템창에 넣었다.

"헉!"

"오, 옷이 사라졌어!"

그게 끝이 아니었다. 가만히 서 있을 뿐이던 리리의 옷차림이 눈 깜짝할 새 바뀌었으니 말이다.

지켜보던 사람들이 뒤로 넘어갔다.

"버터님! 옷이!"

"호, 호, 호, 혹시 내가 꿈을 꾸고 있는 건가."

"어떻게 이런 일이…… 세상에."

경악과 경외가 뒤섞인 사람들의 반응에 아랑곳하지 않고, 리리는 갈아입은 옷을 살피느라 여념이 없었다.

리리의 머리카락과도 같은 찬란한 은색 천에 연보라색 천을 덧대어 빛에 따라 은은하게 보랏빛이 도는 드레스는 대단히 아름다웠다. 몸 선을 고스란히 드러내도록 딱 맞게 제작되어 인어가 된 것 같다는 착각이 들었다.

어깨에는 섬세한 자수와 함께 연보라색 천이 등을 따라 길게 늘어져 있었는데, 화려하면서도 우아한 드레스를 더욱 돋보이게 해주었다. 움직일 때마다 찰랑거리는 얇고 매끄러운 천은 언뜻 웨딩 베일처럼 보이기도 했다.

리리는 센테르에서는 보기 힘든 이곳만의 특색이 고스란히 담긴 드레스가 무척 마음에 들었다. 고심한 끝에 드레스와 어울릴 법한 가리개로 바꿔 쓸 정도였다.

그제야 정신을 조금 차린 사람들이 그녀의 머리를 손질해주었다. 날이 선선해진 탓인지 늘 묶었던 머리카락을 풀고, 간단히 장식만 했을 뿐인데도 워낙 머리카락이 풍성하고 화려한지라 그 자체로 충분해 보였다.

생각보다 본격적이라는 생각이 들었다. 차분하기만 하던 리리의 마음도 서서히 붕 뜨기 시작했다.

리리가 돌아왔다는 얘길 들은 건지 치아츠가 급히 방으로 들어왔다.

"버터님! 버터님, 있잖아요…… 허억……."

치아츠는 리리의 모습을 보고 많이 놀랐는지 눈이 동그래져선 멈추어 섰다.

"치아츠, 어떠니?"

"저, 정말 아름다우세요! 물론 늘 아름다우셨지만 오늘은 특히 더 아름다우세요!"

호들갑 떨며 리리의 주위를 빙빙 돌던 치아츠가 상기된 자신의 뺨을 양손으로 감싸며 말했다.

"저 정말 떨려요, 버터님. 연회라는 걸 제 눈으로 직접 볼 수 있게 되다니, 꿈만 같다니까요. 센테르에선 매일매일 연회를 연다면서요? 버터님은 당연히 해보셨겠죠?"

그랬다. 다들 신이 나선 연회 준비를 하는 이유는 치아츠와 마찬가지로 센테르의 문화를 직접 체험한다는 기대감 때문이었다. 이런 게 있다더라, 말로만 듣던 걸 직접 눈으로 보고 몸으로 겪을 수 있다는 게 즐거운 모양이었다.

센테르에서 연회란 사교의 한 방법으로, 여러 복잡한 정치 문제가 깔린 거였지만 차마 사실대로 말해줄 수는 없었다.

생각해보니 다우지 역시 귀족이 아니었을 테니 연회라는 걸 소문으로만 접했을 게 뻔했다. 리리도 귀족을 직접 겪어보기 전에는 그냥 생각 없이 호화롭게 파티나 즐기는 존재로 생각했으니, 표면적으로 보이는 대로 생각하곤 제 딴에는 최대한 대접한 답시고 리리를 위한 연회를 열자고 주장했을 다우지가 어느 정도 이해가 되었다.

"뭐. 그냥 축제 같은 거야. 다 같이 모여 맛있는 걸 먹고, 춤도 추고……."

틀린 말은 아니었지만 리리는 어설프게 웃으며 화제를 돌렸다.

"그나저나 준비는 잘 되어가니? 다들 바쁜 것 같던데."

"물론이죠! 이렇게 성대하게 열리는 잔치는 처음이어서 조금 정신이 없긴 하지만, 모두들 즐거워 보이던걸요. 근처 마을 사람들도 전부 초대했대요!"

"그만한 공간이 될까?"

기껏해야 안이 들여다보이지 않도록 돌로 된 가벽을 세운 게 전부라지만, 그래도 천장을 터 거대한 홀로 만든 귀족의 저택처럼 많은 인원을 수용하기란 불가능했다. 그러나 치아츠는 그게 무슨 상관이냐는 얼굴로 순진무구하게 웃었다.

"그래서 바깥에도 음식을 차리기로 했어요!"

「우리 잘했죠?」라는 듯한 표정에 리리는 픽 웃음을 흘렸다. 이들에게는 그저 기쁜 날을 함께 즐기는 것이 목적일 텐데 이런들

어떻고 저런들 어떠리 하는 생각이 든 탓이었다.

카아네스가 나름대로 대리인이라는 대표직을 맡고는 있었으나, 센테르의 신분제도에 비하면 무척 평등한 편이었기에 누구를 떠받들고 누구만을 위한 파티를 열고 이런 개념 자체가 없는 게 당연했다.

"그나저나 사람들의 오해가 풀려서 정말 다행이에요. 저는 아닐 줄 알았다고요! 버터님께서 그런 짓을 할 리가 없잖아요! 아픈 사람들을 직접 치료해줄 정도로 상냥하신 분께서…… 다우지님께 사과는 받으신 거죠?"

"일단은."

"우리 착하고 다정하신 버터님을 그렇게 오해한 건 분명 잘못이지만, 다우지님도 일부러 그러신 건 아닐 거예요. 누구보다도 마하엔스를 위하던 분이니까요. 그러니까 너무 속상해하진 마세요. 이제 더는 그런 오해하는 사람 없을 거예요."

자신의 자리가 위협받자 일부러 그런 짓을 꾸민 게 맞지만, 치아츠에게 굳이 그 사실을 알릴 필요는 없는 듯했다. 이토록 순진하고 착한 사람들이 그동안 속아왔으며 위험에 처하기까지 했다는 걸 알게 되면 배신감이 엄청날 것 같으니까 말이다.

그래서 알겠다며 그저 고개를 끄덕여주었다. 치아츠는 신이 나선「사실 다른 사람들도 버터님이 그랬다는 걸 믿지 않았을 거다.」라느니「자신처럼 다우지님이 뭘 오해한 게 분명하다는 말을 하는 사람도 있었다.」라며 조잘거렸다.

가만히 치아츠의 얘기를 들어주고 있던 때였다. 문 쪽에서 감탄하는 목소리가 들려왔다.

"이럴 수가!"

그곳에는 평소보다 옷을 갖춰 입은 티가 역력한 카아네스가 서 있었다. 그는 충격받은 얼굴로 말을 쉽게 잇지 못하다가 천천히 걸어오며 입을 열었다.

"너무 아름다워, 비안타. 여신께서 친히 강림하신 줄 알았다고."

"그쵸? 저도 눈이 부셔서 제대로 바라볼 수가 없더라니까요."

"세상에 있는 모든 표현을 다 갖다 붙여도 비안타에게는 부족할 것만 같아. 어쩜 이렇게 아름다울 수 있을까."

두 사람이 입을 모아 칭찬하니 그건 또 그 나름대로 낯간지러웠다. 옷이 날개라고, 그렇지 않아도 드레스를 입은 자신이 퍽 예쁘구나 하긴 했다지만 다른 사람 입으로 듣는 건 괜히 부끄러웠다.

'춤이라도 추면 난리 나겠네.'

온갖 치장을 다 한 여인들이 미모를 뽐내는 황궁 연회장에서조차 무용 스킬이 발동된 리리를 넘어설 이는 없었으니, 외모조차 튀는 이국인이 무용 스킬로 매력과 기품을 다 끌어낸다면 말 다 하지 싶었다.

"나 데리러 온 거 아니야?"

리리의 말에 겨우 정신을 차린 카아네스가 멋쩍게 웃으며 다가왔다.

"다우지가 그러더군. 연회장에 들어설 때는 반드시 남자가 여자를 에, 에…… 에스……."

"에스코트?"

"그래, 그거. 그걸 해야 한다고 말이야."

어디서 들은 건 많은 모양이었다. 그런 것도 다 알고. 물론 연회장뿐 아니라 어디든 대부분 남자가 여자를 리드하곤 했지만, 귀족보다는 주술사에 가까운 리리에겐 상관없는 얘기였고 그녀는 늘 혼자 참석하곤 했다.

그래도 모처럼 카아네스가 어색하게 손을 내밀어오니 받아줄 성싶었다. 어쨌든 오늘의 주인공은 자신이라고 했으니까 말이다.

"그럼 가볼까."

카아네스가 사랑스럽다는 시선으로 리리를 내려다보며 말했다. 리리가 고개를 끄덕이자 그는 천천히 걸음을 옮겼다.

방으로 나와 복도를 조금 걷자 삼삼오오 모여 대화를 나누거나 무언가를 먹는 사람들이 보였다. 그들은 하나같이 들뜬 표정이었으며 리리를 발견하곤 싱긋 미소 짓거나 고개를 가볍게 숙여 보였다.

워낙 작은 섬이어서 그런지 소문이 도는 속도가 빨랐고, 입에서 입으로 전해지며 부풀려진 것이 아마 더 많을 터였다.

마하엔스를 위기에서 구해낸 이방인. 대대로 전해 내려오던 신탁 속 이방인. 그 자체만으로 사람들의 경외를 살 이유는 충분하기도 했다.

예상했던 대로 많은 사람을 수용하기엔 건물 자체가 크지 않았고, 손님들은 온갖 곳에 나뉘어 저들끼리 나름대로 연회라는 걸 즐기고 있었다. 곳곳에서 악기 소리와 웃음소리가 끊이지 않았다.

"어때, 비안타. 그대를 위한 연회가 마음에 들어?"

"뭐…… 나쁘진 않네."

딱히 그녀가 주인공이라는 느낌은 들지 않았지만 모두들 즐거워 보이는 것으로 충분했다. 마하엔스에 있다 보니 자신도 모든 것에 너그러워지고 긍정적으로 변하는 것 같았다. 좋은 게 좋은 거라는 이 나라 사람들의 정신이 옮기라도 한 것처럼.

'그래도 웬만하면 어디 콕 박혀 있어야겠다.'

이렇게 많은 사람이 몰려들었으니 아마 평소보다 눈이 맞아 사랑을 나누는 커플 수도 많을 터였다. 그 낯 뜨거운 장면을 굳이 목격할 필요는 없으므로 적당히 어울려주다가 자신의 방이나 어디 사람 없는 곳에 숨어 있을 작정이었다.

입구 쪽으로 나오자 다우지가 허둥지둥 달려와 허리를 숙이더니 제법 모여 있는 사람들을 향해 외쳤다.

"마하엔스의 은인, 버터님이십니다!"

여기저기서 환호성이 터져 나왔다. 박수를 치는 사람도 있었고, 허리를 숙이는 사람도 있었다. 리리는 머쓱해져 어색하게 손을 흔들어주었다.

"안개가 걷힌 것도 버터님 덕분이라면서요?"

"앞으로 대륙에도 갈 수 있게 된대요."

"아이고, 고마워라."

누군가 리리에게 다가오더니 수줍게 선물을 내밀기도 했다.

"보잘것없지만 제 정성입니다."

"아니, 뭘 이런 걸……."

"저도요."

"이것도 받아주세요."

한 명이 시작하니 너도나도 리리에게 선물을 안겨주었다. 리리로 추정되는 여인을 새긴 손바닥만 한 돌조각이나 나무 열매, 아마도 소중히 간직하고 있었을 장식품과 같은 것들이었다. 소소하다면 소소하였으나 그게 더 감동이었다. 딱히 귀중품이라는 게 없을 이 나라 사람들이 나름대로 소중한 것들을 들고 온 걸 테니까 말이다.

어쩜 이 나라는 이럴까.

리리는 상냥하고 욕심 없는 사람들이 놀라울 따름이었다. 동시에 걱정도 되었다. 계속 이대로였으면 좋겠는데, 아마 대륙과 교류를 시작하면 많은 게 달라질 터였다.

치아츠를 비롯한 몇몇 시종들에게 선물들을 건네주는데, 마을 사람 중 한 명이 기대 섞인 목소리로 물었다.

"저기, 춤은 언제 추시나요?"

"웬 춤……."

뜬금없는 요청에 리리가 황당한 얼굴로 되묻는데, 다른 사람들도 신이 나선 말을 거들었다.

"맞아. 다 같이 모여 춤춘다고 들었는데."

"연회랬나. 뭐 그런 걸 한다면서요."

"하하…… 하하하……."

리리는 그저 웃을 따름이었다. 다 같이 모여 맛있는 걸 먹으며 춤을 춘다. 그게 이들이 생각하는 연회인 모양이었다. 딱히 틀린 건 아니었지만, 그렇다고 리리에게 춤을 추어달라 요청하는 건 생각지 못한 상황이었다.

"센테르의 춤을 보여주세요!"

"보고 싶어요!"

그것도 이렇게 빙 둘러서 리리만을 구경하는 상황은 더더욱 예상치 못했다.

리리는 어색한 웃음을 흘리다가 이런 상황을 만들어낸 다우지를 발견하곤 그의 팔을 붙잡아 끌었다.

"원래 연회를 연 사람이 가장 먼저 춤을 선보이는 거랍니다. 그렇지 않나요, 다우지님?"

다우지는 당황한 표정을 지었으나 살벌한 리리의 눈빛에 서둘러 고개를 끄덕였다.

"무, 물론이지요."

"다우지님께서 센테르의 춤을 가르쳐주신다네요."

리리의 말에 사람들은 환호했다. 다우지는 보는 이마저 안쓰럽게 여길 만큼 땀을 뻘뻘 흘렸다. 춤이라곤 한 번도 춰본 적 없을 그가 조금 안타까웠으나 어쩔 수 없었다. 여기 있는 사람들 모두 홀릴 작정이 아닌 이상 춤은 추지 않는 게 좋았다.

"저는 한참 굶어 배가 고프니 우선 뭐라도 먹어야겠어요. 모두들 즐거운 연회 되시길. 다우지님도요."

"네, 네!"

땀을 닦아내던 다우지가 황급히 대답하는 것을 끝으로, 리리는 몸을 돌려 도로 건물 안으로 들어갔다. 거의 도망치는 것에 가까웠다. 사람들에게 붙잡혔다간 다우지와 함께 춤을 추어야 할지도 모를 일이니 오래 있어봐야 좋을 거 하나 없었다.

에스코트라는 게 「여자를 연회장에 데리고 간다.」라고 밖에 배우지 못했는지 그때까지도 어쩔 줄 모르고 가만히 서 있던 카아네스가 냉큼 리리의 뒤를 따랐다.

"아쉬운걸. 비안타의 춤이라니, 무척 기대되었는데 말이야."

"멋진 실력을 갖춘 상대가 없으면 추고 싶은 기분이 들지 않아서."

"이런…… 진작에 센테르의 춤을 배워둘 걸 그랬군. 비안타와 함께 추는 춤이라니, 생각만으로도 행복한 것을."

리리는 짧은 웃음을 흘렸다. 다우지에게 엉터리 춤을 배운 카아네스를 떠올린 탓이었다. 섹시하게 생긴 남자가 우스꽝스러운 춤을 춘다니, 그것도 꽤 볼만했을 텐데 싶어 조금 아쉬워졌다.

사람이 없는 것을 확인한 리리가 방으로 들어왔다. 연회를 더 즐기고 싶은지 머뭇거리는 카아네스의 손목을 이끈 채였다. 그걸 무슨 뜻으로 생각한 건지 카아네스의 눈이 금세 열정적으로 타올랐다.

"비안타, 지금 그대가 나를 방으로 초대한 건가?"

"이상한 소리 하지 말고. 카아네스, 내가 생각을 해봤는데 말이야. 반드시 센테르와 교류할 필요는 없지 않을까."

"그게 무슨 말이야?"

실망한 빛을 금세 지운 카아네스가 퍽 진지하게 물었다. 하여간 마하네스에 관해서는 제법 통치자에 가까운 모습을 보이곤 했다.

"그냥 나를 통해 필요한 물건만 교류하는 건 어때. 굳이 이 섬 전체를 개방할 이유가 없잖아."

리리의 말에 잠시 생각에 잠긴 듯했던 카아네스가 고개를 저었다.

"이곳 사람들도 더 넓은 세상을 볼 필요가 있어."

"그게 꼭 좋은 것만은 아니야. 분명 후회하게 될 거야."

"그렇지만 이 섬은 너무 한정적이야. 특히 의학 지식 같은 것이 너무 부족해. 비안타도 이번에 겪어보았잖아?"

"그건 맞는데…… 이곳 사람들에게 센테르인은 너무 위험해. 마하엔스 사람들은 너무 순진하고 착하단 말이야."

마하엔스를 걱정하는 기색이 역력한 리리가 사랑스럽다는 듯, 따뜻한 시선으로 바라보던 카아네스가 입을 열었다.

"오랫동안 단절되어 있었으니 당연한 거야. 성장하기 위해선 어느 정도 성장통이 필요한 거니까, 너무 걱정하지 말도록 해, 비안타."

확고한 카아네스를 설득하기란 힘들어 보였다. 결국 리리가 한숨으로 대답을 대신하자 카아네스가 그녀의 머리카락을 만지작거리며 속삭였다.

"비안타가 걱정하는 것도 충분히 이해가 돼. 그래서 나도 서두르진 않으려고 해. 천천히, 차츰차츰 받아들이도록 할게. 비안타 말대로 이쪽에서 먼저 사람을 보내면 되는 거잖아?"

잠시 고민하던 리리가 고개를 끄덕였다. 카아네스 말대로 성장하기 위해선 성장통이 필요한 법이었다. 언제까지고 단절되어 살아갈 게 아니라면 결국 언젠가는 겪어야 할 일. 그렇다면 중간에서 적절히 조정하는 이가 있을 때 개방하는 편이 나을 터였다.

"내 생각엔 카아네스가 우선 주술을 익히는 게 좋을 것 같아."

얼마나 오랜 시간 동안 주인을 잃고 몸집을 키워가는 불꽃을 지켜봐왔을지.

주술을 배우고 싶어도 가르칠 사람이 없었던 것이 당연했다. 그러나 카아네스는 아무렇지 않은 표정으로 입을 열었다.

"이 섬에 가득한 기운을 움직이는 거라면 충분히 해낼 것 같은데? 비록 비안타처럼 특이한 걸 만들어낼 순 없겠지만."

그리 말하며 카아네스가 주변을 감싸고 있는 불의 기운을 자유자재로 움직이기 시작했다. 진정한 섬의 주인이라는 걸 드러내기라도 하듯, 섬 전체의 기운이 카아네스에게 응답했다. 드넓은 센테르를 홀로 지배하는 천자처럼 말이다.

딱히 주술을 배우지 않아도 본능처럼 다스리는 것에 리리는 몹시 놀랐다. 자신은 가진 성력을 이용하기까지 몇 년이나 걸렸으니까. 그 차이가 대체 무얼까. 이곳에서 태어나고 자란 이는 기를 느끼지 못할 때도 이미 존재하는 걸 깨우치고 있다는 걸까.

'그게 아니라면 태생의 차이?'

리리는 파악조차 되지 않는 심화 과정을 아무렇지 않게 해내는 카아네스를 보며 조금 시무룩해졌다. 무한대의 성력과 여러 능력치를 지녔음에도 태생의 벽을 넘어설 수는 없음을 깨달았기 때문이다.

어차피 섬을 다스리는 능력 따위 가지고 싶지 않았기에, 그런 감정은 금세 거두어졌다.

"그래도 기본은 알아야지. 센테르 사람들이 이 섬으로 넘어오지 못하도록, 기의 흐름을 흩트려놓을 필요도 있고."

"비안타 말이 맞아. 열심히 배우도록 할게."

남쪽 섬 퀘스트도 무사히 완료하기는 하였으나 바로 돌아갈 수는 없을 듯했다. 연회를 빙자한 다우지의 춤 솜씨 자랑이 이어지는 내내 리리와 카아네스는 주술 속으로 파고들었다.

﹡⟫⟪﹡

카아네스가 주술을 배우는 속도는 놀라울 정도로 빨랐다.

타고난 주술력을 다스릴 줄 아니 어쩌면 당연한 일이었다. 리리가 주술력을 느끼자마자 성력을 자유자재로 응용하기 시작했던 것처럼, 카아네스 역시 원리를 깨닫자 그 이후는 순식간이었다.

마하엔스 사람들이 연회라는 이름의 축제를 즐기는 동안 리리와 카아네스는 섬 곳곳을 돌며 주술진을 새긴 바위를 세웠다. 바위의 위치 자체가 또 하나의 주술진이 되면서 화속성을 제한 주술은 사용하지 못하는 주술이 나라 전체에 걸리게끔 말이다.

"이 정도면 아무도 들어오지 못할 것 같은데."

기의 흐름을 방해하는 주술이 온몸으로 느껴지고 있었다. 리리는 주술진이 새겨진 바위를 내려다보며 고개를 끄덕였다.

"센테르에서 이동 주술을 사용하려면 무속성이나 풍속성이어야 하니까, 이 섬으로 넘어올 수는 없을 거야. 대신 위치가 조금이라도 달라지면 소용이 없으니 사람들에게 단단히 일러두도록 해."

"물론이야. 그건 걱정하지 않아도 돼, 비안타."

"그럼 슬슬 가야겠다."

마지막으로 바위를 세운 장소는 중앙에 만들어놓은 제단이었고, 마하엔스와의 작별 장소도 바로 그곳이었다.

리리가 떠난 후에 바위를 제자리에 놓아야 다시금 주술진이 발동될 테니 말이다.

주술사복에 달린 후드를 깊게 눌러쓴 리리가 그새 정이 들어버린 섬 전체를 내려다보는데, 잠시 말이 없던 카아네스가 입을 열었다.

"반드시 가야만 해? 그냥 내 곁에 있을 수는 없는 거야?"

그를 올려다보자 카아네스는 서글픈 눈에 리리를 담았다.

"비안타를 보내고 싶지 않아."

서서히 해가 지고 있어 하늘이 온통 주홍빛이었다. 마치 카아네스의 눈동자처럼.

노을을 품고 있는 카아네스의 눈동자는 늘 따뜻하고 다정했다.

처음에는 이상한 남자라고만 생각했는데 그 역시도 정이 든 건지 막상 떠나려니까 퍽 섭섭했다.

"가족이 기다리고 있어. 난 돌아가야만 해."

리리의 말에 더는 붙잡을 수가 없는지, 시무룩한 얼굴을 감추지 못했다.

"그렇구나. 가족이 있지. 잊고 있었어. 누구에게나 가족이 있다는 사실을."

마치 자신은 가족이 없다는 듯이 말하는 카아네스였지만 그 정도로 이 상황이 애석하다는 정도로 해석했다. 리리는 겉모습만 야생적이고 유혹적이지, 속은 다 큰 애나 다름없는 카아네스의 어깨를 토닥여주었다.

"얼른 센테르어와 문화를 배워서 놀러 오면 되잖아. 뭘 그렇게 시무룩해해."

"아무리 금방 배운다고 해도 그동안은 볼 수 없으니까."

그답지 않게 우울한 목소리로 중얼거리던 카아네스는 이내 밝은 표정을 지어 보이며 말을 이었다.

"이런. 내가 너무 애처럼 굴었지? 최대한 빨리 배워서 만나러 갈 테니까. 나 모른 척하면 안 돼, 비안타."

"모른 척을 뭐 하러 해?"

리리의 말에 카아네스는 눈꼬리를 접으며 생긋 웃어 보였다. 그러곤 리리의 손을 가볍게 잡은 채 말했다.

"너무 아쉽지만 할 수 없이 비안타를 보내주어야겠네. 비안타, 마하엔스의 은인. 못 보는 동안에도 건강하고 아름답기를."

그대로 리리의 손을 들어 올려 손등에 입을 맞춘 카아네스가 몸을 돌려 멀찍이 서 있던 사람들에게 손짓했다. 하나같이 센테르에서 흔히 볼 법한 옷차림새에 리리의 주술복처럼 생긴 겉옷을 걸치고 깊게 모자를 눌러쓴 상태였는데, 그중엔 다우지와 치아츠도 섞여 있었다. 그들은 카아네스의 부름에 냉큼 달려왔다.

"이제 가는 겁니까?"

"버터님, 정말 저도 가는 거예요? 가도 되는 거예요?"

둘은 긴장과 흥분 등으로 뒤섞인 얼굴로 목소리를 높이고 있었는데, 리리가 센테르에 함께 갈 거라고 공표했기 때문이었다. 이른바 「문화 사절단」이었다. 먼저 센테르로 넘어가 그곳의 문화를 배우고, 마하엔스와 교류할 수 있게 지반을 닦아놓는 역할을 맡았다.

전날 미리 발 디딜 틈 없이 몰려들어 리리를 배웅해준 사람들 앞에서 두 사람을 포함한 몇몇 이들을 데리고 가겠다고 말하자, 가장 당황한 건 역시 다우지였다.

'오래되어 어설프다지만 센테르어를 할 줄 아니까 중간에서 통역하는 데에는 별 무리가 없을 거야. 통역사가 있어야 배우는 속도도 빨라질 테지.'

꺼지지 않는 불꽃을 녹지 않는 얼음으로 가두었던 그날.

앞으로 마하엔스가 센테르와 교류할 수 있게 될 거라는 걸 알았던 그때 이미 리리는 다우지를 통역사로 써먹기로 마음먹은 상태였다. 그래서 처벌도 미룬 거였고 말이다.

오래전 떠나온 고향으로 돌아가는 기쁨보다는 급변한 센테르를 받아들이고, 그곳의 문화를 마하엔스인들에게 가르쳐야 한다는 막중한 부담감이 더욱 클 테니 어쩌면 이만한 처벌도 없지 싶었다.

'마하엔스를 위해 저지른 일이었으니, 당연히 마하엔스에 되갚아야지.'

나이를 먹어도 변하지 않는 진리가 있었으니, 바로 속죄는 피해를 본 이들에게 직접 해야 한다는 점이었다.

게다가 영악한 센테르인을 상대하기에는 다우지만 한 이가 없었다. 다우지는 센테르 출신이어서 그런지, 마하엔스인들처럼 순수하지 못했으니까.

리리는 긴장감으로 바짝 굳은 다우지에게 시선을 던졌다가 한껏 상기된 얼굴로 리리를 올려다보는 치아츠에게 고개를 돌렸다.

"똑똑하고 적응력이 빠른 치아츠라면 센테르에 금방 적응할 거야. 그래도 모든 게 낯설 텐데 정말 괜찮겠니?"

"물론이에요! 센테르라니! 제가 센테르에 간다니! 정말 꿈만 같아요!"

치아츠는 정말 기쁘다는 듯 방방 뛰었다.

말로만 듣던 센테르에 직접 가는 것이 마냥 좋은 모양이었다.

"가족들에게 인사는 잘 하고 온 거지?"

"네! 제가 이렇게 중요한 일을 맡게 될 줄은 몰랐다며 다들 놀라던걸요. 그 얼굴을 버터님도 보셨어야 했는데."

생각하니 또 웃긴지 킥킥거리는 치아츠가 귀여워 머리를 쓰다듬어준 리리가 카아네스를 바라보았다.

"준비되었어?"

"응. 비안타, 또 보게 될 날만 기다릴게."

다시금 리리의 손등에 입을 맞춘 카아네스가 제자리에 놓여 있던 바위를 슬쩍 밀었다. 그 순간 섬 전체를 둘러싸고 있던 주술진이 풀리고, 리리는 서로 손을 잡고 있는 문화 사절단 사이에 끼어 그들을 붙잡은 채 이동 주술을 사용했다.

성스러운 빛이 사람들을 휘감고, 그 성력에 감탄하기도 전에 주변 풍경이 뒤바뀌기 시작했다. 노을이 지던 바닷가는 어느새 군청색 밤하늘로 뒤덮인 으슥한 골목길이 되어 있었다.

"저, 정말 여기가……."

"센테르…… 센테르에 왔어……."

경이로운 광경에 감탄하는 사람들을 두고 주위를 두리번거리던 리리의 눈에 마차 한 대가 보였다. 아무 장식도 되어 있지 않은 검은색 마차는 제법 컸고, 마치 누군가를 기다리듯 마부까지 준비되어 있었다.

"가죠."

리리는 사람들을 데리고 마차로 향했다. 마부가 힐끗 시선을 던졌지만 따로 말을 하거나 하지는 않았다. 리리가 손수 마차 문을 열고, 사람들을 한 명씩 태웠다.

"이건 뭐죠?"

"내 기억으론 마차라는 이동 수단이네. 귀족이나 돈이 아주 많은 부유층만이 타는 것이지."

"그, 그런 걸 지금 우리가 타고 있단 말입니까?"

"굉장해!"

리리도 올라탄 뒤에야 마차는 어디론가 출발했다. 주술이 걸린 마차인지 덜컹거림이 없어 무척이나 편안했다.

'무리했네. 그냥 평범한 마차여도 상관없었을 텐데.'

물론 이 마차가 주술씩이나 걸린 아주 값비싼 물건이라는 걸 알 리 없는 마하엔스인들은 그저 마차가 움직인다는 것만으로도 잔뜩 흥분해 저들끼리 대화하느라 바빴다. 곧이어 검은색 커튼을 살짝 젖히고 바깥을 구경하기까지 했다.

"건물이 무척 커요! 게다가 아름다워! 저기에 그 귀족이라는 사람들이 사는 건가요?"

"저건 그냥 평범한 집이야. 귀족들이 사는 곳은 훨씬 크고 화려하지."

"신전만큼요?"

"그보다 훨씬 더."

"우와아아! 보고 싶다."

"센테르 사람들은 대단하군요. 평범한 사람들조차 저렇게 크고 아름다운 집에서 살다니 말입니다."

마차가 달리는 곳은 간신히 마차 한 대가 오갈 법한 좁은 골목길이었고, 당연히 주변 건물들은 허름했다. 그러나 이곳에선 허름한 집들이 마하엔스인 눈에는 거대한 저택으로 보이는 모양이었다. 절벽을 깎아 동굴 같은 곳에서 사는 사람들이었으니 그럴 법도 했다.

그렇게 달리고 달려 집들이 드문드문 보이는 외진 곳까지 들어오자 여행객들이 머물 법한 여인숙이 보였다. 말이 여인숙이지, 현대로 따지면 별이 몇 개나 박혀 있을 호텔급이었다. 다른 건물들에 비해 크고 깔끔하며 화려하기까지 한 건물 앞에 마차가 서자 사람들은 더욱 흥분하여 어찌할 바를 몰랐다.

그래도 다행인 건 주변을 구경하겠다고 무리를 이탈하거나 큰소리로 떠드는 사람이 없다는 점이었다. 밤인 데다 주변이 워낙 조용해서인지 다들 소곤거리며 들뜬 마음을 쏟아냈다.

그런 사람들을 이끌고 건물 안으로 들어가자 주술등으로 밝힌 실내가 눈에 들어왔다. 정교하게 조각된 기둥과 섬세한 그림이 그려져 있는 벽지, 한눈에 보기에도 고급스러운 가구 등이 놓여 있었다.

원래라면 손님을 맞이해야 할 직원들이 모습을 보이지 않았지만, 리리는 곧장 가장 위층으로 향했다. 문에 손을 뻗기도 전에 벌컥 열리며 허리를 숙이는 누군가 때문에 마하엔스인들은 한껏 긴장한 얼굴로 마른침만을 삼켜댔다. 다우지와 리리를 제외하곤 처음 보는 센테르인이었다.

"어서 오십시오, 성녀님! 기다리고 있었습니다!"

그러곤 재빨리 방으로 안내했다. 리리는 성녀라는 호칭을 지적하는 대신 사람들과 함께 안으로 들어섰다. 문이 닫히고 나서야 히로크 남작은 뻬질뻬질 솟는 땀을 급히 닦아내며 말을 이었다.

"혹시라도 일찍 오실지도 모른다는 생각에, 아예 아침부터 이곳을 비워두었습니다. 말씀하신 대로 실내 공사를 핑계로 한동안 문을 닫기로 했습니다."

리리가 마하엔스에서 적었던 쪽지는 히로크 남작에게 보내는 것으로, 마하엔스인들이 사람들의 눈을 피해 묵게 할 장소가 필요했기에 미리 지시해둔 상태였다.

"갑자기 그런 부탁을 해서 미안해요. 그래도 이곳은 오가는 손님이 많지 않으니 다른 곳보다 손해가 적을 거라고 생각했어요. 물론 건물을 빌리는 동안 숙박료는 지급할 겁니다."

"아이고, 아닙니다. 어차피 성녀님 자금으로 지은 숙박시설인데요. 성녀님 건물이니 마음대로 하십시오. 그것보다…… 말씀하신 손님들이 이분들입니까? 처음 뵙겠습니다. 히로크 남작입니다."

히로크 남작은 마하엔스인들을 향해 공손히 인사 올렸으나, 그들은 당황하여 어찌할 바를 몰랐다.

리리는 편히 쉬라는 뜻으로 소파를 가리켰다.

"일단 다들 앉아요. 이쪽은 앞으로 당신들에게 도움을 줄 히로크 남작이라고 해요."

"나, 남작이라니! 귀족분이셨습니까? 아이고, 나으리. 몰라 뵈었습니다."

다우지가 급하게 허리를 숙이자, 눈치를 보던 다른 이들도 하나씩 따라 했다.

막상 히로크 남작은 전혀 알아들을 수 없는 낯선 언어에 놀라 굳은 상태였다.

"서, 성녀님?"

그렇지 않아도 전혀 다른 외모에 당황한 눈치였는데, 언어까지 다르니 퍽 놀란 모양이었다.

"나 없는 동안 별일 없었죠?"

"네? 아, 네! 성녀님께서 걱정하실 일 같은 건 전혀 없습니다."

"그래요. 자세한 얘기는 다음에 나누죠. 제가 지금 바쁘니까."

"알겠습니다. 근데 성녀님…… 이분들은……."

"안 그래도 히로크 남작한테 이 사람들은 부탁하기 위해 건물 전체를 빌린 거예요."

"네?"

"이 사람들 좀 한동안 맡아줄래요? 숙박비는 물론이고, 식비나 치장비 등 비용은 내가 낼 테니까."

"네에?"

히로크가 목소리를 높이며 마하엔스인들을 바라보았다. 대강 대화를 알아듣는 다우지만 놀란 얼굴로 리리를 바라보고, 나머지는 어리둥절한 눈치로 두 사람을 바라보고 있었다.

"이 사람의 이름은 다우지고……."

"반갑습니데. 다우지입니데."

"아, 네. 안녕하십니까."

"다른 사람들 소개는 다우지에게 들으면 될 거예요. 센테르 출신이라 센테르 말을 할 줄 아니까."

"잘 부탁드립니데."

"아, 네. 저야말로……."

여전히 당황한 얼굴의 히로크 남작에게 불친절한 말을 덧붙여 주었다.

"하여간 보다시피 외모가 좀 다른데 가린다고 가려질 것도 아니고."

리리는 마하엔스인들을 훑어보며 막막하다는 표정을 지었다. 그들이 왜 그러냐는 듯 쳐다보았으나 무시하고 말을 이었다.

"말도 못 하니까 곁에 사람을 붙여서 언어부터 가르쳐줘요. 할 수 있으면 예절 같은 것도. 교육비는 내가 낼 테니까. 아, 믿을 수 있는 사람들로 뽑아요."

"자, 잠시만요, 성녀님."

"힘들겠어요?"

"아뇨! 아뇨, 그런 건 전혀 문제가 안 됩니다. 비용도 제 선에서 처리하도록 하겠습니다. 그것보다는…… 저…… 이분들이 누구시길래……."

"아!"

가장 중요한 걸 잊고 있었다.

"마하엔스 대표 같은 거예요. 문화 사절단이죠. 앞으로 마하엔스와의 교류에 힘써줄."

"……네에에?"

히로크는 이제 기절하기 일보 직전인 얼굴이 되었다. 태평한 건 오로지 리리뿐이었다.

"앞으로 마하엔스하고 교류를 할 수 있게 될 거예요. 뭐, 마하엔스에 딱히 쓸 만한 물건이 있는 건 아니지만 그래도 특이한 문화가 많으니 여행 상품이라든지 뭐 그런 거로 준비해볼 생각인데…… 정해진 인원만 정해진 일정에 따라 움직이는 여행 같은거로요. 아! 아마 남쪽 바닷가의 수위도 높아질 거예요. 그것도 대비하시는 게 좋을 것 같고……."

그랬다. 순수한 마하엔스를 지키되 센테르의 문화를 받아들이는 방법. 바로 「패키지여행」이었다.

센테르에선 마하엔스로, 마하엔스에선 센테르로. 정해진 인원을 정해진 일정에 따라 둘러보게 한 뒤 돌려보내면 서로의 문화를 습득하되 마하엔스 사람들에게 불순한 의도를 가지고 접근하는 이들은 막을 수 있지 않을까.

베일에 둘러싸인 마하엔스를 관광하는 것이니 웃돈을 주고서라도 참가하는 사람은 넘쳐날 테고, 그걸 만약 독점으로 하게 된다면? 리리에게 떨어지는 돈도 어마어마할 터.

'어차피 마하엔스에서 얻을 수 있는 것도 없어 보이니, 퀘스트 보상은 이걸로 퉁 치는 거야.'

자기 몫은 자기가 챙기는 법이었다.

리리는 이미 문화 사절단을 통해 웬만큼 받아들일 수 있는 건 받아들인 후, 항구를 개방하여 소수의 사람만 오고 가게 할 작정이었던 셈이다. 현재로썬 그게 가장 안전한 방법이었다.

"남쪽에 항구를 만들어요. 이 사람들이 센테르에 익숙해지고 난 후 마하엔스와 교류하기 시작할 거니까요. 그곳은 주술로 넘어갈 수 없으며 오로지 배로만 이동하게 될 테니 항구가 필요할 거예요. 물론 마하엔스는, 정해진 항구로만 갈 수 있을 겁니다. 예를 들면 우리 항구라든가."

"네! 알겠습니다!"

히로크 남작은 멍한 얼굴로 연신 대답만 하고 있었다. 일단 의문은 뒤로하고, 기억부터 하는 게 우선이라고 여긴 듯했다.

"제일 중요한 거."

"……이보다 중요한 문제가 또 남아 있습니까?"

"그럼요. 지금 이 사람들이 불법으로 들어온 셈이잖아요? 절대 들키면 안 된다는 뜻이에요. 무슨 소린 줄 알죠?"

히로크 남작은 벌어진 입을 벙긋거리기만 했다. 충격이 여간 큰 게 아닌 듯 보였다.

"그럼 전 이만 가볼게요."

"서, 성녀님?"

"저도 급한 일 정리되면 들를 테니까, 너무 걱정하지 말고."

그제야 히로크 남작이 놀란 가슴을 쓸어내렸다. 설마 모든 걸 맡겨놓고 그냥 내버려둘까.

리리는 마하엔스인들에게도 "내 지인이 당신들을 돌봐주기로 했으니 말 잘 듣고 있어요."라고 인사한 뒤 다시 이동 주술을 사용했다. 마치 버림받은 개처럼 시무룩해진 치아츠가 마음에 걸리기는 했으나 애써 털어냈다. 우선은 급하게 확인해봐야 할 게 있었기 때문에 마음이 조급했다.

17. 아이기와 아스더

"아가씨!"

"아웅!"

리리의 목적지는 당연하게도 가족이 기다리는 페레로가였다. 리리의 기운을 느낀 젤리와 라이가 곧장 그녀에게로 달려왔다.

리리는 못 본 새 더 큰 것 같은 라이를 품에 안으며 뒤집어쓰고 있던 후드를 내렸다.

"나 왔어."

"정말 걱정 많이 했습니다, 아가씨! 괜찮으신 겁니까? 어디 다치시거나 하진 않으신 거지요?"

걱정했다는 말을 증명하기라도 하는 양 젤리의 두 눈에 눈물이 글썽했다. 다른 곳도 아니고 마하엔스였다. 사라진 섬, 마하엔스. 그곳에서 리리가 무얼 하는지, 혹시 무슨 일이 생긴 건 아닌지 걱정이 차고 넘칠 만도 했다.

"아오옹! 아웅, 아웅!"

라이도 얼굴을 리리 품에 문지르며 서럽게 울었다. 왜 이렇게 늦게 왔느냐고 타박하는 듯한 목소리였다.

"나는 괜찮……."

"딱 보니 괜찮은데 왜들 그리 호들갑이지?"

리리 대신 말을 거드는 거만한 목소리에 절로 눈썹이 찌푸려졌다. 잊고 있었다. 페레로가에는 덩치 크고, 인상만큼이나 성격도 험악하기 짝이 없는 변태 드래곤이 눌러앉아 있다는 것을.

"거기서 아주 잘 먹고 잘 지냈는지 살까지 오른 것 같군."

"하하, 하…… 네, 뭐…… 그러는 다리우스 씨도 아주 잘 지내신 것 같은데요. 피부에서 번들번들 빛이 나네요."

어슬렁어슬렁 걸어온 다리우스는 정말로 세상 다 가진 자처럼 자신만만한 미소를 짓고 있었다. 리리도 없겠다. 하얀 거 두 마리 끼고 행복한 나날을 보냈을 테니 안 그런 게 이상했다. 그렇게 좋은 날만 보내던 와중에 방해꾼 리리가 도로 등장했으니 저가시 돋친 말들을 내뱉는 걸 테고 말이다.

"정말 아무 일도 없으셨습니까? 마하엔스섬이 제대로 존재하기는 했나 보죠?"

"응, 그냥 평범한 섬이었어. 오히려 센테르보다도 사람들이 친절하고 순수해서 다리우스 씨 말대로 살이 조금 찔 정도로 잘 즐기다 왔어."

주술사 망토를 벗자 평범한 센테르 옷을 입은 몸이 드러났다. 분명 가기 전에 산 옷들인데 약간 끼는 듯한 느낌을 받았다. 수치들이 모조리 물음표로 넘어간 이후로 상태창에 관심을 안 가졌는데, 아마 몸무게가 몇 올라간 듯했다.

"그렇다면 다행입니다. 이 기쁜 사실을 어서 주인님께도……."

"내가 갈게. 그전에 뭐 좀 확인하고."

리리는 라이를 안은 채로 바닥에 주저앉았다. 그러곤 양 무릎을 세우자 얼결에 라이는 배를 까고 리리를 마주 보는 자세가 되었다.

"아옹?"

리리 품에 안겨 마구 어리광을 부리던 라이가 의아한 눈으로 그녀를 쳐다보고, 젤리와 다리우스 역시 왜 그러냐는 듯 둘을 내려다보았다.

"뭘 확인하신다는 건지요……."

"흰돌이는 왜 그러고 안은 거지? 흰돌이가 불편해하는 것 같은데."

"잠깐만. 잠깐만, 라이야. 누나가 뭘 좀 확인할 게 있어서 그래."

사실 퀘스트를 끝내던 그 순간, 리리는 곧장 집으로 돌아오고 싶었다. 당장 확인하지 않고는 못 배길 정도로 설레었기 때문이었다. 겨우겨우 참아 결국 이 순간을 맞이하게 되었다.

"우리 라이, 이게 뭔지 알아?"

리리는 아이템창에서 무언가를 꺼내 라이 앞에 들이밀었다. 바로 신의 조각이었다.

---

† 신의 조각(금속성)
:: 금속성 보석은 여신이 세계를 만들 당시 떼어냈다는 육체의 일부분 중 하나의 기운이 응집된 것으로, 너무나 강력하며 위험하고 그만큼 매혹적이다. 사막 그 자체인 이것을 제대로 다스리지 못하면 더욱 메말라 결국 금속을 제외하곤 아무것도 존재하지 못하는 죽음의 장소가 될 것이다. 그것을 막기 위해선 본래의 모습으로 되돌리는 방법밖에 없다.

그것을 꺼내자 바로 알아본 건지 다리우스가 허리를 숙이곤 호기심 가득한 시선을 던졌다.

"호오. 그것은……."

라이 역시도 코끝을 금속성 신의 조각에 가까이 대고 계속 냄새를 맡고 있었다. 그러고 보니 처음 이 조각과 마주했을 때도 비슷한 반응이었던 것 같다. 라이는 본능적으로 알았던 걸까. 이것이 자신과 연관이 있다는 것을.

"다리우스 씨가 전에 그랬지요. 우리 라이가 힘이 부족해 성체가 되지 못한 거라고……."

"그랬지. 근데 이거라면 충분하고도 남을 것 같은데? 어디서 난 거지?"

"사막에서요. 그땐 아무것도 몰라서 그냥 들고만 있었던 건데, 이제야 슬슬 감이 잡혀요."

다른 사막 부족인들과 달리 홀로 짐승의 모습으로 태어나 버림받은 라이. 흰색 털과 붉은 눈, 아직 작고 마른 몸으로도 용맹하게 요괴들을 잡다 못해 최종 보스까지 때려잡던 모습까지.

"우리 라이가 사막의 주인이었구나, 그렇지?"

리리의 말이 끝나기 무섭게 라이가 냉큼 신의 조각을 입으로 물었다. 깜짝 놀란 리리가 붙잡고 있던 것을 놓치자 라이는 순식간에 신의 조각을 삼켜버렸다.

"그, 그걸 왜 먹어?"

카아네스가 했던 것처럼 심장 근처에 댈 작정이었던 리리는 당황하여 외쳤다.

이걸 어쩌면 좋지? 당장 토하게 해야 하나? 아니면 소화되기만을 기다렸다가 화장실에서 찾아내야 하나? 짧은 순간, 많은 고민이 스치고 갔으나 다 소용없는 것이었다.

"……어?"

"아우웅, 아웅."

걱정 말라는 듯 눈을 가늘게 뜨고 웃던 라이의 몸이 금빛에 휩싸였다. 금색 안개처럼 뿌옇게 라이를 감싸던 기운은 점차 거세졌고, 라이는 마치 빛에 삼켜진 것처럼 보이지 않게 되었다.

리리는 물론이고 젤리조차도 눈이 부셔 가까스로 눈을 뜨고 있는 게 전부였다.

라이에게서 뿜어 나오는 빛인 건지, 아니면 주변에 있는 금속성 기운이 모조리 라이에게 빨려 들어가는 것인지 차차 넓혀지던 빛은 이윽고 페레로가 전체로 퍼져 나갔다.

카아네스 때와는 다른 반응에 리리의 불안함도 커질 때였다. 한순간에 모든 빛이 라이에게 몰려들더니 언제 그랬느냐는 듯 주변이 고요해졌다.

그러나 리리와 젤리, 다리우스는 너무 놀라 벌어진 입을 다물 수 없었을 뿐, 전혀 평온한 상태가 아니었다.

"라, 라, 라, 라이?"

리리의 무릎에 배를 까고 누워 있던 새끼 호랑이 라이는 온데간데없이 사라지고, 그 자리에 웬 어린아이 하나가 앉아 있었기 때문이다.

"……라이?"

"우웅?"

리리가 다시금 조심히 묻자, 대여섯 살쯤 되어 보이는 어린 소년이 고개를 갸웃거렸다.

솜털처럼 보들보들한 흰색 머리카락과 비죽 튀어나온 귀, 투명할 정도로 하얀 피부, 유독 강렬하게 느껴지는 커다란 붉은 눈동자까지.

"……라이 맞지?"

리리의 되물음에 라이는 대답 대신 그녀의 품에 얼굴을 파묻으며 비비적거렸다. 만족스럽다는 양 배시시 웃는 라이에게서 시선을 떼고 젤리를 바라보자니, 역시나 크게 당황한 얼굴로 굳어 있던 젤리가 힘겹게 입을 열었다.

"아무래도…… 맞는 것 같습니다."

"……그렇지?"

"이제야 완전해진 것 같군. 아직 모조리 흡수하지 못해 어린아이의 모습에 그친 것 같다만."

왜인지 흡족한 표정을 짓던 다리우스가 양손을 뻗어 소년의 모습을 한 라이의 겨드랑이에 끼더니 그대로 안아 올렸다. 가뿐하게 들어 올려진 라이가 붉은 눈동자에 의아한 기색을 한가득 담고 다리우스를 바라보았다.

다리우스는 행복하다는 양 미소를 지은 채 끄덕거렸다.

"하양군. 온통 하얘. 너무 작아서 아쉬웠는데 이만큼 커지다니……."

하얀 솜 인형 같던 라이가 어린아이만큼 커진 게 무척 만족스러운 모양이었다.

리리와 젤리는 멍한 눈으로 다리우스 팔에 매달린 라이를 올려다보았다. 정확히는 엉덩이에서 삐죽 튀어나와 이리저리 붕붕 휘둘리고 있는 꼬리에 고정되어 있었다.

"조금만 더 기다리면 흰둥이만큼 커질 테지? 이왕이면 포동포동하게 살이 올랐으면 좋겠군. 하얀 구석이 더 늘어나도록 말이야."

검은 줄무늬가 새겨진 흰 꼬리는 다리우스의 말에 더욱 거세게 휘둘러졌다. 가히 채찍질이나 다름없었기에 리리는 주춤주춤 몸을 뒤로 뺐다.

"젤리, 아무래도 다리우스 씨가 바람을 피우는 것 같은데 저대로 둬도 괜찮은 거야?"

"네? ……아가씨, 그게 무슨 말씀이시죠?"

젤리만큼이나 하얗고, 어쩌면 젤리보다 더 클지도 모를 라이에게 마음을 빼앗긴 다리우스가 걱정도 안 되는 모양인지 젤리는 이상한 표정을 지었다.

다리우스의 애정이 어디로 향하든가 말든가, 조금도 관심이 없는 눈치였다.

"하여간…… 알 수가 없다니까. 그나저나 라이도 원래는 이 모습이어야 맞는 거였구나. 누나가 그것도 모르고 신의 조각을 감춰두고 있었네."

원래라면 대대로 물려 내려와야 했을 신의 조각이 보물과 함께 보관되며 라이의 모습에 이상이 생겼나 보다.

리리는 자리에서 일어나 다리우스에게서 라이를 빼앗았다. 라이는 냉큼 리리의 목에 팔을 두르고 안겼다. 다리우스는 금세 시무룩해졌다.

"어째서. 그간 그토록 잘해줬는데도 너 따위를 더 좋아하는 거지?"

"그야 내가 라이의 첫 가족이니까. 그렇지, 라이?"

"아우웅."

"……으응?"

모습은 바뀌었지만 대답은 호랑이 때와 똑같았다. 리리는 잘못 들었나 싶어 다시금 말을 걸어보았으나 마찬가지였다. 눈웃음을 지으며 새끼 호랑이처럼 아웅거리고 있었다.

"……이런. 우리 라이, 말부터 가르쳐야겠네."

"꺄오옹."

신이 난다는 듯 라이가 높은 목소리로 울었다. 붕붕 휘둘러지는 꼬리가 리리의 팔을 쳤다. 모습만 바뀌었을 뿐, 여전히 사랑스러운 새끼 호랑이였다.

"젤리, 혹시 라이가 입을 만한 옷이 있을까?"

"음. 당장은 아가씨의 옷을 입혀야 할 것 같습……."

"내가 주도록 하지."

다리우스가 냉큼 말하더니, 무언가를 한가득 쏟아내기 시작했다. 한눈에 보기에도 고급스러워 보이는 옷가지들이었다.

자세히 보니 그것은 노베 바다 전통복이었는데, 크기와 색상별로 다 나오고 있었다. 물론 주로 흰색이었다.

　"이게 다 뭐야? 다리우스 씨가 입기엔 작아 보이는데?"

　"인간들이 가져다 바친 것과 오다가다 마음에 들어서 챙겨두었던 것들이다. 이 정도면 흰돌이가 입을 만할 것 같은데, 어떤가?"

　다리우스는 손수 옷을 골라 라이의 몸에 대보고 있었다. 인간들의 진상품이라고 하더니, 확실히 화려했다. 흰색 천에 온갖 색의 보석으로 장식한 상하의는 리리가 보기에도 무척 아름다웠기에 절로 고개가 끄덕여졌다.

　"그거 좋네요. 라이는 어때?"

　"아오옹!"

　"마음에 든다니 다행이군. 자, 팔을 들어보아라."

　다리우스의 명령에 라이는 순순히 팔을 들어 올렸다. 리리는 서둘러 라이를 빼앗아 품에 안았다.

　"내가 입힐 거예요."

　"내 물건이다."

　"라이는 내 아이예요."

　다리우스가 그저 흰색 성애자라는 걸 알고는 있었지만 종종 꺼림칙했기에 차마 라이에게 옷을 입혀주는 꼴을 볼 수가 없었다. 리리는 라이의 몸을 돌려 자신을 바라보게 한 뒤 물었다.

　"라이. 라이가 정해. 누가 입혀줬으면 좋겠어?"

"아옹!"

라이는 냉큼 리리의 목에 팔을 두르며 안겼다. 리리는 그 작은 어깨에 턱을 괴며 다리우스를 향해 씨익 웃었다. 다리우스는 분하다는 얼굴로 부들부들 떨었으나, 어쩔 수 없다는 듯 옷을 건네주었다.

"바지는 꼬리 구멍을 내야겠다."

재빨리 구멍을 내고 더 뜯어지지 않도록 주변을 꿰맨 리리가 바지까지 입혀주니 라이는 그야말로 귀공자가 되어 있었다. 온통 하얗고 반짝거리며 붉은 눈동자까지 보석 같은 귀공자였다. 귀엽고 사랑스러울 뿐 아니라 황홀할 정도로 아름답기까지 해서 리리는 넋이 나갔다.

"어쩜…… 우리 라이, 이렇게나 예뻤구나. 누나가 그것도 모르고 있었네."

"꺄오옹!"

"응응, 우리 라이, 누나가 내일 아침 일찍 시장에 나가서 라이가 쓸 만한 물건들을 사 올게. 오늘 하루만 참자?"

"아옹! 아옹!"

라이는 신나는 듯 리리 주변을 뱅뱅 돌았다. 저절로 엄마 미소가 지어지는 모습이었다. 리리뿐이 아니었는지, 젤리와 다리우스의 표정도 별반 다르지 않았다.

"이거 아빠가 알면 깜짝 놀라겠네. 호랑이가 사람이 되었으니."

"그러게요. 근데 주인님께선 오히려 더 좋아하실 듯합니다."

"왜?"

"음…… 그냥요."

어째 젤리는 쉽게 말을 꺼내지 못하는 듯했으나, 리리는 대수롭지 않게 여겼다.

"말 나온 김에 아빠한테나 갔다 와야겠다. 나 왔다는 거 알려드려야지."

"네. 지금 이 시각이면 주술각에 계실 테니, 곧장 다녀오면 아무에게도 들키지 않을 겁니다."

"라이, 누나가 아빠한테 다녀올 동안 젤리 형아랑 다리우스 형아랑 재밌게 놀고 있어. 알았지?"

"혀, 형아요?"

"형아가 무엇이지?"

"형을 친근하게 부르는 호칭입니다. 형이 무언지는 아시겠지요?"

"물론이다. 형. 형이라니. 형아. 그건 참 귀엽군."

"네?"

당황스러워하는 젤리와 달리 다리우스는 흡족해했다. 하여튼 하얀 것에는 끝없이 너그러워지는 남자가 아닐 수 없었다.

리리는 젤리를 따라 손을 흔드는 라이가 귀여워 웃음을 터트리다가 로쉐가 있을 주술각으로 넘어왔다.

주술등 빛에 의지해 늦은 시각까지 일하던 로쉐는 흰빛과 함께 모습을 드러낸 리리를 보고 벌떡 자리에서 일어났다.

"리리!"

"아빠!"

리리가 빠른 걸음으로 다가가자, 책상을 돌아 바깥으로 나온 로쉐가 반가운 얼굴로 리리를 반겨주었다.

"언제 온 거냐, 리리. 별일 없었던 거고? 어디 아픈 덴 없는 거냐?"

"없어요. 멀쩡해요. 아주 잘 있다가 왔거든요. 집에 들렀다가 바로 아빠 보러 온 거고요."

로쉐의 물음에 죄다 대답해준 리리가 방긋 웃었다. 로쉐는 기특하다는 눈으로 딸의 머리를 쓰다듬어주었다.

"무사히 갔다 온 것만으로 되었다."

리리는 로쉐를 탁자로 이끌었다. 안 그래도 바쁜데 자꾸만 일을 더 만드는 딸 때문에 못 본 사이 얼굴이 더욱 수척해져 있었다. 얼른 모든 퀘스트를 해결하고 한적한 곳에서 여유를 만끽하고 싶은 건 리리도 마찬가지였지만 말이다.

그간 고생한 로쉐에게 뭐라도 해주고 싶은 마음에 리리는 아이템창에서 찻잔과 마하엔스에서 가져온 찻잎 등을 서둘러 꺼내 우려내었다.

아무것도 없이 텅 비어 있던 로쉐의 사무실에 금세 따뜻한 향이 가득 들어찼다.

"아주 좋은 향이 나는구나."

"마하엔스에서 가져온 거예요. 마하엔스는 아주 좋은 곳이었어요, 아빠."

차가 제법 만족스러운지 미소를 띤 채 향을 즐기던 로쉐가 어서 말해보라는 듯 시선을 던졌다. 리리는 차 마시는 것도 미룬 채 열심히 조잘거렸다.

"새디아보다도 작은 섬이었어요. 바위로 이루어진 바위섬인데, 그 정상에 서면 섬 전체가 다 내려다보이거든요. 가장 먼 마을까지도 하루면 간다니, 상상이 가세요? 사람들은 절벽을 깎아 동굴에서 생활하는데 하나같이 친절하고 순수했어요. 욕심도 없고, 그냥 함께 어우러져 사는 거로 만족하더라고요."

"믿기지 않는구나. 센테르에선 상상도 할 수 없는 일이야."

"그러니까요. 먹을 게 풍족한 것도 아니고, 날씨가 좋은 편도 아닌데 다들 즐거워 보이더라니까요. 센테르에서 놀러 온 손님을 귀인으로 대접해주고, 특히 남성보다 여성을 더욱 존중해주는 문화여서 저는 귀인 중에서도 귀인 대접을 받고 왔어요."

리리는 그 뒤로도 자기가 보고 겪은 것들을 모두 얘기해주었다. 로쉐는 신기하다는 듯 귀 기울였다. 어떤 곳에서도 겪지 못한 문화이니 놀라울 법도 했다.

"……그래서 마하엔스의 문제는 잘 해결되었어요. 섬도 차차 바다로 내려올 거고, 앞으로 센테르와 교류도 하게 되겠지요."

"센테르와?"

"네. 오는 길에 히로크 남작한테 들러서 남쪽 바다에 항구를 만들라고 일러두었어요."

"괜찮겠느냐. 그렇게 순수한 사람들이라면, 몰려드는 센테르인들을 감당하기 버거울 텐데."

로쉐도 리리와 같은 점을 걱정했다.

영악하고, 욕심 많은 센테르인들 때문에 마하엔스의 순수함이 다칠까 봐 불안한 모양이었다.

"어차피 이른 시일 내에는 힘들 거예요. 우선 마하엔스인들이 센테르의 문화를 배우는 게 더 중요하다고 생각해서 몇 사람을 데려왔어요. 마하엔스는 지금까지 그랬던 것처럼 이동 주술로는 찾아갈 수 없을 거고요, 항구를 통해서 소수의 인원만 오가는 정도로 할 거예요. 물건을 거래하는 배와 관광을 위해 사람을 태우는 배, 이렇게 나뉘거나 혹은 같이 태우거나."

리리의 말뜻을 이해한 로쉐가 눈을 크게 떴다.

"과연. 그렇게 통제하면 문제는 확연히 줄일 수 있겠구나. 어떻게 그런 생각을 해낸 거지? 겪을 때마다 놀랍고 또 대견스럽다, 리리."

로쉐의 칭찬에 리리는 뿌듯한 얼굴로 웃었다. 이곳에선 배를 이용한 관광 여행이라는 개념 자체가 없었기에, 리리가 살던 곳에서 흔히 볼 수 있는 패키지여행은 신선한 방식의 돈벌이가 될 터였다.

그렇게 벌어들인 돈은 마하엔스와 일정 비율로 나누고, 또 물건을 사고팔며 이익을 낸다. 마하엔스와 리리, 둘 모두에게 좋은 방법이었다.

"근데 히로크 상단만 독점하면 아마도 반발이 심할 듯싶구나. 천자의 의심을 살 수도 있어."

"그건 걱정하지 마세요. 그 역시 생각해둔 게 있으니까요."

리리의 장담에 로쉐의 불안은 한결 꺾었다. 워낙에 똑똑한 애이니 어련히 알아서 잘할까, 하는 믿음이 깔린 얼굴이었다.

리리와 로쉐는 그 뒤로도 이런저런 대화를 나누었다. 여전히 대치 상태에 놓인 빈민가에 대한 내용도 있었고, 리리를 찾는 황족의 동태 등도 들을 수 있었다.

"당분간은 숨어 지내야겠어요. 그러려고 주술을 이용해 돌아온 거니까요."

"잘 생각했다. 이런 식으로 시간을 끌면 결국 다른 이를 궁에 들이게 될 테니 말이다."

리리와 로쉐의 눈빛은 굳건했다. 절대로 황비 후보로 끌려가지 않겠다는 결의 같은 게 스며 있었다.

"급하면 포기하겠죠, 뭐."

한동안은 숨어 지내며 상황을 지켜보다가, 다른 이와 혼인한다고 공표하는 순간 모습을 드러낸다.

아주 완벽한 그림이었다. 두 사람은 마주 보며 음침한 웃음을 흘렸다.

>><<

다음 날, 리리는 아침이 밝자마자 급히 시장으로 나왔다. 사람이 더 몰리기 전에 물건을 사기 위해서였다.

'우리 라이 글하고 말을 가르치려면…… 어린아이에게 읽어줄 법한 동화책 몇 권을 사는 게 좋을 것 같고…… 매번 그렇게 화려한 옷만 입힐 순 없으니 시장 옷으로 몇 벌 사두는 게 좋을 것 같고…… 뭐 또 필요한 게 있나?'

주술복도 튈까 봐서 일부러 허름한 옷으로 온몸을 꽁꽁 싸매고 나왔는데도 조금 불안해 자꾸만 둘러쓴 후드를 만지작거리던 리리가 민첩하게 걸음을 옮겼다. 전날 사람으로 뿅 변신한 라이를 생각하니 마음이 조급해졌다.

'퀘스트 완료창이 뜨지 않았어.'

원래 모습을 되찾아주어라.

그 퀘스트가 아직도 남아 있는 상태였다. 다리우스도 그랬다. 모조리 흡수하지 못해 어린아이 모습인 것 같다고. 리리 생각에도 그 모습으론 사막을 다스리기 어려워 보였다.

전과 달리 라이에게서 금속성 기운이 여실히 느껴지긴 했으나, 아벨이나 천자를 마주했을 때보다는 약했고 말이다.

'얼른 성장시켜야 퀘스트가 끝날 테지. 그러면…… 동쪽하고 중앙만 남는 건가?'

그래도 끝이 보였다. 라이야 시간문제인 것 같으니, 남은 건 새디아섬과 중앙인 센테르뿐이었다. 중앙도 황태자가 부인을 맞이해 그릇을 타고난 아이를 낳으면 해결될 문제지 싶었다.

일단 자신은 라이를 키우는 게 급선무라는 생각에, 아이 성장에 좋다는 약재 등도 마구잡이로 사대던 참이었다.

"……나를 쳐다보는 게 맞는 것 같은데."

골목 어귀에서 자꾸만 시선이 느껴지고 있었다.

벌써 자신이 돌아왔다는 사실을 들킨 건 아니겠지. 불안한 생각이 들었다. 어차피 아스더에게 막힐 정보이기는 했으나 혹시 모를 일이었다. 과연 천자가 한 단체에만 의지할까? 종종 그런 의문이 들곤 했기 때문이다.

대강 살 건 다 산 것 같으니 얼른 돌아가는 편이 나을 성싶었다. 사람들의 눈을 피해 주술을 사용할 생각으로 우선 시장부터 벗어나려는데 얼마 지나지 않아 걸음을 멈추게 되었다.

앞을 가로막는 누군가 때문이었다.

"잠깐 시간 좀 내주었으면 좋겠는데."

리리는 얼굴을 감추기 위해 모자 아래로 푹 숙이고 있던 고개를 천천히 들어 올렸다. 자신 못지않게 온몸을 꽁꽁 감춘 누군가의 모습이 서서히 시야에 들어왔다. 이미 목소리를 통해 자신의 앞을 가로막은 이가 누군지 눈치챘기에 굳이 얼굴을 볼 필요는 없었다.

허리를 숙인 사내가 눌러쓴 후드에 가려진 리리의 귀에 대고 속삭였다.

"내가 좀 오래 기다려서 말이야, 시간 길게 끌고 싶지 않은데. 응? 성녀님."

"어떻게……."

기가 막힌다는 듯한 목소리가 달싹거리는 입술 새로 한숨처럼 새어 나왔다. 이윽고 두 사람은 눈이 마주치고, 리리는 바로 앞에서 빙긋 웃는 사내의 이름을 중얼거렸다.

"아스더."

"마차로 모시겠습니다, 아가씨."

아스더는 퍽 우아한 모습으로 고개를 숙이더니, 리리의 어깨를 닿을 듯 말 듯 감싼 채 시장을 빠져나왔다. 길가에는 이미 마차 한 대가 서 있었다. 대체 언제부터 자신을 쫓아온 건지, 어떻게 그녀가 돌아온 걸 알아챈 건지 궁금한 게 산더미였다.

마차가 출발하고, 턱을 괸 채 빙글빙글 웃는 아스더를 향해 입을 열었다.

"내가 돌아온 건 어떻게 알았어?"

답답하게 시야를 가리는 후드를 내리자 아스더의 모습이 더욱 잘 보였다. 그 능청스럽고도 천하 태평한 모습이.

"뭐가 그리 급해. 차 한잔 마시면서 여유롭게 대화를 나누어보자고."

"내가 궁금한 건 못 참는 성격이라."

"아, 그러셨나?"

일부러 시장도 조금 외진 곳으로 왔는데, 사람들의 시선을 피할 겸 빈민가에 대한 사람들의 반응을 엿볼 겸 겸사겸사였다.

'그나마 빈민가에서 가장 가까운 시장이어서 그리로 올 걸 예상을 했다든가…….'

그러나 그것도 조금 말이 안 되는 게, 리리가 대체 언제 돌아올 줄 알고 거기 눈을 붙여놓느냔 말이다. 그건 너무 시간 낭비, 인력 낭비였다.

그러한 리리의 궁금증은 그녀가 답답해하는 모습을 즐기기라도 하듯 일부러 시간을 조금 끈 아스더가 비로소 입을 열었을 때야 풀릴 수 있었다.

"히로크 남작을 지켜보고 있었지."

"……남작을?"

리리가 어이없다는 눈으로 아스더를 쳐다보자 그는 퍽 씁쓸한 시선을 창밖으로 던지며 중얼거렸다.

"설마 했지만…… 바로 그리로 갈 줄이야. 가장 중요한 건 돈벌이다, 이건가."

왜인지 양심이 따끔따끔 아파졌다. 리리는 어설프게 웃다가 마찬가지로 의미 없이 창밖을 바라보며 중얼거렸다.

"……그럴 만한 이유가 있었어."

마하엔스에서 사람들을 데려왔으니 눈을 피해 숨기는 것이 우선이었다. 아마 지켜봤다니 알 테지만 아스더는 모호한 목소리로 말했다.

"그렇군."

귀한 지도를 건네준 건 아스더였는데 돌아오자마자 그도, 심지어 가족도 아닌 히로크 남작을 찾아갔으니 섭섭하다 해도 할 말이 없었다.

마차가 도착한 곳은 아센 상단이 아닌 그가 자주 가는 단골 식당이었다.

리리는 의문이 들었으나 별다른 말 없이 후드를 눌러쓰곤 따라 내렸다. 그에게서 정보를 캐낸답시고 함께 식사했던 적이 꽤 되는지라 익숙하게 자리를 안내받고 음식을 주문했다.

"식당이 열기엔 이른 시간 같은데."

"밤을 지새우는 사람은 언제 배가 고파질지 모르는 일이지."

"그쪽 하나 때문에 이 식당이 밤새 영업을 한다는 말은 아니겠지?"

"왜 아니겠어."

아무렇지 않게 답하는 아스더 때문에 리리는 기가 찬 숨을 내뱉었다. 제아무리 리리가 세운 요정의 만찬이라 해도, 그녀 멋대로 야간까지 일하게 할 수는 없는 노릇이었는데 말이다. 고작 한 사람 때문에 24시간 영업이라니…… 그럴 목적으로 세운 식당이 아니고서야…….

"……아. 그럴 목적으로 세우고도 남을 남자였지."

"뭐가?"

"아무것도 아니야."

명쾌한 해답을 내놓은 리리가 이해된다는 듯 고개를 끄덕였다. 아스더의 의문 서린 시선이 느껴졌지만 신경 쓰지 않았다.

식사 준비를 마친 점원이 나가고 나서야 리리는 답답한 옷과 얼굴 가리개를 아이템창에 집어넣을 수가 있었다. 음식 냄새를 맡자 아직 이른 시간임에도 배가 고파졌다. 이러나저러나 이 식당 음식 맛은 제법 괜찮은 편이었기에 리리는 즐거운 마음으로 식사를 시작했다.

마찬가지로 겉옷을 벗은 뒤 그런 리리를 가만히 바라보던 아스더가 문득 생각났다는 듯 물었다.

"그러고 보니…… 본래 머리카락 색은 그게 아니었지."

아스더는 리리의 머리카락을 훑어보다가 귀에 꽂힌 귀걸이에 관심을 가졌다.

"그 귀걸이 때문인가."

"갑자기 그건 왜?"

"그냥. 궁금해서."

리리는 저도 모르게 귀걸이를 만지작거렸다. 이제는 한 몸처럼 느껴지는 이 귀걸이에는 리리의 머리카락 색과 눈동자 색을 바꾸어주는 주술이 새겨져 있었다.

습관적으로 착용하고 있어서 종종 자신이 이걸 끼고 있다는 사실도, 본래 머리카락 색과 눈 색은 검푸른 색이 아니라는 사실도 잊곤 했다.

"궁금해지는걸. 성녀님의 본래 모습이 말이야."

"봤으면서 새삼스럽게……."

"그땐 너무 어렸으니까. 오래되어 기억도 잘 나질 않아."

"그거 잘됐네."

리리가 그리 말하며 어서 식사나 하라는 듯 고갯짓하자 아스더는 픽 웃으며 간이 하나도 되지 않은 맹맹한 음식을 맛보았다. 그러나 식사가 목적이 아니었던 듯, 금방 스푼을 내려놓곤 다시금 리리를 감상하는 양 턱을 괴고 바라보며 입을 열었다.

"마하엔스를 정말 갔다 왔다는 건가."

"갔다 오라고 지도 준 거 아니었어?"

"그렇기야 하다만. 조금 믿기 힘든 것도 사실이었어. 오래전 사라져 실은 존재하지 않는 거라는 말조차 나오는 섬에 간다니까 말이야."

"없는 섬이 지도에 표시되어 있을 리가 없잖아."

"그럼 왜 사라졌는데? 어째서 찾을 수가 없는 거지?"

"그건…… 뭐, 그럴 만한 이유가 있었어. 음, 오늘따라 더 맛있는데?"

사실대로 다 말해줄 수는 없는 노릇이었다. 리리가 두루뭉술하게 대답하며 식사에 집중하는 척하자 아스더는 가소롭다는 듯 미소를 걸쳤다.

"대답해주기 싫다, 이건가."

"그걸 알아서 뭐 하게. 하여간 중요한 것은 마하엔스는 분명 존재하는 섬이고, 곧 갈 수 있게 될 거라는 사실이야."

"……갈 수 있게 된다고?"

"그래."

리리는 입가에 묻은 음식을 슬쩍 닦아낸 후 아이템창에서 이런저런 물건을 꺼냈다. 허공에서 나타나는 물건이 여전히 흥미로운지 눈을 가늘게 뜬 아스더가 물었다.

"이건 다 뭘까."

"내게 지도를 준 것에 대한 보답이라고 해야 할까. 근데 의외로 마하엔스엔 딱히 뭐가 없더라고. 분명 문화는 특이하지만 애초에 섬 자체가 풍족하지가 않아. 고작 해봐야 직물이나 돌조각, 아니면 이 향료 정도?"

리리가 병에 담긴 향료를 흔들자 아스더가 손을 내밀었다. 그의 손바닥 위에 올려주니 눈앞에 가져가 점성이 느껴지는 묵직한 액체를 흔들어보던 아스더가 중얼거렸다.

"향료? 여인의 몸에 바르는 건가?"

"그곳에선 남녀 할 것 없이 다 발라. 날씨가 워낙 덥고 습하거든. 이걸 바르면 물기를 막아서 피부를 보송보송하게 만드는데……."

리리는 아이템창에 남아 있는 향료를 꺼내 자신의 팔에 발랐다. 마하엔스에 비해 습하지 않은 센테르의 날씨 탓에 비교가 안 될 듯싶어 그 위에 물도 엎고는 탁탁 털었다.

"자, 직접 겪어봐야 이해가 쉽지."

"오. 친절하군."

아스더는 자신을 향해 내민 리리의 팔에 손을 얹었다. 차가운 물 탓으로 식은 피부에 제법 체온이 높은 아스더의 손이 닿자 리리는 저도 모르게 흠칫 어깨를 떨었다. 아스더 또한 멈칫하는 것이 보였다.

뒤늦게 너무 과했다는 생각이 들었으나, 이미 늦었다.

아스더의 입꼬리가 슬슬 말려 올라갔다. 그의 눈이 즐겁다는 빛을 띠었다.

"글쎄. 이렇게 해서는 잘 모르겠는데."

손가락 끝으로만 솜털을 헤아리듯 가볍게 쓸어 올리던 아스더가 천천히 리리의 팔을 감싸 쥐었다. 이 남자는 피 한 방울 안 나올 것처럼 냉정하면서 왜 이리 체온이 높은지. 그의 손이 닿은 곳이 덴 듯 뜨거웠다.

"원래가 이렇게 매끄러운지, 아니면 향료 때문인 건지 구별이 되질 않아서 말이야."

그녀의 팔을 감싸 쥔 채 엄지로만 살결을 쓰다듬던 아스더가 슬금슬금 향료를 바르지 않은 곳으로 손을 움직였다. 당황하여 굳어 있던 리리가 겨우 정신을 차리고 아스더의 팔을 치우려던 참이었다.

두 사람의 얼굴이 동시에 굳으며 날 선 긴장감이 방 안을 채웠다.

"……방금, 누가 지켜보는 느낌이 들었는데."

리리가 먼저 입을 열자 언제 나른했느냐는 듯 눈매조차 날카로워진 아스더가 주변을 살피며 답했다.

"나도 느꼈다. 분명 뭔가가 있었어."

"이번뿐만이 아니야."

"그래."

아스더와 만날 때마다 묘하게 시선이 느껴졌다. 그러나 인기척도 없고, 하다못해 그림자 같은 것도 없어 그저 기분 탓이려니

아이기와 아스더 105

넘겼는데 이번에는 확연히 와닿았다.

누군가의 감정 같은 것이었다.

"주변엔 아무도 없는데."

"더는 느껴지질 않는군. 사라진 건가."

"이상해. 누가 왔다 갔다면 바로 눈치챘을 텐데."

"주술?"

"아마도 그렇겠지?"

이미 사라지고 없는데도 쉬이 긴장을 풀지 못하고 주변을 살피던 리리는 아직도 자신의 팔 위에 놓인 아스더의 손을 발견하곤 급하게 털어내었다. 그제야 그도 알아차렸는지 천천히 손을 거두어갔다. 잠시 어색한 공기가 내려앉았다.

"뭐. 하여간 이런 거라고. 별거 아니지만, 우산 같은 것에 바르면 효과가 더 좋거나 하지 않을까 해서 알려주는 거야."

"그렇군."

아스더는 뭐가 그리 좋은지 실실 웃음을 흘리고 있었다. 리리는 물기를 닦아내는 척 아스더의 온기가 남아 있는 듯한 팔을 문질렀다.

"그나저나 천자면 어쩌려고 그리 태평하실까?"

"뭐가? 방금 그 시선이?"

아스더는 리리의 말을 비웃었다. 전혀 그럴 리 없다는 자신만만한 태도에도 리리는 불안함을 떨칠 수 없었다.

"모르는 거잖아. 그쪽 말고 다른 비밀 단체가 또 있을지."

"장담하는데, 그럴 일은 없어."

"왜?"

"그랬다면 내가 몰랐을 리가 없으니까."

"그쪽이라고 천자의 모든 것을 알 수는 없는 노릇이잖아."

리리의 물음에 아스더는 미소로 대답을 대신했다. 정말로 그것에 대해서는 조금도 의심하지 않는 얼굴이었다. 믿는 구석이라도 있는 걸까 싶었다.

아무리 센테르 내 모든 정보가 아스더를 지나간다고 해도, 천자가 마음먹고 감춘다면 황궁 내에서 벌어지는 움직임을 모조리 알아차리긴 힘들 텐데.

어쩌면 아스더가 모르는 배신자 같은 게 있을 수도 있고 말이다. 원래 살던 세상에서 너무 영화를 많이 본 탓일까. 온갖 음모가 다 떠올랐다.

"내 생각엔 내 쪽이 아니라 네 쪽이지 싶은데, 성녀님."

"그쪽이 모르는 내 감시자 같은 게 있을 리 없잖아."

그러면서도 리리는 영 찝찝했다. 둘 다 비밀이 많은 사람이다 보니 감시하는 듯한 시선을 느꼈대도, 누가 누구를 지켜보고 있었던 건지 알 길이 없었다.

"이상하단 말이야. 도대체 뭐길래 둘 다 감조차 잡지 못하는 거지?"

리리가 중얼거리자, 아스더 역시 생각에 잠긴 듯 조용히 물컵을 만지작거렸다.

곧 고민해봐야 답이 나오지 않는 문제라는 걸 깨달은 리리가 말을 돌렸다.

"그건 됐고. 내가 가져온 물건들은 어때? 마음에 들어?"

"흠."

아스더는 앞에 놓인 향료 병을 손가락으로 툭 쳤다. 딱히 마음에 드는 눈치는 아니었다.

"귀한 지도를 내어주고 얻은 게 이런 잡동사니 따위라니."

새디아의 잡동사니는 새디아의 물건인 것을 아는 사람들로 인해 가치가 높은 거였다.

마하엔스에 가본 사람이 전혀 없는 지금의 센테르에서는 마하엔스에 딱 하나뿐인 물건이라 해도 그저 처음 보는 희귀한 잡동사니 취급이나 할 게 뻔했다.

그걸 리리도 알고 있어서 대체 아스더에게 뭘 주면 좋을까, 잠시 고민한 적이 있었다. 답은 금세 나왔지만.

리리는 씨익 웃으며 말했다.

"설마. 고작 이런 잡동사니뿐이려고. 이래 봬도 받은 만큼 돌려주는 사람이야, 내가."

흥미가 생기는지 아스더는 더 말해보라는 듯 입꼬리를 말아 올렸다. 리리도 양팔을 탁자 위에 얹으며 몸을 편히 기댔다.

"무역권. 마하엔스 무역권을 반 나눠줄게. 와, 진짜 파격적이다. 나 너무 인심 쓰는 거 아니야?"

본인이 말해놓고 놀랍다는 양 과장된 목소리로 감탄하고 있으려니 아스더가 눈을 가늘게 뜨며 물었다.

"무역권?"

"말했듯이 마하엔스가 개방될 거야. 한 1년 뒤 바라보고 있어. 그때를 대비해 남쪽 바다에 항구를 만들 생각이야. 마하엔스는 주술로는 이동할 수 없고 무조건 배로만 교류하게 될 거거든. 그러니까, 그쪽에게도 배를 띄울 수 있도록 해준다고. 아센 상단이 마하엔스에도 진출하게 되는 거지. 어때?"

제법 재밌는 제안인지 아스더의 얼굴에 즐거운 기색이 떠올랐다. 그럴 만도 했다.

아센 상단이 노베와 하르빌의 독점 계약으로 얻은 이익이 얼마던가.

마하엔스는 오로지 배로만 들어갈 수 있고, 그것도 히로크 상단과 아센 상단만이 배를 띄울 수 있다. 상인인 아스더로서는 나쁘지 않은 제안일 터였다.

"마하엔스와 얘기 다 끝난 건가?"

"아마도."

모호한 리리의 대답에 아스더의 눈썹이 삐뚜름해졌다. 막상 리리는 문제없다는 듯 어깨를 으쓱거렸다.

카아네스와 전혀 얘기되지 않은 바였지만 딱히 걱정할 건 없었다. 카아네스 입장에서도 나쁜 제안이 아닌 데다 무엇보다 그녀에게 신세를 아주 많이 진 그가 거절할 리가 없었다.

"마하엔스는 크지 않은 섬이고, 다른 곳과 교류를 하지 않아 그들만의 문화가 강해. 그래서 나는 그 특유의 문화를 지킬 겸 관광 사업을 해볼까 해."

"관광 사업이라……"

"사라진 섬, 마하엔스! 갑자기 바다 위에 나타나다! 신비롭고 아름다운 마하엔스를 직접 가볼 수 있는 특별한 여행! 전설 속 주인공이 되어보세요!"

마치 광고의 한 장면처럼 과장된 목소리와 표정으로 외친 리리가 생글생글 웃으며 말을 이었다.

"어때? 사람들의 관심이 확 몰릴 것 같지 않아? 얼마나 궁금하겠어. 갑자기 나타난 미지의 섬이라니, 죽기 전에 한 번쯤 꼭 가보고 싶을 거야, 그렇지? 우리는 그 호기심만 조금 자극하면 돼. 그리고 몇 사람만을 데리고 함께 다녀오는 거지. 독특한 문화를 간직한 태초의 섬으로."

"그저 배에 몇 사람만 더 태우고 갔다 올 뿐인데, 사람들은 그 여행길에 함께하기 위해 웃돈을 더 얹어주는 짓도 마다치 않을 테고……"

"마하엔스섬을 간단히 구경시켜 준 뒤 돌아오면?"

"그다음 배에 타기 위한 사람들이 줄을 서 있겠군. 전설의 섬이라는 환상에다가 끝도 없이 부풀어진 사람들의 경험담까지 합쳐져 한껏 기대한 채로."

"바로 그거야."

리리가 박수를 짝짝 치자 아스더 역시 낮은 웃음을 터트렸다. 무역과 관광 사업을 동시에! 돈방석에 앉는 것은 시간문제였다.

"마하엔스에 지어질 항구에는 기념품 가게를 잔뜩 지어둘까 해. 거기서 기념품이랍시고 마하엔스 잡동사니를 적당한 가격에 팔면 사람들이 살 거 아니야? 그 사람들을 통해 마하엔스 물건은 서서히 알려지게 될 테고 말이야."

"그렇게 되면 단지 바다를 건너왔다는 이유만으로 몇 배는 부풀려진 아센 상단과 히로크 상단의 마하엔스 잡동사니도 없어서 못 팔 지경이 되겠지."

"크. 말이 잘 통하네."

리리의 목소리에 즐거움이 한껏 스며 있었다. 자신의 사업 아이템에 아주 흡족하다는 듯이 맞장구쳐주는 상대가 있으니 기분이 격양되었다.

아스더하고 대화하는 게 이렇게까지 즐거웠던 적은 처음이었다. 그건 아스더도 별반 다를 게 없어 보였다.

"정말 대단한 계획이야. 자신의 소유지도 아닌, 남의 나라로 그런 식으로 돈을 벌 생각을 하다니 놀라워."

"……그거 칭찬이지?"

"물론. 지금껏 노베나 하르빌 관광으로 돈 벌 생각을 전혀 못 해본 내가 조금 부족하게 느껴지는군. 역시 탁월한 상인이야. 다시금 탐이 나는걸."

"미안하지만, 나는 아센 상단에서 일할 생각은 없어. 그냥 이렇게 나눠 먹는 걸로 만족하라고."

"아쉽지만 그러도록 하지."

리리의 제안이 아주 마음에 들었던지 아스더의 입가에서 미소가 지워질 기미가 안 보였다. 늘 그린 듯 짓고 있던 미소가 아닌, 정말로 즐겁다는 기색이 가득한 표정이었다.

"1년 바라본다고?"

"일단은. 마하엔스를 개방하기 전에 미리 항구도 만들어두어야 할 테고, 마하엔스인들도 센테르에 대해 웬만큼은 알아두는 게 나을 테니까."

"그래서 마하엔스인들을 데리고 온 거였군."

"……눈치챘어?"

"모를 거라 생각했나?"

"그건 아닌데……."

자신이 돌아왔다는 것도 바로 알아차리는 남자가, 그녀의 일행을 눈치 못 챘을 리는 없었다. 예상했지만 당황스러운 건 어쩔 수 없었다. 하여간 무서운 구석이 있는 남자였다.

"우리도 슬슬 준비해야겠군."

"아. 미리 알아두어야 할 게 하나 있어."

"뭐지?"

"남쪽 바다의 수면이 상승하게 될 거야. 옛날만큼 높아질지는 잘 모르겠지만, 아마 최남단 마을은 물에 잠길지도 몰라."

"……그건 왜?"

"그런 것까진 몰라도 되고……."

"일단 알아두지."

아스더는 고개를 끄덕였다.

리리는 히로크 남작에게 일러두기는 했지만 그래도 항구 만들면서 마을을 조금 신경 써달라고 다시금 말해두는 편이 낫겠다고 생각했다. 아예 그쪽을 다 사들인 뒤 마을을 밀어버리고 항구로 만드는 것도 나쁘진 않을 듯했다.

두 사람은 만족스러운 거래를 마친 뒤 잠시 본래의 목적이었던 식사에 집중했다. 이미 식어버렸으나 마음이 즐거워서인지 충분히 맛있었고, 무엇보다 갑자기 많은 말을 하는 바람에 출출해져 있었다.

그렇게 잠깐 끊겼던 대화는 아스더의 말로 다시 이어졌다.

"그 나라에도 지배자가 있을 텐데, 센테르를 노린다든가 하지는 않을까?"

무척이나 뜬금없는 질문이었다.

물론 여러 국가가 함께하다 보면 그런 일쯤이야 당연한 걸지 모르나, 마하엔스의 지배자가 누군지를 아는 리리는 상상과 동시에 웃음을 터트릴 수밖에 없었다.

"푸흡. 카아네스가?"

"카아네스?"

"절대 아니야. 그럴 일 절대 없어. 오히려 천자가 마하엔스를 노리면 노렸지, 마하엔스 사람들 심성으로는 그냥 센테르 구경에 들떠 있기만 할걸? 그래서 마하엔스에 주술로는 갈 수 없게 막아두려는 거잖아. 혹시 모를 일을 대비해서 반드시 항구를 거치도록 말이야."

"너무 확신하는군. 그자를 그렇게 믿는다는 건가?"

아스더의 의문이 깊어졌다. *그*가 마하엔스 사람들을 본 적이 없기 때문이라고 장담했다.

"어. 확실히 아니라고 말할 수 있어. 카아네스는 절대 그런 생각 안 할걸?"

"궁금한데. 대체 카아네스, 그자가 누구길래 그토록 신임을 얻은 건지 말이야……."

그때였다. 갑자기 주변 온도가 확 올라가더니 탁자 옆으로 작은 불꽃 하나가 팍 타올랐다. 리리와 아스더는 자리에서 벌떡 일어나 각자 벽 쪽으로 몸을 붙였다. 그사이 그것은 사람만큼이나 몸집을 키우고, 이윽고 사람 모습으로 변해갔다.

"나? 카아네스? 내 이름을 들은 것 같은데?"

불꽃이 사방으로 흩어지며 사그라지고, 그 자리에 검은색 로브를 뒤집어쓴 남자가 덩그러니 서 있었다.

"비안타, 방금 내 얘기를 한 거야?"

익숙한 목소리와 이제는 너무나 자연스럽게 들리는 언어. 당황해서 굳은 리리를 향해 서서 깊게 눌러쓴 후드를 벗는 남자는 바로 카아네스였다.

"왜 그러고 서 있어?"

카아네스는 진심으로 이해할 수 없다는 얼굴로 묻고 있었다. 리리는 전투태세에 돌입했던 몸의 긴장을 풀었다. 지금 이 상황이 당황스럽다 못해 믿어지지 않았다. 대체 카아네스가 왜 여기 있는 거지? 그 의문만이 한가득하였다.

그러나 그녀가 묻기 전에 아스더가 먼저 말문을 텄다.

"이자는 누구지? 아는 사이인가 본데."

그제야 카아네스의 시선이 아스더에게 향했다. 그는 아스더를 보고는 눈이 동그래졌다. 성큼성큼 다가가자 아스더가 양손에 검은색 검을 띄우고 거리를 벌렸다. 리리도 익히 아는 그림자 검이었다.

자신에게 단검이 겨누어져도 카아네스는 신난 목소리로 말했다.

"와! 이 남자도 주술사인가 본데? 비안타, 이 남자는 어둠? 어둠 맞지? 그림자가 검이 되었어! 저런 건 어떻게 하는 거지?"

그러곤 자신의 손바닥을 펼쳐 불꽃을 만들어냈다. 그저 자신도 불꽃으로 검을 만들 수 있나 실험해보는 거였으나 아스더의 눈에는 공격으로 받아들여졌는지 금방에라도 달려들 것처럼 몸을 움츠리며 사나운 목소리를 내뱉었다.

"이게 무슨 짓일까. 지금 이 상황이 이해가 안 되는데 말이야."

그건 리리도 마찬가지였다.

일단은 이대로 뒀다간 카아네스가 다치겠다는 생각에 급히 중재부터 나섰다.

"아스더. 이 남자가 바로 마하네스의 대표야. 굳이 따지자면 천자 같은 거."

"……뭐? 그 카아네스인가 뭔가?"

아스더의 얼굴에 짜증이 서렸다.

더욱 이해가 안 된다는 표정이었다. 막상 이런 상황을 만든 카아네스는 해맑게 웃었다.

"카아네스! 맞아, 내 이름! 비안타, 이 남자가 내 이름을 알아!"

리리는 손바닥으로 이마를 짚었다. 카아네스의 천진난만함이 그저 기막힐 따름이었다.

"카아네스 우선 손 위에 불부터 없애지 그래. 그러다가 칼 맞아."

"왜?"

"……정말 몰라서 물어? 갑자기 나타난 모르는 사람이 불꽃을 든 채 구석으로 몰고 있는 상황, 안 보여?"

카아네스는 벽에 등을 대고 붙어 살기마저 내뿜는 아스더의 존재를 뒤늦게 알아차리곤 급히 손에 있는 불꽃을 없앴다. 그러곤 양 손바닥을 보이며 주춤주춤 뒤로 물러났다.

"놀랐다면 미안. 근데 난 전혀 그럴 의도가 없었어. 비안타, 내가 왜 이 남자를 공격하겠어? 그런 오해를 받다니, 조금 슬퍼지는걸."

"말했잖아. 센테르는 마하엔스처럼 평화롭지 못한 곳이라고."

지친 목소리로 중얼거린 리리가 아스더 쪽으로 고개를 돌렸다.

"아스더, 검 집어넣어도 괜찮아. 카아네스는 그저 아스더의 검이 신기해서 따라 해보려고 했던 것뿐이니까."

"그걸 내가 어떻게 믿지?"

"무슨…… 속고만 살았나…… 딱 보면 모르겠어? 어디 저 얼굴이 사람 막 공격하고 그럴 것같이 생겼냐고."

물론 생김새만 놓고 보자면 야생을 들쑤시고 다니며 거침없이 사냥할 것 같은 분위기였지만, 「내가 뭘 잘못한 거지?」라고 쓰여 있는 듯한 순진무구한 표정에 아스더도 조금은 수긍한 모양이었다. 천천히 검을 든 손을 내렸다.

"미안하대. 자기는 그럴 의도가 아니었대."

"됐으니 왜 갑자기 내 식당에 쳐들어온 건지 이유나 좀 듣고 싶은데."

"……그러게."

리리는 호기심 가득한 눈빛으로 아스더의 위아래를 살피느라 정신없는 카아네스를 바라보았다. 너무 기가 막혀서 웃음이 다 나오려고 했다.

"카아네스."

"응, 비안타. 말해."

커다란 강아지처럼 호의 가득한 눈에 리리가 담겼다. 그녀는 한숨이 나오려는 것을 애써 삼키며 입을 열었다.

"설명을 해줘야 할 것 같은데. 왜 카아네스가 여기 있는 건지, 어떻게 온 건지 말이야."

"비안타도 알잖아? 화속성 주술은 사용할 수 있다는 거."

"그건 아는데…… 거기서 여기까지 주술로 이동해왔다고? 지도도 없이?"

"왠지 가능할 것 같아서 해봤는데 정말로 되더라고. 그래도 걱정 마. 아직 때가 일러서 마하엔스와의 교류는 감춰야 한다는 비안타 말을 잊지 않았거든. 이렇게 몸도 가리고…… 어때. 감쪽같지. 아무도 모르더라."

다시금 후드를 눌러쓰며 모습을 뽐내듯 이리저리 돌아보는 카아네스 덕에 한 3년쯤 늙은 기분이었다.

"그건 됐고…… 그럼 왜 왔는데?"

"그야……."

리리의 물음에 카아네스가 그녀 쪽으로 걸어왔다.

그러곤 리리의 양손을 꼬옥 붙잡으며 다정하게 속삭였다.

"당연히 비안타가 보고 싶어서지. 정말 몰라서 묻는 거야?"

헤어진 지 고작해야 하루 되었나 보다. 어젯밤에 센테르에 왔으니 말이다.

정확하게는 반나절 만에 보고 싶다며 덜컥 찾아온 이 남자를 대체 어쩌면 좋은가, 막막함이 리리를 덮쳤다. 그걸 아는지 모르는지 카아네스는 하트가 쏟아지는 눈으로 리리를 바라보았다.

"비안타가 없는 마하엔스는 너무나 쓸쓸해. 그래서 잠깐만 얼굴이라도 보려고 찾아온 거야. 비안타는 내가 보고 싶지 않았어?"

"저기, 카아네스…… 나 어제 왔거든. 아니, 그것보다…… 내가 있는 곳은 어떻게 알고 여기까지……."

"센테르는 마하엔스와 달리 다양한 향기가 풍겨서 조금 헤맸지만, 그래도 비안타만큼 향기로운 향은 없어서 금방 찾을 수 있었어. 실은 한참 전에 찾았는데, 비안타가 사람이 너무 많은 곳에 서 있어서 다가갈 수가 없었어. 너무도 아름다운 비안타. 분명 센테르에서도 가장 아름다울 거야. 확실해."

그러곤 리리의 목덜미 쪽으로 고개를 숙이며 킁킁 냄새를 맡았다. 리리는 시장에서 느껴졌던 시선이 설마 카아네스의 것이었나, 갑자기 어질어질해지는 듯해 눈을 감았다. 그의 접촉쯤이야 마하엔스에서 하도 겪어서 익숙한 데다 그냥 대형견 느낌인지라 별생각 없이 기막힌 한숨만 내뱉던 와중이었다.

리리는 문득 시선을 느끼곤 고개를 돌렸다. 아스더가 굳은 얼굴로 쳐다보고 있었다.

하도 존재감이 대단한 남자라 잠시 아스더를 잊었다.

"나한테 할 얘기가 있어서 왔대. 금방 돌려보낼게."

"……아. 그런가."

아스더가 조금 삐딱해진 느낌이었다. 리리의 말을 전혀 믿을 수 없다는 눈치였다. 충분히 이해했다. 마하엔스의 문화를 보고 겪지 않는 한, 센테르인 누구나 저런 반응일 테지.

"근데 저 남자는 누구야?"

참 빨리도 묻는다.

리리는 카아네스의 물음에 순순히 답해주었다.

"나하고 거래하는 상인. 앞으로 마하엔스에 상인들을 보내줄 거야."

"그렇구나! 좋은 사람이네."

차마 그렇다고 말해줄 순 없었다. 그렇다고 악덕 상인이라고 솔직히 말할 수도 없는 노릇이라 말을 돌리기로 했다.

"그보다 카아네스. 이런 건 정말 곤란해. 이렇게 불쑥 찾아오고, 함부로 센테르에 오고 그러면 우리의 계획에 문제가 생기지 않겠어?"

"그건 나도 알지만…… 몰래 와서 잠깐만 있다가 돌아가는 건 괜찮지 않을까?"

"카아네스. 카아네스가 없는 마하엔스도 생각해야지."

카아네스가 눈에 띄게 시무룩해졌다. 리리는 그의 정수리를 툭툭 치듯이 쓰다듬어주었다.

"나도 나지만, 카아네스에게 무슨 일 생길까 봐 걱정된다고. 그러면 마하엔스도 위험해지는 거 알잖아. 센테르는 마하엔스처럼 평화로운 곳이 아니야. 전혀 순수하지도, 다정하지도 않아."

기껏 남쪽 퀘스트도 완료했고, 앞으로 돈방석에 앉을 일만 남았는데 그르치는 건 딱 질색이었다. 그래서 답지 않게 애 다루듯이 타일러주자 카아네스가 가까스로 고개를 끄덕였다.

"비안타가 그리 말하니 하는 수 없지. 이번 일은 내가 잘못했어. 너무 생각이 짧았어. 앞으론 조심할게."

"그래그래. 착하다."

"대신 비안타가 종종 놀러 와줘. 알겠지?"

그러면서 허리를 끌어안으려고 하기에 리리는 서둘러 카아네스를 밀어냈다.

여기는 마하엔스도 아니었고, 무엇보다 아스더가 지켜보고 있었다. 난감한 오해는 딱 질색이었다.

"얼른 돌아가도록 해. 나는 저 남자하고 마저 거래를 해야 하니까. 카아네스 일도 조금 해명이 필요할 것 같고."

"알겠어…… 그대도 안녕. 만나서 반가웠어. 다음엔 마하엔스에 놀러 오도록 해. 맛있는 걸 대접할게."

아스더에게도 마하엔스어로 작별인사를 건넨 카아네스가 다시금 시무룩한 얼굴로 리리를 바라보다가 화르르 타오르듯 모습을 감추었다. 남은 것이라곤 갑작스레 피곤이 몰려오는 듯한 리리와 그런 그녀를 팔짱을 낀 채 바라보는 아스더, 화속성 주술 특유의 뜨거운 열기뿐이었다.

분위기가 조금 어색했다. 리리는 의자에 도로 앉으며 아스더에게도 앉으라는 듯 손짓했다.

"얘기 잘 끝내고 돌려보냈어. 아스더한테도 작별인사 하더라. 만나서 반가웠고, 다음에 놀러 오래. 맛있는 걸 대접하겠대."

"그래? 참 재밌는 친구군."

아스더의 입에서 친구라는 말이 나오자 왜 이리 안 어울리는지. 리리는 어이없다는 눈으로 그를 바라보았다.

아스더는 자리에 앉더니 턱을 괴고 다리를 꼰 채 어쩐지 불만스러운 시선으로 그녀를 바라보며 말을 이었다.

"인기가 참 많으시네, 성녀님. 바쁘신 몸이 언제 그렇게 남자들을 홀리고 다닐까, 재주가 궁금한걸."

비꼬는 것이 명백한 말투였다. 아무래도 카아네스와의 사이를 잔뜩 오해한 것 같았다. 그러든가 말든가 별 상관이 없었으나 정정해줄 필요는 있었다.

"내가 언제 남자를 홀리고 다녔다고? 그런 말도 안 되는 소리는 집어치워줬음 좋겠는데."

"제국의 유일한 황태자도 꼬셨잖아?"

"난 꼬신 적 없어."

단호하게 답한 뒤 마른 듯한 목을 물로 축였다. 카아네스는 그래, 그 나라 특징이기도 하고 도움도 많이 주었고 정도 붙었으니 저런다 쳐도…… 황태자는 정말 리리도 이해가 안 되었다. 아니, 왜? 도대체 왜? 얼마나 봤다고? 그녀에 대해 얼마나 안다고?

"뭐…… 그래. 이건 어쩔 수 없는 거야. 타고난 운명 같은 거지."

"갑자기 무슨 소리지?"

"날 봐. 이렇게 아름다운 데다가 능력까지 출중해. 어느 남자가 반하지 않겠어? 원치 않아도 남자를 홀릴 수밖에 없다고."

갑작스러운 리리의 공주병 발병에 아스더가 황당하다는 얼굴로 굳었다. 그러나 리리는 진심이었으므로 그의 반응 따윈 무시했다. 솔직히 이만한 외모에, 이만한 능력치면 자신이 남자라도 탐낼 것 같았기 때문이다. 그야말로 최상의 파트너.

"하여간 정말 피곤한 운명이야. 얼른 다 끝내고 유유자적하게 살고 싶네."

"……뭘 끝내는데?"

"그야……."

「여신의 퀘스트지.」라고 말할 뻔한 걸 가까스로 삼켜냈다. 아스더는 아슬아슬하게 미끼를 물지 않은 리리를 삐뚜름하게 쳐다보았다. 정말이지, 방심할 수 없는 사내였다.

"궁금하군."

"별로 궁금해할 것까진 아니고. 식사 다 끝났으면 이만 일어나지? 언제까지 나를 붙잡아둘 생각이야, 아스더?"

리리의 말에 왜인지 아스더의 입꼬리가 슬쩍 올라가나 싶더니, 턱을 괸 손으로 입술을 꾹 누르며 그녀 쪽으로 몸을 숙였다.

"의도한 건지, 전혀 눈치 못 채는 건지 모르겠어."

"뭘?"

"아까부터 나를 아스더라고 부르고 있는 거 말이야."

「내가?」라고 물으려던 리리가 벌어졌던 입술을 슬쩍 다물었다. 아스더의 말에 깨달아버렸기 때문이었다. 카아네스 때문에 정신이 없어서 아무렇지 않게 그의 이름을 부르고 있었다는 사실을 말이다.

마하엔스에서는 남녀노소 할 것 없이 서로의 이름을 부르니까야, 너, 그쪽 등등의 호칭이 전혀 없었다. 그래서 카아네스의 이름을 부르던 것이 습관이라도 되었던 걸까.

"그쪽, 그쪽…… 절대 이름을 안 부를 것처럼 굴더니."

"굳이 그러려고 했던 건 아니고. 마하엔스에 좀 있었다고 거기 문화에 익숙해진 것 같네."

"그런가."

그러냐며 고개를 끄덕여주고 있었으나 아스더의 입에는 비웃음이 분명한 미소가 떠올라 있었다.

리리는 속으로 한숨을 삼키었다. 이게 다 사람 정신 쏙 **빼놓는** 카아네스 때문이었다.

"일부러 그러려고 했던 건 아니야. 솔직히 말해서, 그쪽하고 나하고 이름을 부를 정도로 친근한 사이는 아니잖아?"

"나는 그런 줄 알았는데."

능청스럽게도 서운하다는 표정을 짓는 아스더를 보던 리리가 어이없다는 비웃음을 흘렸다.

"연기가 아주 수준급이야. 예술의 전당 무대에 서도 되겠어. 그쪽도 내 이름 안 부르는 거 다 아는데."

"이런. 불러주길 원했나? 내가 눈치가 없었네."

"끔찍한 소리 집어치워."

리리가 생각만으로 징그럽다는 듯 몸서리치자 아스더는 웃음을 터트렸다. 그의 장난에 웬만하면 휘말리고 싶지 않은데 정말 재주도 좋았다. 리리는 차라리 이 자리를 뜨자 싶어 몸을 일으키며 말했다.

"할 얘기 다 했으면 난 이만 갈게. 지도값은 충분히 치른 것 같으니까. 맞지?"

그에 아스더가 도로 앉으라는 듯 손짓했다.

"무슨 소리지? 난 아직 얘기를 다 안 끝냈는데. 내가 언제 그 보상을 받겠다고 했던가?"

"뭐? 그럼 안 받겠다고?"

아스더가 그 좋은 걸 거절한다는 게 놀라워 리리는 이끌리듯 털썩 주저앉았다. 뒤이어 불안감이 엄습했다.

"……대체 뭘 원하는 건데?"

"물론 네 제안은 아주 마음에 들어. 그것만으로 충분할 것 같지만…… 내가 원하는 건 따로 있어서 말이야."

"그러니까 그게 뭐냐고."

리리의 재촉에도 아스더는 일부러 물을 마시며 시간을 끌었다. 하여간 얄미운 남자였다. 리리가 발을 동동 구르는 모습을 즐기던 아스더가 천천히 입을 열었다.

"나도 데려가."

"……어딜?"

"새디아."

"새디아?"

리리의 눈이 크게 뜨였다. 상황이 생각지도 못한 방향으로 흘러가고 있었다.

"대체 무슨 방법을 쓰는지 모르겠지만, 지도에만 남아 있는 섬인 마하엔스에도 다녀올 정도니 새디아는 우습겠지. 나 하나쯤 더 데려가는 것도 가능할 것 같은데 말이야."

리리는 이게 웬 횡재인가 싶어 말이 다 안 나왔다. 입을 헤 벌린 채 굳어 있으려니 아스더의 의아한 시선이 꽂혔다. 황급히 입을 틀어막으며 고개를 돌렸다.

"잠깐만. 생각 좀 해보고."

"좋아."

아스더가 선선히 고개를 끄덕였다. 시간쯤이야 얼마든지 주겠다는 양 종업원을 불러 차를 주문하는 여유까지 보였다.

막상 리리는 심장이 벌렁거리고 정신이 하나도 없었다. 방금들은 게 꿈은 아닐지. 아스더가 자신을 떠보거나 뭔 다른 의도가 있어서 그런 얘길 꺼낸 건 아닐지. 이대로 데려가도 정말 괜찮은 걸지. 수많은 생각이 떠올랐다가 희미해지고, 결국 남은 건 하나였다.

'이런 기회를 그냥 놓치면 안 돼.'

그렇지 않아도 새디아 퀘스트를 해결하기 위해선 아스더를 데려가야만 했기에 고민이 많던 참이었다. 그를 요괴 아이기와 만나게 해 그녀의 한을 풀어주기만 한다면 동쪽 바다에 걸린 저주도 풀릴 터.

아스더가 과연 출생의 비밀을 알고 있을지, 어미에 대한 그리움이 남아는 있을지 알 방법이 없었기에 어떻게 말을 꺼내야 할지 알 수 없어 자꾸만 미루던 와중에 아스더가 먼저 제 입으로 새디아에 데려가달라 말을 한 것이다. 그야말로 하늘이 내려준 기회!

'그냥 아무것도 모르는 척 데려가면 되지 않을까. 일단 데려가기만 하면 퀘스트가 완료될 테니까.'

짧은 고민을 끝낸 리리가 막 내어온 차를 입에 대던 아스더를 바라보며 말했다.

"좋아."

"그래. 그다지 나쁜 제안이 아닐 줄 알았……."

"그럼 가자."

"……지금?"

아스더의 빙글거리던 웃음이 흐려졌다. 그만큼 리리의 말이 당황스러운 모양이었다.

리리는 적당한 온도로 데워져 나온 차를 한번에 들이켜곤 자리에서 일어났다.

"말 나온 김에 가는 게 낫지. 뭐 또 날을 잡고, 준비를 하네 마네 하고…… 귀찮아."

"그야 그렇지만……."

"왜? 따로 챙길 거라도 있어?"

"아니, 그건 아니다. 그저 바로 갈 수 있다는 게 놀라울 뿐."

아스더는 찻잔을 든 자세로 멍하니 굳어 리리를 올려다보았다. 약간의 의심이 서린 눈빛을 보아 믿기지 않는 듯했다.

"지도 가지고 있어."

"그렇군."

"차 다 마실 때까지 기다려줘?"

"아니, 됐어."

아스더가 도통 일어날 생각을 안 하길래 엉거주춤 도로 앉으려던 리리는 그가 찻잔을 내려놓고 나서야 허리를 펼 수 있었다.

"가지."

아스더 역시 자리에서 일어나고, 리리는 아이템창에서 페가수스 인형을 꺼냈다. 허공에서 무언가 나타나는 게 이제는 조금 익숙해졌을 그였지만, 그 물건이 보송보송하고 몰랑몰랑한 하얀 인형인 것은 무척 의외인지 호기심 어린 시선을 던졌다.

그의 시선을 애써 피하며 페가수스 인형을 향해 들릴 듯 말 듯 조용히 속삭였다.

"아무것도 묻지도, 따지지도 말고. 지금 당장. 새디아로."

리리의 명령이 당황스럽고 난감할 것이 뻔했다. 그야 라이에게 줄 선물을 사러 시장에 간다던 리리가 갑자기 새디아 타령을 하니 말이다.

그래도 리리를 오랜 시간 겪으며 뜬금없고도 황당한 그녀가 워낙 익숙해져서인가, 아니면 젤리가 하도 착해서일까 곧장 리리의 주위로 살랑살랑 바람이 불어오기 시작했다. 고민도 하지 않은 듯, 바로 그녀의 명령을 이행하는 젤리 탓에 당황스러운 건 리리 쪽이었다.

"어서 내 손을 잡아."

리리가 손을 내밀자 놀란 눈으로 그녀를 바라보던 아스더가 냉큼 맞잡았다.

곧이어 따뜻한 바람이 두 사람을 끌어안고 순식간에 주변 풍경이 바뀌었다.

조용하던 주변을 요란한 새소리와 낯선 짐승의 울음소리가 메우고, 습하며 풀 냄새 자욱한 공기가 콧속을 적셨다. 하늘을 가릴 정도로 높게 자란 나무 탓에 주변은 어둑했으며 야생초가 허리 근처를 간질이고 있었다.

"……놀라워."

신기함과 약간의 기대감이 서린 목소리의 아스더가 완전히 달라져버린 주변을 둘러보았다.

"정말 새디아에 오다니. 그것도 이렇게 간단히."

리리는 아스더의 손을 계속 잡고 있다는 걸 알아차리곤 재빨리 뿌리쳤다. 그제야 리리 쪽으로 고개를 돌린 아스더가 물었다.

"방금 그건 풍속성 주술이었는데? 신성 주술사가 아니던가?"

"뭘 그렇게 캐물어. 그런 것까진 알 필요 없잖아."

혹시나 젤리의 존재를 눈치챌까, 리리는 단호하게 말을 잘라낸 뒤 아스더의 시선을 교란시킬 겸 일부러 옷과 신발을 갈아 신었다.

"여긴 너무 진흙투성이야. 나는 편하게 옷을 갈아입어야겠어."

눈앞에서 순식간에 옷이 바뀌는 걸 본 아스더가 눈을 크게 떴다. 그를 놀라게 하는 재미가 꽤 쏠쏠했다.

"네 능력은 무어며 대체 어디까지 가능한 거지?"

"아마 불가능한 게 없지 싶은데."

자신만만한 리리의 말에 아스더는 눈을 가늘게 떴다. 믿어야 할지 말아야 할지 고민하는 눈치였다.

리리는 그런 아스더를 내버려두곤 앞장서 걸었다. 아스더 눈에는 안 보이겠지만 지도창을 켜둔 채였다. 거기에는 일전에 아이기를 만난 적 있던 샘이 표시되어 있었다.

마치 목적지 없이 발길 가는 데로 걷는 척, 아스더를 그곳까지 데려갈 작정이었다.

"음. 풀 냄새. 옷하고 신발이 더러워지는 것만 빼면 새디아도 참 좋은 곳인데. 공기도 좋고, 조용하고."

리리가 풍경을 구경하는 척하며 말하자 아스더는 의외로 선선히 고개를 끄덕였다.

"어쩐지 마음이 편해지는 것 같아."

깔끔 떨 것 같이 생겨서는 옷이 더러워지는 것도 전혀 신경 쓰지 않으며 새디아 자체를 즐기고 있었다. 리리는 그 마음을 알 것도 같았다.

'아마 고향에 돌아온 기분이지 않을까.'

아스더의 피에는 새디아 요괴의 피가 흐르고 있으니 본능적으로 이곳을 편하게 느끼는 걸지도 몰랐다.

허리춤까지 길게 자라난 풀을 손으로 매만지며 아스더가 중얼거렸다.

"분명 요괴가 산다고 했는데 아무것도 느껴지질 않아."

"그러게. 우리에게 별로 관심이 없나 봐. 아니면 사람하고 달라서 인기척이 잘 안 느껴진다거나."

"그럴지도."

"그래도 자신들과 성향 같은 게 다른 존재가 오면 격렬히 거부하는 것 같던데, 그쪽은 전혀 그런 게 없네? 이곳에 오는 게 당연하다는 것처럼 섬 전체가 그쪽을 반겨주는 기분인걸."

리리의 말에 아스더는 천천히 입을 다물었다. 리리는 무언가 더 찔러보았다간 들킬지도 모른다는 생각에 마찬가지로 말을 끊었다.

산책이라도 하는 양 느긋하게 걸음을 옮기는 소리만이 이어졌다. 풀을 짓밟고, 진흙에 발이 빠지고, 깊게 박힌 나무뿌리를 징검다리 삼으며 그렇게 서서히 샘과 가까워지고 있었다. 아직 아스더가 온 것을 눈치채지 못한 건지, 아이기의 구슬픈 울음소리 같은 건 들려오지 않았다.

"막상 오니까 별거 없지?"

말라비틀어진 고목에 손을 얹고 하늘을 향해 고개를 젖히던 아스더가 리리의 물음에 시선을 돌렸다. 늘 그렇듯 아슬아슬한 옷차림에 잔뜩 흐트러진 머리카락인지라 별거 아닌 그 행동조차 퍽 묘한 분위기를 풍겼다.

낮잠을 자다가 모습을 드러낸 나무 요괴 같달지. 새디아의 피가 섞여 있어서인지 아벨과 비슷한 느낌을 주기도 했다.

"그냥…… 새디아가 이런 곳이었다는 게 조금 놀라워. 내가 생각했던 건 이보다 더……."

"긴장을 늦출 수 없는, 온갖 곳에서 위험이 도사리고 있는 그런 섬을 상상했지?"

"……그래."

"평범한 섬이야. 그저 사람의 발길이 닿지 않았을 뿐인."

리리는 눈에 띈 버섯과 호박을 아이템창에 주워 담으며 중얼거렸다. 아스더가 눈치챘을지 모르겠으나 새디아에 온 이후로 계속 이것저것 챙기는 중이었다. 이왕 왔으니 말이다.

리리의 말에 잠시 생각에 잠긴 듯 나무 사이로 아른거리는 하늘을 올려다보던 아스더가 입을 열었다.

"평범하다고는 못 하겠군. 이런 기이한 느낌을 주는 섬은 본 적 없으니까."

"기이한 느낌?"

그녀가 의문을 품고 묻자 아스더는 주위를 둘러보며 말을 이었다.

"그래. 마치 섬 전체가 살아 숨 쉬는 느낌이라고 해야 하나. 아니…… 이 수많은 것들이 하나로 묶여 있는 느낌. 그래, 섬 전체가 하나가 되어 나를 지켜보는 것만 같아."

"아…… 그래, 맞아."

"너도 느껴져?"

"지금은 그래도 익숙해졌다고 덜한데, 처음 왔을 때 조금 당황했던 기억이 떠올랐어."

센테르와는 다른 기운이 섬 전체를 둘러싸고, 마치 하나인 듯한 섬에 자신만이 홀로 이질적인 느낌이었던 게 생각났다. 심지어 자신 이외의 다른 존재는 보지 못해서 더더욱.

지금이야, 요괴도 존재하고 다른 속성의 침입자가 나타나면 여기저기서 격한 반발심을 드러내는 아벨이라는 수호 요괴가 있다는 사실을 인지하기 때문인지 별로 이상한 걸 못 느낄 뿐이었다.

아스더는 처음 이 섬에 왔던 자신과 비슷한 상황인지라 이질감을 생생히 느끼고 있는 모양이었다.

"여기 오면 다른 무언가를 만날 수 있을 거라 생각했는데……."

조금 아쉬운 듯한 목소리로 중얼거리는 게, 이쯤에서 돌아가자고 할지도 모른다는 불길한 예감이 들었다. 리리는 황급히 아스더가 흥미로워할 만한 주제를 꺼내 들었다.

"그러고 보니, 노랫소리가 들리는 샘이 있었던 것 같아."

"요괴인가."

"그건 잘 모르겠는데, 무척 구슬픈 노랫소리였어. 아마 이 근처였던 것 같은데."

"숲속에서 길을 구별하다니 놀라운 능력이군."

진심으로 놀랍다는 양 말하는 아스더 덕에 리리는 어색한 웃음을 흘릴 수밖에 없었다.

아무리 자신이라도 이렇게 우거진 숲 속에서 길을 외우고 구별하는 능력 같은 건 없었지만 지금은 그런 척해야만 했다.

게다가 이런 거짓말이라니.

양심이 따끔따끔 아팠다. 그러나 어쩔 것인가. 그렇다고 솔직히 말할 수는 없는 노릇이니 말이다.

"음, 그러면 가볼까?"

"좋아."

워낙 특이한 능력을 많이 봐서 그런지 아스더는 별 의심 없이 리리를 따랐다. 그게 더 양심의 가책을 느끼게 했다.

언제부터 자신을 그렇게 믿었다고……. 차라리 원래 성격대로 「뭔가 있나 본데?」 하며 추궁하는 편이 나을 것을.

그렇게 샘에 가까워졌을 때였다. 웬만큼 거리를 두고 나무는커녕 우거진 수풀조차 없는 대지에 덩그러니 놓인 샘을 발견한 아스더가 우뚝 걸음을 멈추었다.

"왜 그래?"

"느낌이 이상해서……."

혹시 뭔가를 느낀 걸까. 그리 생각하며 아스더를 향해 몸을 돌리던 리리는 갑작스레 자신을 잡아당기는 그의 팔에 미처 대응하지도 못하고 끌려갔다. 정신을 차렸을 땐 리리는 이미 아스더의 품 안에 갇혀 있었다. 그야말로 순식간에 벌어진 일이었다.

"이게 무슨……."

무어라 쏘아붙이며 아스더를 밀어내려던 리리는 그가 답지 않은 진지한 얼굴로 어딘가를 쳐다보고 있다는 걸 알아차리곤 그쪽으로 고개를 돌렸다. 숲이 끝나는 자리에서 바람이 일고 있었다. 바로 샘으로 들어서는 길목이었다.

스스스. 거세게 부는 바람에 따라 근처 나뭇잎들이 애처롭게 몸을 떨며 울고, 빛처럼 투명한 나뭇잎 나비가 팔랑거리며 그 사이를 누비었다.

"뭔가 있어."

그리 중얼거린 아스더가 리리를 안은 채로 몸을 돌려 자신의 몸 뒤에 숨기었다. 아스더의 어깨너머로 나뭇잎이 모여드는 것을 본 리리가 뭐가 나타나려는 건지 알아차리곤 내심 놀랐다. 아스더의 예민한 감각도 감각이지만, 그 와중에 자신을 보호하겠다고 구는 것이 당황스러울 정도로 낯설었기 때문이다.

'아니…… 그러고 보니…….'

문득 예전에도 자신을 구해준 적이 있다는 사실이 떠올랐다. 검은 폭풍인지 썩은 폭풍인지 하여간 빈민가에서 설쳐대는 녀석들을 잡겠다고 스스로 미끼를 자처했을 때, 난데없이 나타난 아스더가 그들을 때려잡아서 실패했던 기억이었다.

당시에는 그게 아스더인 줄 몰랐기에 그러려니 넘어갔는데…….

'의외로 다정한 구석이 있는 건가.'

길에서 쓰러졌던 자신을 데려가 치료해준 적도 있었다. 그땐 대수롭지 않게 여겼는데 새삼 다르게 와닿았다. 그간 자신이 아스더를 너무 나쁘게만 생각했던 것도 같았다. 건방지고 재수 없는 악덕 상인이라는 색안경 때문에 그의 친절도 다 꼬아서 봐왔으니 말이다.

어째서 어린 자신에게 검을 던졌던 건지는 여전히 이해가 되질 않는 상태였지만.

"너였군. 나를 계속 지켜봤던 게."

모습을 드러낸 건 역시 새디아의 수호자, 아벨이었다. 아스더는 아예 리리를 등 뒤에 감추고 선 채 적대감을 드러냈다.

"요괴인가?"

아벨은 그런 아스더를 찬찬히 훑어보더니 그의 어깨너머로 빼꼼 얼굴을 내밀고 있는 리리를 향해 물었다.

"저 아이가 그 아이인가 보군."

리리에게 물은 거라는 걸 알아차리지 못한 아스더가 의아한 목소리로 물었다.

"지금 무슨 소릴 하는 거지?"

"신기하게도, 아주 강한 흙 내음이 풍긴다. 새디아의 흙냄새와는 달라. 모자라지 않을 만큼의 물이 스민, 양분 가득한 대지를 품었군. 중앙의 주인이었나."

"……뭐?"

"······응?"

아스더와 리리의 입에서 동시에 의문 섞인 목소리가 튀어나왔다. 다만 아스더는 당혹스러움에 가까웠고, 리리는 의아함에 가까웠다.

"방금 그게 무슨 소리야? 중앙의 주인이라니?"

리리가 아스더의 등에서 벗어나 그를 바라보며 물었다. 아스더의 눈에 난감한 빛이 가득 깔렸다. 대답해줄 의사가 없는 듯해, 아벨에게 묻기 위해 몸을 돌리던 참이었다.

"방금 분명······."

리리의 말은 끝까지 이어지지 못했다. 날카로운 비명 같은 것이 귀를 후벼 팠기 때문이었다. 갑작스러운 소음에 리리는 양 귀를 틀어막으며 몸을 웅크렸다. 남들보다 더 예민한 감각이 더 큰 고통으로 다가왔다.

마찬가지로 귀를 막던 아스더가 리리의 앞을 막아섰다. 흔들리는 시야 너머, 괴로운 얼굴로 바닥에 쓰러지는 아벨이 보였다가 아스더의 등에 가려져 사라졌다.

† 요괴 「아이기」의 비명으로 일시적인 혼란에 빠져 몸을 움직일 수 없게 됩니다.

전투 상태에 돌입한 듯 상태창이 새로 떠올랐다. 비명은 멈추었지만 경고창대로 리리는 몸을 움직일 수가 없었다. 귀뿐만이 아니라 온몸이 저릿저릿했다.

아벨 역시 상황은 다를 바 없는지 바닥에 웅크린 채 숨만 헐떡거리고 있었다. 비명이 가신 새디아는 새소리조차 들려오지 않을 정도로 고요했다. 마치 주변의 모든 것이 숨을 죽이는 듯했다.

딱 하나. 아스더만이 달랐다.

그는 지금 상황을 이해할 수 없는 듯 멍하니 주변을 살피다가 리리를 발견하곤 그녀를 부축했다.

"괜찮아?"

리리는 괜찮다고 대답해주고 싶었지만 입술도 움직이지 않아 그냥 바라보는 것밖엔 할 수 없었다. 아이기의 공격에서 아스더만이 유일하게 벗어난 모양이었다.

"……저건 뭐지?"

아스더가 중얼거렸다. 그가 바라보는 곳으로 가까스로 시선을 움직일 수 있었다. 샘이 요동치고 있었다. 세상이 뒤집힌 듯, 물이 거꾸로 흘렀다. 아래에서 위로 고이는 물은 점차 투명한 사람 형상을 띠었다.

노랫소리인지, 울음소리인지 모를 소리도 그곳에서 흘러나왔다. 눈물이 핑 돌 정도로 가슴이 사무치는 목소리는 리리가 이미 들어본 적 있는 것이었다.

'아이기……'

물로 이루어진 여인이 아스더를 바라보았다. 투명했으나 형체는 분명히 아주 아름다운 여인의 것이었다.

황홀할 정도로 매혹적인 여인이 구슬프게 울며 바닥에 발을 내디뎠다. 그녀의 발이 닿는 곳마다 물이 고였다가 스르륵 사라졌다. 한 발, 한 발 내디딜 때마다 거리가 가까워졌다. 쓰러져 있는 아벨을 지나쳐 두 사람이 있는 숲으로 들어섰다. 여인의 형체가 더욱 또렷하게 보였다.

그때까지도 굳어 있던 아스더가 양손에 검을 소환했다. 그림자와 함께 모습을 드러낸 날카로운 단검에 요괴 아이기는 걸음을 멈추었다.

"이 이상 가까이 다가오면 공격하겠다."

아스더의 살벌한 경고에 아이기의 눈에선 눈물이 쏟아져 내렸다. 물로 이루어진 여인에게서 쏟아지는 눈물은 말로 설명하기 어려울 정도로 기이한 모습이었다. 떨어진 눈물은 땅을 적시고 도로 여인에게 흡수되었다.

아이기의 입술이 달싹거리고 사람을 홀릴 듯한 달콤하면서도 다정한 목소리가 흘러나왔다.

"아가…… 내 아가……"

사람의 온몸을 진탕 쳐놓을 정도로 날카로운 비명을 내질렀다는 게 믿기지 않을 만큼 나긋한 목소리였다.

시간이 조금 흘렀기 때문인지 리리의 온몸을 꽁꽁 묶어두었던 공격이 사라졌다. 리리는 천천히 몸을 일으켰다. 아벨 또한 비틀거리며 자세를 바로 하고 있었다. 그의 안색이 창백했다. 한 맺힌 요괴를 붙잡고 있는 것이 버겁다 하더니, 충분히 이해할 수 있었다.

"아가…… 이제야 만나게 되었구나. 너무 보고 싶었단다……."

감정이 북받치는지 아이기는 몸을 들썩이며 흐느꼈다. 그러면서도 아스더를 바라보는 시선은 거두지 않은 채였다. 잠깐이라도 놓치지 않겠다는 듯, 하염없이 아스더를 향해 다정한 시선을 던졌다.

너무 놀랐기 때문인지, 아니면 다른 이유가 있던 건지 굳어 있던 아스더가 천천히 검을 쥔 양손을 내렸다. 리리는 속으로 놀란 가슴을 달래고 있었다. 전혀 그래 보이지 않았는데 사실은 어미를 그리워하고 있던 걸까. 그런 생각에 아스더에 대한 연민마저 솟던 참이었다.

"……그랬군."

나지막한 목소리로 중얼거린 아스더가 손을 휘둘러 검을 없앴다.

그러곤 몸을 돌려 리리를 똑바로 바라보며 말했다.

"넌 나에 대해 이미 알고 있었던 거야. 그렇지?"

갑작스러운 추궁에 너무 놀라 리리는 대답하지 못했다. 그의 말이 사실이기도 했고, 이미 확신하고 있었으며…… 그가 상처 받은 듯한 표정을 짓고 있었기 때문이다.

"그래서 나를 이리 데려온 거였어. 내 제안 때문도, 나를 믿기 때문도 아니라…… 이것 때문에……."

혼잣말을 내뱉는 아스더의 어깨가 어쩐지 힘없이 늘어진 듯한 느낌을 받았다.

처연한 분위기를 풍기는 아스더를 보게 될 줄은 상상도 하지 못했던 리리는 대체 무어라 말을 하면 좋을지 알 수 없게 되었다. 이유를 알 수 없는 죄책감이 밀려들었다.

"아니, 난 그저……."

"무슨 거래가 오갔는지는 모르겠으나 이거 하나만큼은 분명히 해두지. 내게 부모는 없다. 그러니 헛짓거리 하지 마."

그러곤 고개를 돌려 당장에라도 쓰러질 듯 불안하게 서 있는 아이기를 쳐다보며 말했다.

"그만 돌아가보는 게 좋겠다."

리리는 어쩔 줄 몰라 아스더와 아이기, 둘의 눈치만을 살피는 데 아벨이 그사이에 끼어들었다.

"그러나 새디아를 위해선 그대가 필요…… 아이기! 그만둬!"

아벨의 등 뒤에서 물줄기가 뻗어 나오더니 아스더를 향해 빠른 속도로 다가왔다. 아벨이 그녀를 막기 위해 갖은 애를 썼으나 역부족이었다.

"보낼 수 없어! 어떻게 찾은 아이인데, 어떻게 만난 내 아이인데! 이대로 보낼 수 없어!"

뻗어져 나온 물줄기가 한데 모이더니 아이기의 모습으로 변했다. 아이기는 아스더를 붙잡으려는 듯 양팔을 벌리며 뛰어왔다.

"제발…… 내 아가……!"

그런 아이기를 냉정한 눈으로 쳐다보던 아스더는 감정이 하나도 묻어 나오지 않는 목소리로 단호히 말했다.

"나는 가겠어."

그의 시선과 목소리가 단검보다 더 날카롭고 사나웠는지, 아이기의 걸음이 우뚝 멈추었다. 그녀는 크게 뜨인 눈에 아스더를 담았다. 상처받은 얼굴이었다.

아스더는 몸을 돌려 리리의 팔을 붙잡았다.

"지금 당장."

"흐흑…… 아가……."

결국 아이기는 무너져 내렸다. 여인의 형체가 그대로 터져 나가며 사방으로 흩어졌다.

간신히 찾은 자식에게 외면당한 어미의 고통과 슬픔이, 바닥을 흥건하게 적신 물로 적나라하게 드러났다.

서글픈 울음소리가 사방을 가득 메우고, 아벨이 황급히 외쳤다.

"돌아가라!"

아스더 역시 가자는 듯 리리의 손목을 붙잡은 손에 힘을 주었다. 결국 리리는 아스더와 함께 센테르로 돌아왔다. 다녀온 시간이 길지 않았기 때문에 가기 전에 머물렀던 식당엔 찻잔과 차가 그대로 남아 있었다.

아직도 아이기의 슬픈 울부짖음이 귀에 남아 있는 듯해 손으로 만지작거리는데 아스더가 입을 열었다.

"이만 나가주었으면 좋겠는데."

어느새 아스더는 리리의 손목을 놓은 채 등지고 있었다. 그의 쓸쓸한 등을 마주하게 된 리리가 당황한 목소리로 말했다.

"아스더. 미리 말 안 한 건 미안해. 근데 그럴 만한……."

"나는."

리리의 말을 뚝 잘라먹은 아스더가 한숨을 작게 내쉰 뒤 말을 이었다.

"나는 그래도 네가 좋은 사람이라고 생각했는데…… 착각이었던 거야. 네게 난 목적을 이룰 수단에 지나지 않았는데."

리리의 벌어졌던 입이 서서히 다물렸다. 말 한 마디, 한 마디가 심장에 와서 박히는 듯 따끔거렸다. 무어라 반박할 수가 없는 게, 다 맞는 말이니까.

그저 퀘스트만 생각했다.

아스더가 아이기를 만나면 바다의 저주가 풀려 잠잠해질 테고, 그러면 무사히 완료되는 거라고. 거기에 아스더 의사나 감정은 조금도 고려되지 않았다.

아스더라면…… 아무렇지 않을 거라 생각했던 것도 같았다. 늘 뻔뻔하고 오만하고 태평한 남자니까, 출생의 비밀을 알고 있든 모르고 있든 아이기를 만나도 별로 놀라지 않고 금세 받아들일 거라고. 아무 문제 없을 거라고 여겼던 것 같다.

그럴 리가 없는데.

"다신 보고 싶지 않군."

아스더는 리리에게 시선조차 주지 않고는 그대로 문을 열고 나가버렸다. 홀로 남은 리리는 아스더를 붙잡아 변명해야 한다는 걸 알면서도 꼼짝없이 굳어 있었다. 죄책감이 그녀의 양다리를 붙잡고 놓아주지 않았다.

"나 왔어……."

"아옹!"

"아가씨, 잘 다녀오셨습니까?"

"응……."

집에 돌아오자 늘 그렇듯 젤리와 라이가 리리를 반겨주었다. 라이는 습관적으로 리리의 품에 뛰어들다가 자신의 몸집을 깨닫고는 가까스로 멈추었다. 하마터면 라이와 함께 뒤로 넘어갈 뻔하였으나 리리는 그 사실도 알아차리지 못할 정도로 멍한 상태였다.

"아오옹?"

라이가 리리의 옷자락을 움켜쥐며 올려다보았다. 크고 맑은 붉은색 눈망울이 리리에 대한 무한한 신뢰와 애정을 가득 담고 있었다. 리리는 겨우 미소 지으며 라이의 솜털 같은 흰색 머리카락을 쓰다듬어주었다. 라이의 눈이 가늘게 휘며 호랑이일 적과 같은 웃음을 지어 보였다.

"누나 많이 기다렸지? 누나가 라이 선물 사 왔어."

"꺄오옹."

몰랐는데 입을 크게 벌리며 소리를 낼 때마다 앙증맞은 송곳니가 모습을 드러내고 있었다. 리리는 그게 새삼 신기하고 귀여워 라이의 눈높이에 맞추어 쭈그려 앉았다.

"우리 라이, 송곳니가 뾰족하네. 귀여워라."

"아앙?"

리리가 입을 슬쩍 벌리며 안을 들여다보자 라이는 또 입을 벌린 채로 가만히 있어주었다. 가지런한 이빨 사이로 유독 길고 뾰족한 송곳니가 「이래 봬도 사막의 주인이요!」 하는 것 같아 괜히 우스웠다.

"밥은? 먹었어?"

"아웅!"

"네, 먹었습니다."

"라이는? 어떻게 먹였어?"

리리의 물음에 젤리는 우물쭈물하며 라이를 힐끗거렸다. 라이의 귀가 축 처졌다. 호랑이일 땐 몰랐는데 어린아이의 모습으로 변하니 표정의 차이를 확연히 알 수 있었다. 귀만큼이나 처진 눈매가 시무룩했다.

"왜 그래. 무슨 일 있었어?"

"그게……."

"아직 손을 쓰는 법이 익숙하지가 않더군."

입 안에서 말을 찾던 젤리 대신 어느새 또 슬쩍 다가온 다리우스가 대답해주었다.

젤리와 라이의 보호자를 자처하는 꼴이 영 마음에 안 들었지만, 자신이 없을 때 두 사람을 이만큼 챙겨줄 이가 또 있는 것도 아니었기에 그냥 넘어가기로 했다.

"그럴 만도 하죠. 갑자기 모습이 바뀌었으니까."

"그래도 바뀐 모습에 적응해야 한다고 생각합니다. 저 모습으로 피가 뚝뚝 떨어지는 날고기를 입으로만 뜯어먹는다고 생각해 보십시오."

"……윽."

리리의 입매가 살짝 일그러졌다. 그에 젤리는 그것 보라는 듯 의기양양해지고, 라이는 더욱 시무룩해졌다. 위로 향해 있던 꼬리 역시 바닥에 끌렸다.

굳이 듣지 않아도 무슨 일이 있었는지 알 것 같았다.

'식사하는 내내 둘이 또 싸웠나 보네.'

그래도 제법 친해졌다고 생각했는데 그건 라이가 그만큼 이곳 생활에 익숙해졌기 때문이었고, 다시금 무언가를 배워야 하는 상황이 오자 어쩔 수 없이 갈등이 생기는 모양이었다.

"젤리 말이 맞아. 언제가 되었든 바뀐 모습에 적응을 하긴 해야 할 테니까…… 그래도 너무 몰아붙이지는 말자. 라이도 그러고 싶어서 그러는 게 아닐 테니까. 그치?"

라이는 고개를 붕붕 끄덕이고 있었고, 젤리는 할 수 없다는 얼굴로 "알겠습니다." 대답했다.

리리 역시 바닥에 쭈그리고 앉아 입으로만 고기를 물고 뜯는 라이의 모습을 보고 싶지 않았다.

약간 괴리감을 느낄 것만 같았다. 저렇게 사랑스러운 얼굴로 그런 식사라니…….

"우선은 앉아서 손으로 먹는 법부터 차근차근 시작하는 게 좋을 것 같은데."

"노력해보겠습니다."

"한동안 나도 집에 있을 거니까, 같이 도와줄게."

리리의 말에 젤리는 감동한 듯 반짝거리는 눈으로 올려다보았다. 아무리 다리우스가 곁에서 도와준다지만 거의 혼자 라이를 육아하기란 쉽지 않은 일이었을 테니 말이다.

"그럴 필요 없는데. 나도 함께 도와줄 수 있다."

리리가 다리우스의 해피라이프를 방해할 거라 여긴 건지 심기가 불편한 얼굴로 「넌 됐으니까 빠져.」라는 뜻을 품은 말을 은근히 돌려서 말하고 있었다. 리리는 코웃음을 쳤다.

"당분간 바쁜 일도 없어서요."

"과연 그럴까?"

의미심장한 다리우스의 말에 리리의 눈썹이 설핏 찌푸려졌다. 뭔가 찝찝했다. 놓치고 있는 게 있는 것만 같은 기분이었다.

'그러고 보니……'

따로 식사하고 왔는데 밥 먹었느냐고 안 묻는 것도 그렇고, 난데없이 새디아에 다녀왔는데도 젤리가 그에 대한 말 한마디 안 하는 것도 이상했다. 적어도 새디아에는 왜 다녀왔느냐는 물음 하나 던질 법도 한데 말이다. 보내달라고 말했을 때도 기다렸다는 듯 보내준 것도 꽤히 찝찝하고…….

'설마……?'

리리는 다리우스를 흘겨보았다. 그는 젤리와 라이에게 정신 팔려 있다가 리리의 시선을 느끼곤 오만방자한 얼굴로 마주 봐주었다. 확신할 순 없으나 짐작 가는 바가 있었다.

근래 출처를 알 수 없는 시선이 느껴지는 것도 그렇고, 누군가 있거나 주술이라고 말하기 어려울 만큼 미미한 인기척인 것도 그러하고…… 물을 통해 세상을 지켜보는 능력을 지닌 다리우스라면 어쩌면 그것들이 가능할지도 모른다는 생각이 번뜩 들고야 말았다.

물론 다리우스가 굳이 리리를 지켜볼 정도로 그녀에게 관심이 있는 건 아니겠지만, 과할 정도로 관심이 있는 이가 다리우스의 짝사랑 상대니까 충분히 가능성은 있었다.

'설마 젤리가 다리우스를 꼬드긴 건가.'

그리고 보니 다리우스의 표정이 묘하게 밝은 것도 같았다. 마치 리리가 없는 사이 젤리가 그의 무릎에 앉아 있어주거나 하는 듯한 만족스러운 얼굴이었다.

어쨌든 확실한 증거가 있는 것도 아니고, 사실 그런 식으로 리리를 지켜보는 젤리의 마음도 이해는 되는지라 우선 넘어가주기로 했다. 그녀의 일을 방해한다거나 막아선다거나 하는 게 아니니 되었다.

"라이, 누나가 책 읽어줄까?"

"아웅!"

리리는 옷을 갈아입은 뒤 라이를 데리고 방으로 들어왔다. 다리우스가 뭐 하러 방으로 데려가느냐고, 다 같이 하면 더 좋지 않으냐고 구시렁거렸으나 다 무시한 채였다.

아무래도 다리우스는 라이가 어린아이의 모습으로 변한 후 그에 대한 애정이 대폭 상승한 눈치였다. 아직 너무 작아서 젤리만큼은 아닌 것 같지만 더 크면 모를 일이었다. 1순위가 라이로 뒤바뀌는 일이 생길는지도…….

"우리 라이가 얼른 말을 할 줄 알아야 누나가 이것저것 물어보고 할 텐데."

"아웅…….""

"아, 그게 조금 아쉽다는 거지 라이한테 뭐라 하는 건 아니야. 어차피 우리 라이 쑥쑥 커서 누나보다 더 말도 잘하고 힘도 세고 그럴 테니까."

리리의 말이 기쁜지 라이는 꼬리를 살랑거리며 웃었다. 그래도 여기 와서 잘 먹고 잘 지내긴 했는지 볼살이 제법 통통했다. 뽀얀 뺨이 두툼하게 부푸는 게 귀여워 저도 모르게 손이 갔다.

"세상에…… 엄청나게 말랑말랑해. 귀여워!"

아예 양손으로 라이의 뺨을 붙잡곤 쭈물거리고 있는데도 라이는 헤실헤실 웃으며 꼬리를 살랑거렸다. 호랑이일 때도 느꼈지만, 라이는 리리가 쓰다듬고 예뻐해주는 게 무척 좋은 듯했다.

"빨리 컸으면 좋겠다가도, 그냥 천천히 컸으면 좋겠기도 하다. 지금 라이가 얼마나 귀여운지 모르지? 급할 것도 없는데 느긋하게 클까?"

"아우웅……."

라이는 싫은지 고개를 저었다. 오랫동안 호랑이 모습으로 있었기 때문인지 그냥 빠르게 커버리고 싶은 모양이었다. 다 알아듣는데 말을 할 수 없다는 게 얼마나 답답한지 리리도 마하엔스에서 뼈저리게 겪었기에 그 마음도 충분히 이해는 되었다.

그래도 마하엔스에서의 경험이 리리에겐 큰 도움이 될 것 같아 다행이었다. 그곳의 언어를 익히느라 치아츠와 함께 책을 읽었던 것처럼, 라이에게 차근차근 글과 말을 가르쳐주면 될 테니까 말이다.

"근데 글은 그렇다 쳐도 말문은 어떻게 트이는 거지?"

주변에 아기들이 없었던 리리로서는 참으로 놀라운 일이 바로 「말문이 트였다.」였다. 어느 날 갑자기 말을 하기 시작하더니 문장을 만들고 표현까지 더해지는 게 어떻게 가능한 걸까.

"라이야."

"우웅?"

"누나, 해봐. 누, 나."

"아우웅?"

"누, 나."

"우, 아."

라이는 리리 앞에 얌전히 앉아 그녀가 하라는 대로 열심히 따라 하려 애를 썼다. 쉽지 않은 지 귀가 쫑긋거리고 표정이 어색해졌다.

"우, 아."

리리가 원하는 수준의 단어는 만들어지지 않았지만 노력하는 게 기특하고 귀여워 그녀는 아끼지 않고 칭찬해주었다.

"아고 잘했어요, 우리 라이."

"꺄오옹."

리리는 따라 하느라 애쓴 라이의 머리를 쓰다듬어주었다. 오랜 시간 굳어 있던 혀를 쓰는 게 쉽지는 않을 거라 생각했지만, 어쩌면 예상보다 더 시일이 걸릴지도 모르겠다는 예감이 들었다.

욕심이 생겨 이것저것 책도 읽어주고, 간단한 단어 같은 것도 알려주느라 시간 가는 줄도 몰랐다. 리리는 너무 하루 만에 몰아서 가르치는 건 자신이라는 생각이 뒤늦게 들어 걱정스러운 얼굴로 물었다.

"오늘은 여기까지만 할까?"

"우우웅."

라이는 이미 한참 전부터 고단함을 느꼈는지 눈이 반쯤 감긴 채로 고개를 끄덕였다.

"누나가 너무 욕심을 냈네. 쉬고 있어, 우리 라이."

그러곤 잠깐 화장실을 다녀온 사이 라이는 이미 잠이 들어 있었다. 바뀐 몸만으로도 버거울 텐데 여러 가지를 한 번에 다시 익혀야 하는 게 몸을 빨리 피로하게 하는 모양이었다.

"아구, 우리 라이…… 피곤했구나."

세상모르고 곤히 자는 라이가 안쓰러워 침대에 눕히고 이불을 덮어주었다. 라이는 잠깐 뒤척이더니 도로 쌕쌕 소리 내며 깊은 잠에 빠져들었다. 자는 아이를 보며 천사 같다고 표현하는 게 조금은 이해가 되었다. 이토록 사랑스러운 존재가 있다는 게 놀라울 지경이었다.

"젤리에게 몰아붙이지 말자고 해놓곤 내가 그래 버렸네. 미안해라."

머리를 쓰다듬어주자 귀가 움찔거렸다. 꼬리 끝도 살랑거리려다가 도로 툭 내려왔다. 리리는 건드리지 말고 자게 두어야겠다는 생각에 조심스레 방을 나섰다.

라이와 함께 보내는 시간이 즐거워 잠시 잊고 있던 것들이 떠올라 복도를 걷는 리리의 발걸음이 점차 무거워졌다.

'아스더, 기분 많이 상했으려나……. 사과하긴 해야 할 텐데.'

그녀가 잘못한 게 분명하니, 사과가 우선이었다. 그런데 입이 열 개라도 할 말이 없다는 게 문제였다. 무어라 말한단 말인가. 사실 여신이 퀘스트를 준 게 있는데, 그걸 해결하기 위해 어쩔 수 없었다고?

'그것도 변명이지. 어쨌든 목적을 위해 이용한 것도 맞고.'

한숨이 절로 나왔다. 땅이 꺼져라, 푸욱 내쉬었던 리리는 아직도 귓가에 남아 있는 듯한 서러운 울음소리도 떠올렸다.

간신히 찾은 아이를 눈앞에서 보내야 했으니 얼마나 가슴 아팠을까. 그것도 부모가 없다며, 단호하게 돌아섰으니. 상처를 크게 받았을 것이 분명했다.

추측해보건대, 아스더는 자신이 요괴의 피를 이었다는 걸 이미 알고 있었던 것 같다. 자신의 피 때문에 잠을 잃었다는 말도 그렇고, 고목 같던 요괴와 함께 지내는 것도 그렇고, 리리의 몸에 걸린 저주를 봉인하려고 했던 것도 그렇고…….

그건 어느 정도 예상했으니 그렇다 쳐도. 왜인지 아스더는 아이기를 원망하는 듯했다. 자신을 버렸다고 생각하는 걸까? 역시 아스더에게 상황을 설명하고 갔어야 하나.

'근데…… 나도 그렇게 자세히 아는 건 아니잖아.'

그저 요괴 아이기가 육체를 죽임당하고 아이마저 빼앗겼다는 것이 고작이었다. 아무래도 자세한 사정을 듣든가 해야 아스더를 더 이해할 수 있게 될 것 같았다. 어쩌면 두 사람 사이에 무슨 오해가 있을지도 모를 일이고 말이다.

게다가 상처받은 아이기를 아벨 홀로 감당하게 두고 와버렸으니 상황을 보러 들르기도 해야 했다. 아이기의 비명에 몸이 굳었던 기억은 아직도 충격적이었다.

그 정도 한이니 동쪽 바다 전체가 요동을 치지.

그렇게 다시 새디아에 가야겠다고 마음먹었을 때였다.

잊고 있던 기억 하나가 조금쯤 멍하던 리리의 정신을 오롯이 깨워놓았다.

"맞아! 아벨이 분명 아스더에게 중앙의 주인이라고 했는데?"

그 뒤로 너무 당황스러운 일의 연속이라 완전히 잊고 있었다. 어떻게 그렇게 중요한 걸 잊어버렸을까 싶었다.

리리는 당장 젤리에게 달려갔다. 오붓하게 차를 즐기던 다리우스가 확 인상을 구기는 게 보였지만 알 바 아니었다.

"젤리. 나 지금 바로 새디아에 다녀와야겠어."

"지금 바로 말입니까?"

"그래. 당장. 라잇나우!"

"네? 네! 알겠습니다!"

리리의 주변으로 젤리의 심성과도 같은 따뜻하고 몽글몽글한 바람이 불어왔다. 이윽고 그녀는 새디아로 이동했다.

18. 잊혀진 1황자

한낮이었으나 새디아는 여전히 어둑어둑해서 음침한 분위기를 풍겼다.

리리는 곧장 샘이 있는 곳으로 향했다. 그들이 다녀간 뒤로 시간이 꽤 흘렀음에도 주변은 고요하기만 했다. 다들 몸을 사리고 있는 눈치였다. 여인이 한을 품으면 오뉴월에도 서리가 내린다더니. 심지어 요괴이기까지 하니 그 영향력은 어마어마했다.

샘에 가까워질수록 가슴 저미는 슬픈 울음소리가 들려왔다. 계속 울고 있었던 듯 아름답던 목소리는 온데간데없고 온통 갈라지고 가라앉은 신음 같은 울음만이 이어졌다.

숲 사이로 덩그러니 놓인 샘이 눈에 들어왔다.

리리가 더 가까이 가기 위해 발을 내디뎠을 때였다. 가벼운 바람이 그녀를 밀어내더니 한곳으로 몰려들었다.

"……아벨."

나뭇잎 섞인 바람 사이로 모습을 드러낸 아벨이 샘 쪽으로 시선을 던졌다.

"지금은 위험하다."

그리 말한 후 한숨을 내쉬는 그의 얼굴이 창백했다. 무척 지쳐 보였다. 축 늘어진 어깨가 힘 하나 없게 느껴졌다.

"진정할 때까지 두는 수밖엔 없다."

"그렇지만……."

묻고 싶은 게 많았다. 잠시 머뭇거리던 리리는 하는 수 없다는 얼굴로 고개를 끄덕였다.

"그러면 아벨. 저하고 잠깐 대화 좀 할 수 있을까요."

"나 말인가?"

"일단은……. 아이기에게 물을 수는 없잖아요."

리리의 말에 상황을 가늠해보려는 듯 샘을 바라보던 아벨이 천천히 고개를 끄덕였다.

"그러면 장소를 옮기는 게 좋겠군."

말이 끝나기 무섭게 아벨과 리리의 주위로 바람이 몰려들었다. 젤리의 것과는 다른, 숲의 향기가 진하게 풍기는 습한 바람이었다. 마치 비가 내리는 숲에 와 있는 듯한 착각이 들었다.

주변 풍경이 바뀌고, 리리도 전에 한번 와본 적 있는 장소가 펼쳐졌다.

하늘을 떠받드는 듯한 크기의 나무와 주변을 날아다니는 초록빛의 나비, 그리고 온갖 꽃과 열매. 바로 생명의 나무였다.

일전에도 본 적이 있었지만 경이로울 정도로 아름다운 나무에 다시금 감탄할 수밖에 없었다.

아벨은 지친 몸을 나무에 기대었다. 초록색 빛을 머금고 희미하게 빛나는 아벨은 한 폭의 그림과도 같았다.

리리도 나무로 가까이 다가가 힘껏 살아 숨 쉬고 있는 나무 기둥에 손바닥을 대었다.

새디아를 아우르는 생명의 근원이 손바닥 아래에서 요동치고 있었다.

"……정말 아름다운 나무예요."

"그렇다."

순순히 긍정한 아벨이 조금이나마 기력을 회복한 듯 나아진 안색으로 말을 이었다.

"그래서. 내게 묻고 싶은 게 뭐지?"

리리는 여전히 나무 기둥에 손바닥을 댄 채로 머뭇거리던 입술을 떼어냈다.

"제가 데리고 온 남자가 아이기의 아이가 맞는 거죠?"

"분명하다. 아이기의 샘물 냄새가 나."

"전에 들은 바로는, 아이기의 육체가 죽임당하고 아이를 잃었다고……."

"그렇다."

"혹시 더 자세한 얘기를 해줄 수 있나요?"

리리의 말에 아벨은 고민에 잠긴 듯 잠시 말이 없었다. 바람이 불어옴에 따라 하늘을 가린 나뭇잎이 몸을 떨었다. 바닥에 진 그림자 역시 어지러이 움직였다.

이윽고 아벨의 입이 열렸다.

"아이기는 인간 남자와 사랑에 빠졌다. 그와 함께 바다를 건넜고, 짧은 시간 함께했다고 들었다. 내가 아는 것은 거기까지이다. 왜 아이기가 죽임을 당했고, 아이가 어떻게 된 건지는 나도 모른다. 다만……."

리리는 아벨의 말이 이어지기를 기다렸다. 말을 길게 하는 것이 힘에 부치는지 숨을 크게 들이마셨던 아벨이 리리를 바라보았다.

"아이기와 사랑에 빠졌던 남자는 평범한 자가 아니었다. 추측하건대, 그것 때문에 아이기가 저런 모습으로 돌아온 것 같다."

"평범한 자가…… 아니라 함은……."

"아이기의 아이에게선 진한 흙 내음이 났다. 어미의 샘물을 품은 광활한 대지는 기름지며 풍족하다. 새디아와는 전혀 다른 흙 냄새. 아마도 센테르의 흙이겠지."

"설마……."

리리는 침음을 흘렸다. 예상하고 왔으나 받아들이기 어려운 이야기였기에 가슴이 불안하게 뛰었다.

"설마…… 아이기가 사랑했던 남자가……."

"그래. 센테르의 주인이다."

덜컥, 심장이 주저앉는 듯했다. 리리의 머릿속에서는 소용돌이가 치고 있었다.

8년이라는 시간 동안 이 세계에서 살면서 받아들인 정보의 소용돌이였다.

혼란스러운 리리가 신음 같은 목소리로 중얼거렸다.

"천자였다니…… 아스더가 바로 계승권을 박탈당하고 쫓겨난 황자였어."

리리의 중얼거림을 듣지 못한 듯, 아벨은 이해할 수 없다는 목소리로 말을 이어갔다.

"그 남자에게서도 분명 같은 냄새가 났다. 아이기의 아이만큼은 아니었지만, 아이기를 품고도 남을 대지의 주인이었다. 그런데 왜. 어째서 아이기를 죽여야만 했을까. 그 정도 힘이라면 아이기의 요괴력도 충분히 억누르고 다스릴 수 있었을 텐데."

리리는 언젠가 들었던 이야기를 떠올렸다. 아마도 새디아의 호박을 팔러 갔을 때 상인이 해주었던 것 같았다. 요괴 사체가 돈이 되기 때문이라고 했던가.

일부러 거짓 사랑을 속삭여 대륙으로 끌고 온 뒤 죽여서 사체를 판다는 뉘앙스의 얘기로 기억했다.

만약 그 상인이 말했던 사랑에 빠져 센테르까지 넘어온 요괴가 아이기라면? 사체를 팔기 위해 요괴를 죽였다는 남자는 천자가 된다. 왜? 그가 뭐가 아쉬워서? 고작 돈 몇 푼 벌겠다고 요괴를 죽일 만큼 부족할 리가 없는데.

게다가 아스더가 정말로 천자의 아이라면, 이미 십여 년도 전에 죽였다고 공표하곤 실은 쫓아냈던 그 1황자가 맞는다면 그의 어미는 반역자였다.

감히 천자를 시해하려 한. 그렇기에 어미는 죽임당하고 아스더는 쫓겨나게 된 거였다.

근데 아스더의 어미는 요괴 아이기이다. 결국 천자를 시해하려 한 반역자는 아이기라는 소리였다. 사랑해서 샘을 포기하고 대륙까지 건너간 요괴, 아이기가 그토록 사랑한 남자를 제 손으로 죽이려 했다는 뜻이다.

그래서 죽임을 당했고, 아이를 잃은 채 이곳으로 돌아왔다. 한과 그리움에 바다까지 들끓게 하였다.

왜? 아이기가 왜 천자를 죽이려 했단 말인가?

앞뒤가 맞지 않는 이야기에 리리는 애꿎은 손톱만 깨물었다. 소문은 믿을 게 못 된다는 걸 리리 본인이 제일 잘 알고 있었다. 소문을 이용해 자신을 숨기고 있으니 말이다.

그러니 웬만한 건 다 걸러 들어야 한다는 것도 아는데…… 이건 상황이 너무 이상했다.

'아스더가 어머니를 원망하는 것도 이해는 돼.'

천자를 시해하려 한 반역자, 그로 인해 자신의 인생마저 송두리째 망가트린 장본인.

언젠가 버려진 황자에 대한 이야기를 들었을 때, 리리는 그 황자를 안타깝게 여겼던 것 같다. 부모 때문에 잘못하지도 않은 일에 대한 벌을 받게 되었으니 아마 자신이라면 무척 원망할 것 같다고 말이다.

근데 그게 아스더였다니. 아직도 믿기지가 않아 리리는 혼란스러운 머리통을 감싸 쥐었다.

"뭔가…… 너무 이상해. 다 이상해."

"왜 그러지?"

리리의 상태가 심상치 않다고 느낀 건지 아벨이 다가와 물었다. 나무껍질처럼 딱딱한 피부의 손이 차마 리리에게 닿지는 못하고 그녀의 어깨 언저리를 맴돌았다.

"저……."

"말해라."

"아무래도 아이기와 얘기해보는 게 좋을 것 같아요."

생각지 못한 말이었는지 아벨은 당황한 시선을 감추지 못했다. 이내 나무 기둥과도 비슷한 색상의 눈동자에 불안함이 가득 떠올랐다.

"지금 아이기의 상태가 너무 불안정하다."

"그래도, 어떻게 된 건지 직접 들어야겠어요. 그래야 제가 아이기의 아이에게 뭐든 말해줄 수 있을 거 아녜요?"

지금 이런 상황에선 아스더가 아이기를 다시 만나러 와줄 리가 없었다. 아니, 그건 일단 둘째 치고서라도 우선 리리가 어떻게 된 일인지 제대로 파악을 해야 두 사람을 만나게 할 건지, 아닌지를 결정하고 싶었다.

정말로 아이기가 반역을 저지른 거라면, 그래서 아스더가 그런 처지가 되게 만든 거라면, 둘을 다시 만나게 하는 경솔하고도 멍청한 짓은 하지 않을 작정이었다.

'아스더에게 사과도 제대로 해야 할 테고 말이야.'

새디아의 퀘스트는 영영 해결하지 못할 테지만 상관없었다. 아침에도 이미 생각한 바 있지만, 자신이 정말 생각 없이 일을 저질렀다는 죄책감이 다시 밀려들었다.

망설이는 기색이 역력하던 아벨은 마음을 정했는지 고개를 끄덕이며 말했다.

"좋다. 아이기가 대화를 원한다면 곁에 데려가주겠다."

"고마워요."

"대신 아이기의 감정이 격렬하게 요동치면 즉시 멈추도록 해라. 그 영향이 새디아로 끝나지 않으니까."

어쩐지 잔뜩 힘이 들어간 표정이다 했더니, 무슨 일이 생기면 곧장 섬과 바다를 보호해야 하는 입장이어서 그랬나 보다. 리리를 위해 큰 결심을 내려준 아벨이 고마울 뿐이었다.

아이기에게 얘기해보고 오겠다며 아벨이 자리를 비우고, 홀로 남은 리리는 나무 기둥에 기대어 앉았다.

너무 많은 생각으로 머릿속이 가득 차니 오히려 멍해졌다. 뭐가 뭔지 하나도 모르겠다.

그렇게 멍한 얼굴로 바닥을 내려다보는데 의외로 아벨이 금방 모습을 드러냈다.

"그럼, 가도록 하지."

불안한 기색이 남아 있는 눈빛이었지만 그래도 리리를 샘까지 데려다주었다.

약간 떨어진 곳에 리리와 아벨이 나타나자 샘 위로 송골송골 물방울이 맺히기 시작했다. 울음소리는 사라져 있었다. 그저 물이 모이며 참방거리는 소리만 주위를 채울 뿐이었다.

이윽고 아이기가 투명한 여인의 형태로 변해 바닥에 내려섰다. 슬픔에 잠긴 아름다운 여인의 얼굴이 아른아른하게 흔들거렸다.

"내 아이는?"

갈라진 목소리로 가장 먼저 묻는 것은 아이의 안부였다. 절절한 애정이 리리에게 전해졌다.

"센테르에 있어요."

울컥 치미는지 슬픈 눈을 감던 여인이 힘겹게 입을 열었다.

"못 본 사이에 너무 잘 커주어서…… 어미도 없이 힘들었을 텐데도 너무 잘 커주어서…… 고맙고 미안한데 그 말조차 하지 못했네요. 혹시…… 그곳에선 어떻게 지내는지…… 말해줄 수 있나요."

"센테르에서 가장 큰 상단을 운영하는 상인이에요. 젊은 나이에 성공했죠. 부와 명예를 일찌감치 손에 넣었고, 아무도 그에게 함부로 하지 못해요. 잘은 모르겠지만 아마 많은 여인의 애정도 독차지하고 있을걸요. 잘생기고 능력 좋고 성격까지 좋으니까요."

아이를 걱정하는 어미의 불안을 조금 덜어주고자, 최대한 좋은 쪽으로 말하려고 애를 쓰다 보니 저도 모르게 고개가 끄덕여졌다. 어쨌든 틀린 말은 아니었다. 겪어본 바로는 그렇게 나쁜 사람인 것 같지도 않으니까.

그런 상황에서 홀로 커온 걸 생각하면 정말 대단할 정도였다.

리리의 선택이 옳았는지 아이기는 확연히 진정된 모습으로 그녀의 말을 경청했다. 리리의 말 한 마디 한 마디에 다행이라는 듯 안도의 한숨을 내쉬기도 하고, 희미한 미소를 짓기도 하던 아이기가 말했다.

"정말 다행이에요. 근데…… 상인이라니? 그 아이는 천자의 핏줄을 이었는데."

아이기의 말로 확실해졌다. 아이기가 사랑에 빠졌던 남자이자 아스더의 아버지가 바로 천자라는 사실이 말이다.

"그게……."

아이기는 그 뒤의 상황을 전혀 듣지 못한 듯 의아한 시선을 던지고 있었다.

리리는 죽을 맛이었다. 사실대로 말했다간 아이기가 또 흥분할 테니 말이다. 새디아와 바다는 물론이고, 아벨이 힘겨워지는 건 원치 않았다.

'근데 대체 어떻게 돌려 말해야 하냐고.'

아스더가 그녀를 원망하는 이유를 납득시키기 위해선 그가 처하게 된 상황을 정확히 전달해야만 하는데, 리리에겐 너무도 가혹한 시련이나 다름없었다.

그녀가 쉽게 말을 잇지 못하고 있으려니 아이기의 형태가 크게 흔들렸다.

"설마…… 설마 나 때문에……."

아이기의 몸은 물론이고 고요하던 샘도 서서히 파동이 일며 찰박거렸다. 리리는 난처한 얼굴로 아벨을 힐끗거렸다. 그도 조금쯤 긴장이 서린 얼굴로 양 주먹을 꼭 쥐고 있었다.

리리는 차라리 애원 쪽으로 틀기로 했다.

"아이기. 쉽지 않겠지만 조금만 진정해주세요. 그래야 제가 다 말씀드리지 않겠어요?"

"……어서 말해요. 내가 이곳으로 돌아온 이후로, 대체 무슨 일이 벌어진 건지!"

억누르는 것이 역력히 보이는 목소리와 얼굴이었다. 리리는 서둘러 대답해주었다.

"저도 정확히는 몰라요. 제가 태어나기도 전의 일이고 다들 입을 다물기로 작정했는지 제대로 들려주는 이조차 없었거든요. 언뜻 듣기로는 아이기가 천자를 시해하려 들었고, 그래서 반역자로 처단당했으며 성난 국민들을 진정시키고자 아이 역시 죽었다고 공표한 뒤 계승권을 박탈하고 사람들이 알지 못하는 곳으로 보냈다고, 그렇게 알고 있어요."

리리의 말이 이어질수록 아이기의 분노는 더욱 거세졌고, 온 피부로 따끔따끔 와닿을 지경이었다. 진정하라는 말은 소용없을 걸 알았기에 리리는 기어 들어가는 목소리로 중얼거리는 게 고작이었다.

"제가 아는 건 이게 다예요. 여기 와서야 그 황자가 아스더였다는 사실을 알았고, 가까스로 어렸을 때 들었던 얘기를 기억해낸 거예요."

"……반역자! 반역자라니!"

아이기가 비명처럼 말을 내뱉었다. 만약 그녀가 사람의 형상을 하고 있었더라면 아마도 피눈물을 흘렸을지도 모르겠다는 생각이 들 정도로 악에 받친 목소리였다.

"나는 잘못한 게 없어! 그 여자의 말을 믿었을 뿐이야! 그 여자…… 그 여자만 아니었으면! 나를 속이고 나와 내 아이를 처참한 꼴로 만든 그 여자는 대체 어디에 있지?"

아이기의 분노는 누군가를 향해 있었다. 아이기는 처절하게 울부짖었다.

"그 여자! 아델라이나! 그 여자가 나를 이렇게 만든 거야!"

아델라이나? 리리는 어쩐지 익숙한 이름에 고개를 갸웃거렸다. 분명 어디서 듣기는 들었는데 기억이 잘 나질 않았다. 어디서 들었더라, 고민하던 그녀는 이어진 아이기의 비명에 온몸이 딱딱하게 굳어버렸다.

"내 자리를 차지하려고, 나를 속여 그에게 독약을 먹이게 했다고!"

아델라이나. 센테르에서 가장 높은 여인, 천자의 곁에 설 수 있는 유일한 여인.

바로 황후의 이름이었다.

흰색에 가까운 옅은 크림색 드레스는 한 발 한 발 내디딜 때마다 풍성함을 이기지 못하고 흔들거렸다. 레이스와 리본 장식으로만 꾸며진 드레스였으나 햇빛 아래에서 눈부시게 빛을 머금었고, 그게 아니더라도 우아하게 나풀거리는 모양새만으로 매우 화려했다.

부푼 치맛자락 탓에 더욱 잘록해 보이는 허리와 흰 속살을 고스란히 드러낸 네크라인, 선명한 금색 머리카락을 하나로 틀어 올려 큼지막한 보석이 박힌 장신구로 고정하였고, 마치 사파이어를 박아 넣은 듯한 푸른색 눈동자는 흔들림 없이 앞을 응시했다.

어쩐지 처연해 보일 정도로 가녀린 분위기를 풍겼으나, 얼굴만큼은 이유 모를 서슬이 느껴지는 듯 딱딱하게 굳어 있었다. 물론 목적지에 가까워지면서 부드러이 풀리더니 사랑스러운 미소마저 걸렸다.

그녀를 발견한 이가 의아한 기색이 역력한 목소리로 물었다.

"음? 황후가 이 시간에 여긴 어쩐 일이오?"

공교롭게도 천자가 정원에서 잠시 휴식을 취하던 모양이었다. 시중마저 몇 거느리지 않은 채로 차를 음미하던 그가 우아하게 허리를 숙여 인사하는 황후를 조금쯤 언짢은 눈빛으로 내려다보았다.

그런 시선쯤이야 익숙하다는 듯, 황후는 짐짓 당황한 표정을 지으며 입을 열었다.

"문득 창밖을 보았는데, 보랏빛으로 물든 정원이 무척 아름답더군요. 그 꽃이 내심 궁금하였는지, 저도 모르게 이곳으로 발길을 옮기게 되었습니다. 경솔한 제 행동이 폐하의 휴식을 방해하였다면 송구합니다, 폐하."

"아니오. 내 마침 돌아가려던 참이었으니, 마음 편히 꽃구경을 하면 되겠소."

천자는 망설임 없이 찻잔을 내려놓고는 자리에서 일어났다. 황후가 재빨리 말을 이었다.

"혹, 저 때문에 자리를 피하시는 거라면 제가 돌아가겠습니다."

"그럴 필요 없소."

"그게 아니라면, 제게도 귀한 시간을 조금 나눠 주실 수 없겠습니까?"

우아한 태도와 표정이었으나 어딘지 모르게 다급함이 느껴지는 목소리였다.

천자에게서 대답이 없자 고민하는 거라 여긴 건지 황후가 뒤에 서 있던 시녀에게 손짓했다. 시녀는 허리를 숙인 채 다가와 들고 있던 것을 황후에게 내밀었다.

"오랜만에 뵙는 폐하께 차를 대접하고 싶은 여인의 마음을 헤아려주시어요."

"그건 무엇이오?"

"포리 열매를 말린 것입니다. 이것을 우려내면 색이 무척 곱고 향마저 달콤하답니다. 폐하의 지친 심신을 조금이나마 달래줄 것입니다."

"그런가."

천자의 목소리가 심드렁했다. 마음이 조급해진 황후가 시녀에게 눈짓하자 그녀들은 부랴부랴 움직여 금세 탁자 위를 새로 세팅했다. 자신의 잔까지 새로이 준비하는 것을 본 천자가 어쩔 수 없다는 듯 도로 자리에 앉았다.

"마음이 동해 이끌리듯 온 것치고는 준비한 게 많소, 황후."

"원래 아름다운 곳에는 향기로운 차가 함께해야 마땅하지 않겠습니까, 폐하."

천자의 비꼼을 자연스럽게 받아친 황후가 맞은편에 앉았다. 두 사람 사이에는 마시기만 해도 마음이 녹아내려 금방 사랑에 빠질 것만 같은 달콤한 색상의 차가 준비되었다. 바짝 말렸던 포리 열매는 수분을 빨아들이며 탱글탱글 본래의 모습을 되찾았고, 보기만큼이나 사랑스러운 향을 풍겼다.

"부디 이 차에 폐하의 건강을 염려하는 제 진심이 담기어 주술처럼 효과를 발휘하기를 바라고 있습니다."

"황후의 진심이라……."

천자는 찻잔을 들어 습한 향기로 코를 적신 뒤 입술에 가져다 대었다.

짧게 목을 축인 천자가 눈썹을 찌푸리며 찻잔을 도로 내려놓았다.

"입맛에 맞지 않으십니까?"

"내 취향은 아닌 것 같군. 참으로 독특한 걸 좋아하시오, 황후는."

그의 말에 황후는 눈동자에 떠오르는 씁쓸한 기색을 서둘러 지웠다.

대신 말을 돌리는 걸 택한 그녀가 입을 열었다.

"못 뵌 사이 안색이 더 안 좋아지신 듯합니다. 잠은 좀 주무시는지요."

"잘 만큼 자고 있소."

"황궁주술사만이 폐하의 몸을 돌보는 것에 제 마음이 편치 않습니다."

"그의 실력을 의심하는 거요?"

"가당치 않은 말씀이십니다. 그저 폐하가 염려되어 세상 모든 의원을 다 불러들이고 싶은 마음일 뿐입니다."

"그래 봤자 소용없다는 걸 잘 알지 않소."

"무엇이든 기대고 싶은 간절함인 거지요. 진정 제 마음을 몰라주시는 겁니까?"

"그럴 필요 없다는 말을 하고 싶은 거요. 진정 그 뜻을 모르겠소?"

황후의 걱정 따윈 조금도 필요 없다는 단호함에, 그녀의 푸르른 눈동자가 상처받은 듯 일렁였다. 맑고도 맑은 호수와 같은 눈동자가 이토록 처연해진다면 어떤 사내도 마음이 흔들리지 않고는 못 배기는 것을.

천자는 달랐다.

"꽃구경하러 왔다는 이가 왜 나를 붙잡고 이런 얘기를 하는지 도통 모르겠군. 그러지 말고 그냥 하고 싶은 말을 하시오, 황후."

이 자리를 너무도 불편해하고 귀찮아하는 기색이 역력한 얼굴로 길게 시간 끌 필요 없다는 듯이 말하는 천자가 서운해 황후는 입술을 살짝 깨물었다가 놓았다.

사실 새삼스러울 것도 없었다.

금세 자기 페이스를 찾은 황후가 말을 이었다.

"이제 그만 무거운 짐을 내려놓으시는 건 어떻습니까, 폐하."

이제야 나온 본론에 천자는 권태로운 얼굴로 턱을 괴며 답했다.

"내가 가장 바라는 바요, 황후."

"라스피 황태자가 장성한 이후로, 어째서 왕관을 물려주지 않느냐는 얘기가 곳곳에서 나오고 있다 들었습니다. 민심이 흔들리고 있습니다, 폐하."

"황후는 꼭 내가 이 왕관이 탐이 나 자리에서 일어날 생각이 없는 거라 말하는 것 같소. 진정 그리 생각하시오?"

천자가 머리에 쓴 왕관을 툭툭 치며 말하자 황후는 당황한 얼굴로 황급히 입을 열었다.

"그럴 리가……."

"그게 아니라면 내게 그런 말을 하는 이유가 뭐요? 설마 황후는 라스피 황자가 천자의 그릇이라, 믿는 건 아니겠지?"

애써 외면하며 쉬쉬하던 문제가 천자의 입에서 직설적으로 흘러나왔다.

황후는 벌어졌던 입을 다물었다.

"라스피. 그 아이의 그렇게 나약해빠진 몸과 마음으로는 잠깐의 시간도 버텨내지 못할 거요. 그걸 뻔히 아는데도 왕관을 물려주라는 말이오? 단지 민심이 불안하다는 이유만으로?"

"제 말뜻은 그게 아니었습니다."

"그래? 그런데도 굳이 말을 꺼낸 것을 보아 황후는 무슨 뾰족한 수라도 있나 보오. 어디 들어나 보지."

"라스피의 혼인을 서두를까 합니다."

천자의 눈이 가늘어졌다.

그는 황후의 속내를 들여다보려는 듯 생각이 많은 눈동자에 담담한 표정의 그녀를 담았다.

"마음에 드는 여식이라도 발견한 거요?"

"그건 아닙니다. 정식으로 황태자비를 맞이하는 건 천천히 준비할 생각입니다. 중요한 문제니까요."

"……황후는 우선 아이를 낳아줄 후비부터 들일 생각이군."

"그러합니다. 폐하께서 이리도 건재하시니 굳이 일찍부터 정비를 맞이할 필요는 없지요. 선례도 있지 않습니까. 그게 아니더라도 모두들 바라는 바일 겁니다. 귀하고도 희박한 황가의 핏줄은 많으면 많을수록 민심을 진정시키니까 말입니다."

"황후의 생각은 잘 알겠소. 그러나……."

천자는 목이 메는지 입술을 핥으며 찻잔에 손을 뻗었으나 금세 거두었다. 마른 입술과 턱 언저리를 쓰다듬으며 말을 이었다.

"첩과 아이부터 둔 황자에게 혼담을 받아야 하는 가문의 자존심도 생각해야 하지 않겠소. 썩 내키지 않을 듯한데."

"그건 걱정하지 않으셔도 됩니다, 폐하. 저는 무척 기뻤으니 말입니다."

황후의 말에 천자는 미간을 찌푸렸다. 황후는 서둘러 말을 덧붙였다.

"저는 그저 저 같은 여인들도 많을 거라는 말씀을 드리고 싶었을 뿐입니다."

"황후와 그대의 가문은 그럴지 몰라도, 틀림없이 아닌 가문도 있을 거요. 예를 들면 페레로가라든가."

정식 혼담마저도 질색하며 거부하는데, 후비와 아이까지 있다 하면 파업을 불사할지 몰랐다. 대단한 딸바보 로쉐를 떠올린 천자가 픽 웃음을 흘렸다가 은근슬쩍 손바닥으로 입을 가렸다.

황후는 짧았던 천자의 미소를 보지 못하였다. 예상치 못한 얘기에 몹시 당황했기 때문이다.

"……페레로가요?"

"이런. 황후는 조금도 고려해보지 않은 가문인가 보오."

"아, 아니…… 페레로가는 귀족 가문이 아니지 않습니까, 폐하. 심지어 역사가 깊은 것도 아니고……."

"그게 중요하오?"

"귀족들의 반발이 있을 것입니다."

"어째서지? 나와는 경우가 다르지 않소. 출신이 불분명한 것도 아니고, 무슨 의도를 가지고 황궁에 들어와야 할 만큼 궁한 집안도 아니오. 아, 혹시 황자를 시해할까 두려운 거요? 무슨 걱정이오, 그때와 달리 황궁주술사가 있지 않소. 심지어 그 황궁주술사가 황태자비의 친정이지. 이 정도면 든든한 뒷배인 듯한데, 아니오?"

비웃는 것이 역력한 천자의 말에 황후는 낯빛이 창백하게 질렸다. 그녀는 더듬더듬 입을 열었다.

"폐, 폐하…… 제게 왜 그런 말씀을 하시는지요."

"황후가 귀족들의 반발을 운운하기에 이해가 안 되어 물었을 뿐이오. 안색이 좋지 않은 듯한데, 어디 아픈가 보오. 이만 들어가보는 게 좋겠소."

"아, 아닙니다. 괜찮습니다."

황후는 송골송골 맺히는 식은땀을 은근하게 훔치며 자세를 바로 했다. 설마 천자가 「그 이야기」를 꺼낼 줄은 몰랐기에 당혹스러운 마음을 감추기가 어려웠다.

"폐하께서 그리 말씀하시니 페레로가도 염두에 두도록 하겠습니다. 가장 중요한 것은 라스피 황태자의 마음이니까요."

"그리하시오."

"그리고…… 꼭 황가의 핏줄을 라스피에게만 의지할 필요는 없지 않겠습니까."

"그게 무슨……."

붉어진 황후의 눈가를 보고 그 뜻을 알아챈 천자가 웃음을 터트렸다. 시원하게 울리는 천자의 웃음소리에 황후는 자존심이고 체면이고 모조리 너덜너덜하게 찢어발겨지는 기분이었지만 애써 표정을 관리했다.

"설마, 황후와 내가? 농담이겠지? 오래간만에 재밌는 농이었소."

친절하게 확인까지 시켜주는 천자 덕에 황후는 마지막까지 짓밟혔다. 더할 나위 없는 모욕감에 그녀의 손이 창백해질 만큼 드레스 자락을 움켜쥐었다.

"하나로도 족하지. 차고도 넘치지."

즐겁다는 양 잔웃음을 흘리던 천자가 문득 생각났다는 듯 말을 이었다.

"그러고 보니. 하나가 더 있긴 하군."

천자가 칭하는 게 누군지 알아차린 황후가 덜컥 숨이 막혀와 어깨를 움찔거렸다. 그녀는 힘겹게 목소리를 내었다.

"그게…… 무슨 말씀이신지……."

"황후도 잘 알지 않소. 아이까지 있는 황제의 혼담을 직접 받아본 몸이니 말이오."

"그, 그 아이라면 폐하……. 이미 오래전에 궁을 떠나 생사도 불분명하지 않습니까."

"그럴 리가. 어디서 뭘 하는지 황후는 알지 않소."

나른한 얼굴로 대수롭지 않게 묻는 천자의 말에 황후의 호흡이 잘게 떨렸다. 그녀는 이해가 되지 않는다는 얼굴로 되물었다.

"무슨 말씀이신지 저는 이해가 잘……."

"그거야 황후가 더 잘 알겠지."

의미심장한 말을 던진 천자가 자리에서 일어났다. 따라 일어난 채 힘겹게 미소 지어 보이는 황후를 내버려둔 채로, 그는 망설임 없이 곧장 몸을 돌렸다가 생각난 게 있다는 듯 말을 덧붙였다.

"그리고 황후가 잘못 알고 있는 게 하나 있소. 「그 여인」은 후비 따위가 아니었소. 굳이 따지자면 후비는 그대라는 걸 알아두시오."

그 말을 끝으로 천자는 성큼성큼 정원을 떠나갔다. 홀로 남은 황후는 무너지듯 자리에 주저앉았다.

탁자에 몸을 기댄 채 창백하게 질린 입술을 달싹였다.

"어떻게……."

어떻게 자신의 앞에서 그 여자와 그 아이의 얘기를 꺼낼 수가 있을까. 도대체 언제까지 그 여자의 그림자에서 못 벗어날 참이지?

황후는 오랫동안 꽁꽁 묻어두었던, 그조차도 잊은 것처럼 굴었던 이야기를 끌어 올린 천자가 원망스럽기만 했다. 생각하고도 싶지 않은 여자의 얼굴이 눈앞에 선하게 그려졌다.

"네?"

어느 날 갑자기 아델라이나의 세상이 무너졌다.

"아버지, 방금 무어라고……."

"아델. 지금 당장은 충격이 크겠지만 마음 단단히 먹거라."

풍성한 금발이 몸의 떨림에 따라 굽이치며 넘실거렸다. 아름다운 푸른 눈동자는 금방이라도 눈물이 떨어질 것처럼 물기가 가득

차올랐다. 파리하게 질린 얼굴이 그렇지 않아도 유약한 유리 인형과도 같은 그녀를 더욱 애처롭게 만들었고, 연한 분홍색의 입술은 처참하게 짓이겨졌다.

꽉 깨문 입술 위로 송골송골 핏물이 맺히고 나서야 그녀는 입을 열었다.

"믿을 수 없어요. 제 눈으로 직접 확인하겠어요."

"아델."

아버지의 만류에도 아델라이나는 곧장 나갈 채비를 했다. 마음이 급했지만 흐트러진 모습을 보일 수는 없는 노릇이었기에 공들여 단장을 마친 후에야 마차에 올랐다. 마차는 빠른 속도로 황궁으로 향했다.

길게 줄지어 심어놓은 나무 사이를 달린 마차가 황궁에 입성했을 때, 이미 그때 아델라이나는 달라진 무언가를 느꼈던 것도 같았다. 어릴 때부터 제집처럼 드나들던 황궁이었는데. 호수와 정원, 그림 같은 황궁은 아델라이나에게 너무도 익숙한 모습 그대로인데. 무언가 달라져 있었다.

그럴 리가 없다고, 기분 탓이라고. 불안한 마음을 애써 달래며 마차에서 내린 그녀를 붙잡는 웃음소리가 있었다. 홀린 듯 다가간 정원에는 처음 보는 얼굴로 웃는 그가 있었다. 그리고 그 웃음이 향한 곳에는, 여자인 그녀조차도 너무 놀라 숨 쉬는 것도 잊을 정도로 아름다운 여인이 한 명 서 있었다.

아마도 요정이 실재하면 저런 모습이 아닐까. 사람의 발길이 끊긴 곳, 아주 깊은 숲 속에 사는 요정. 투명하리만치 흰 피부와 푸르스름한 머리카락, 맑은 샘물과도 같이 옅은 눈동자는 보는 이로 하여금 같은 사람이 아닌 것 같다는 생각이 들게 할 만큼 신비로웠다.

세상에 갓 태어난 것처럼 때 묻지 않은 순수한 미소를 걸친 채 지금 그 순간을 마음껏 만끽하는 여인은 사랑스럽기까지 했다. 그래서일까. 그 역시 여인을 무척 사랑스럽다는 눈빛으로 바라보고 있었다.

신의 아들. 신의 선택을 받은 자. 센테르의 주인인 천자가 말이다.

아델라이나의 충격은 엄청났다. 아주 어렸을 때부터 아델라이나는 당연히 자신이 천자 옆에 서게 될 거라고 믿어왔다. 그렇게 배웠고, 실제로 그렇게 되어가고 있었다. 그녀처럼 황후의 조건을 가지고 태어난 이도 없었으므로.

곧 혼담이 들어올 거라고 주변 사람들 모두가 입을 모아 얘기했다. 믿고 기다렸다. 그런 그녀의 눈앞에 펼쳐진 이 광경은 대체 무어란 말인가.

하늘에서 뚝 떨어진 것처럼 어느 날 갑자기 나타난 그녀는 천자의 몸과 마음을 사로잡았다. 출신도 불분명하고, 의도조차 불투명하다며 모든 귀족이 나서서 말렸지만 천자는 완강했다.

그녀가 아이까지 가지자 더욱 심해졌다. 그 누구도 감히 천자의 선택에 반대할 수 없는 상황에서 그의 피를 이은 아이마저 생기니 모두들 포기할 수밖에 없었다.

아델라이나만 제하고 말이다.

"말도 안 돼! 그건 내 자리야. 내 것이란 말이야!"

갈수록 피폐해져만 갔다. 아무것도 없는, 심지어 예법과 기품 같은 것도 조금도 갖추지 않은 천한 여자에게 자신의 자리를 빼앗겼다는 것이 믿기지 않았다.

자존심마저 상했다. 고작 반반한 외모 하나만으로 천자를 사로잡았다는 생각밖에 들지 않았다.

제국 내에서 가장 아름답다 소문이 난 아델라이나였으나 천자 곁에 선 여자 앞에선 빛이 바래고 말았으니까. 아델라이나조차 그녀의 미모는 인정하지 않고는 배길 수 없었다.

황자가 태어나며 그 여자의 위치는 더욱 굳건해졌다. 딸이길 빌고 또 빌었던 아델라이나는 절망했다. 이대로는 천자의 곁은커녕 후비로도 황궁에 들어설 수 없을 듯했다.

그래서 아델라이나는 덫을 깔기로 했다. 갖은 지식을 모조리 동원해서, 가진 모든 것을 이용해서 천천히 오랜 시간 공들여 덫을 쳤다.

몇 년에 걸쳐 그녀와의 사이를 돈독히 했고, 신뢰를 얻었다.

"마마를 뵙습니다."

"왔어요?"

자신을 보며 순수하게 웃는 그녀의 뺨을 내리치고 당장에라도 쫓아내고 싶은 것을 참고 또 참으며 환심을 사려 애썼다.

"궁 안은 너무 심심해. 아델이 자주 와줘서 정말 다행이에요. 아니었으면 너무 지루했을 거야. 폐하는 혼자서는 잘 못 나가게 하니까."

"폐하께서요? 왜요?"

"위험하다네요. 그래 봤자 궁 안인데도⋯⋯."

"⋯⋯그렇군요."

여인의 앞에는 늘 귀한 열매인 포리가 한가득 쌓여 있었다. 그녀가 좋아한다는 이유만으로 천자가 새디아에 직접 사람을 보내 구해 오기 때문이었다. 그래놓고는 혹시라도 부담을 가질까, 자신이 좋아해서 가져오는 거라 거짓말을 한다는 걸 소문을 통해 익히 알고 있었다.

달콤한 열매만큼이나 달콤한 천자의 애정이 눈앞의 여인에게 향하는 것은 몹시 불쾌하고 화나는 일이었다.

오랜 시간 인내한 끝에 덫이 완성되었다.

아델라이나는 자신을 완전히 믿고 의지하는 여인에게 거짓을 속삭였다.

악마처럼 매혹적이며 잔인한 말로 그녀를 현혹했다.

"정말로 이걸 먹으면 폐하의 피곤함을 덜어낼 수 있단 말이지?"

"그럼요. 한숨 푹 자고 일어나시면 피로가 싹 가셔 계실 거예요."

"이렇게 귀한 걸 나한테 줘도 정말 괜찮은 거야?"

"마마를 위해서라면 뭔들 아깝지 않을까요."

"고마워. 너무 고마워서 내가 뭘 어떻게 해야 할지 모르겠어."

"저희 가문에만 몰래 내려오는 비약이니 비밀만 지켜주시면 돼요."

"알겠어. 약속할게."

가까스로 구해온 독약은 효과가 아주 좋았다. 천자는 마치 잠이 든 것처럼 누워 있었으나 무슨 수를 쓰든 깨어나지 못했다. 당연하게도 황궁은 뒤집혔다.

순진하다 못해 멍청한 여인은 자신의 입으로 「이걸 먹은 뒤 푹 자고 일어나면 피로가 다 풀릴 것이다.」라며 죄를 자백했다.

그녀가 먹인 것이 실은 독약이며 천자는 이대로 깨어나지 못하다가 서서히 죽을 것이다. 그 얘기는 삽시간에 제국으로 퍼져나갔다. 동시에 그 여자가 처음부터 이럴 목적으로 천자에게 접근했고, 본성이 아주 사악하며 수많은 시녀를 때리거나 죽이거나 쫓아내고, 예전부터 조금씩 천자에게 독약을 먹여왔다는 소문까지 나돌았다.

자신이 그 여자의 사주를 받아 독약을 먹였다는 시녀들도 하나둘씩 나왔고, 그사이에도 천자는 서서히 죽어갔다.

"독약이라니! 아니에요! 절대 아니에요!"

"시녀가 자백했다."

"그럴 리가…… 전 그런 적 없어요!"

여인의 항변이 통할 리 없었다. 그녀는 감옥에 갇혔다. 천자가 부재하며 대리통치를 맡게 된 이가 바로 아델라이나의 아비였으므로 일은 순식간에 계획대로 진행되었다.

여인이 감옥에서 서서히 말라가는 동안, 아델라이나는 천자를 지극하게 간호했다. 그녀의 정성이 하늘에 닿았는지, 천자가 서서히 회복되고 있다는 소문에 백성들은 감동하였다. 천자의 부재로 빠른 속도로 황폐해지던 센테르의 부흥을 위해선 아델라이나의 힘이 필요하다는 여론이 형성되었다.

이미 해독제를 지니고 있던 아델라이나 덕분에 천자는 깨어났으나 꽤 오랜 시간이 흐른 뒤였고. 감옥에 갇혀 있던 여인은 쇠약해질 대로 쇠약해져 있었다.

감히 천자를 시해하려 한 반역자에게 주어질 벌은 단 하나뿐이었다. 성이 난 백성들을 진정시키기 위해, 그렇지 않아도 출신 등으로 탐탁지 않아 하던 귀족들의 완강한 반대로, 실수든 고의든 천자를 다치게 해 센테르까지 위험하게 만든 그녀에 대한 실망으로 결국 천자도 더는 그녀를 지켜줄 수 없게 되었다.

그렇게 아델라이나는 민심과 귀족을 등에 업고 아이기의 자리를 차지했다.

그게 십 년도 전의 일이었다.

이제는 다 지난 일이라고 생각했는데, 잊은 것처럼 그녀와 아이에 대한 얘기를 입 밖에 꺼내지 않던 천자가 왜인지 황후를 자극하고 있었다. 죽든 말든 관심도 가지지 않던 아이를 황족으로 대우해주질 않나…….

'그도 불안한 모양이지? 정말로 시간이 얼마 남지 않은 걸지도 몰라.'

가까스로 가진 아이, 라스피는 안타깝게도 천자의 그릇이 아니었다. 조금도 자질이 없다는 걸 그녀도 모를 수가 없었기에 버렸던 혈육까지 염두에 두는 천자의 마음도 이해가 안 되는 바는 아니었다.

그러나 그렇게 되면 그녀가 지금껏 쌓아온 모든 것들이 무너지는 셈이었다.

그렇지 않아도 끝끝내 천자의 마음은 얻어내지 못하였는데, 황후 자리나 단 하나뿐인 아이가 불안정해지는 건 절대 용납할 수 없었다.

입술을 잘근잘근 깨물던 황후가 서늘한 목소리로 중얼거렸다.

"안 되겠어. 입지를 더욱 견고하게 하지 않으면……."

아이라도 먼저 갖게 할 생각이었으나 라스피가 마음에 둔 여인은 소식조차 알 수가 없었다. 하는 수 없이 라스피의 의사를 무시해야만 했다.

그렇지 않으면 황태자비 자리에 페레로가의 여식이 앉게 될 테니 말이다.

"안 그래도 황궁주술사, 그자가 설치는 꼴이 마음에 안 드는데 더 장악하게 둘 수는 없지."

고민을 끝낸 황후가 시녀에게 손짓했다. 다가온 시녀에게 은밀하게 명령했다.

"이네아 공작 영애를 불러들이도록 해라."

아이기의 이야기가 끝이 났다. 그저 분하고 억울한 감정이 절절하게 녹아든 한 여인의 목소리가 끊겼을 뿐인데 새디아 전체가 적막에 잠긴 듯 조용하게만 느껴졌다. 그건 아마도 너무나도 큰 충격을 받아 정신이 멍해진 탓일 터였다.

"그러니까…… 황후…… 아, 아니, 아델라이나 그 사람이 아이기를 속여 천자에게 독약을 먹게 했다, 이 말인 거죠? 내가 잘못 들은 거 아니죠?"

당혹스러움이 가득한 리리의 목소리나 표정과는 달리 계속 덤덤함을 유지하고 있던 아벨이 고개를 끄덕였다.

"내가 들은 바로도 그게 맞는 듯하다."

아니. 덤덤하다고 생각한 건 리리만의 착각이었나 보다. 대답하는 아벨의 목소리에는 옅은 분노가 스며 있었다. 가까스로 억누르고 있어 겉으로 표만 안 날 뿐, 그 속에선 굉음을 동반한 거센 바람이라도 휘몰아치는 듯했다.

"인간의 잔인함과 욕망은 아마 영원히 이해하지 못할 것이다."

"그건 나도 마찬가지예요."

리리는 황후가 되기 위해 한 여인의 순수함을 이용했을 뿐 아니라 센테르가 위험에 처할 걸 뻔히 알면서도 천자를 다치게 하고, 심지어 아무 죄 없는 아이마저 진창으로 떠민 아델라이나에 대한 불쾌함이 치솟는 걸 느꼈다.

물론 욕심낼 수 있다.

아이기만 아니었다면 자신이 황후였을 거라는 오만으로 똘똘 뭉쳤을 수도 있다.

리리 또한 욕망 덩어리며 자신에겐 관대하다 보니 남 탓으로 돌리는 경우가 있다. 그러니 그런 마음을 품고, 그런 상상을 하는 것까지는…… 그래. 이해할 수 있었다.

근데 그걸 실제로 행했다. 그 차이는 어마어마했다.

"어떻게 사람이 그런 짓을 할 수가 있어요?"

리리의 목소리가 미미하게 떨렸다. 어미는 감히 천자를 시해하려 한 반역자로 형장의 이슬이 되어 사라졌고, 아비는 그녀의 피를 이은 자식을 버렸다. 그렇게 아스더는 가진 모든 것을 한순간에 잃어버렸다.

근데 그게 모두 한 사람이 꾸민 일이었다. 즉, 모든 게 오해이고 모두가 피해자인데, 사실을 알지 못하는 세 사람은 서로에 대한 원망과 상처로 가득했다.

어떻게 이런 일이 있을 수 있단 말인가.

"황후가…… 황후가 그런 짓을 했을 줄이야……."

선량하고 우아하던 황후가 떠오르자 끔찍함에 치가 떨렸다. 누구에게나 친절했던 것은 가식이었나. 속으로는 그런 독기를 품어놓고 참으로 아름답게 웃었다.

센테르를 위해서라도 천자의 마음을 돌리고 싶다던 황후의 목소리가 떠오르자 기막힌 웃음이 터졌다. 그런 여인이 센테르에 없어선 안 될 천자를 시해하려 했다니. 단지 아이기를 끌어내리기 위해서 말이다.

"어떻게 사람이……."

그 말밖에는 나오지 않았다. 어떻게 그런 짓을 할 수가 있을까. 그렇게 선한 얼굴로 그리도 끔찍한 짓을.

울고 화내며 이야기를 끝마친 아이기는 진이 다 빠진 듯 여인의 형태를 거의 잃어버리고 흐르는 물에 가까워져 있었다.

그녀 또한 자신의 아이가 그리도 외롭고 힘겹게 컸다는 사실이 충격인 듯 슬픈 얼굴을 감추지 못했다.

동쪽 바다를 들끓게 한 아이기의 깊은 원한이 비로소 이해가 되는 기분이었다.

사랑하는 이의 배신과 아이를 잃은 슬픔이 끝이 아니었다. 얼마나 억울했을까. 분통했을까. 그 한이 바다를 건너 센테르까지 닿을 만했다.

"천자는요? 황후의 말을 믿었어요? 정말로 사랑하는 연인이 자신을 죽이려 했다던 그 말을 믿었단 말이에요?"

아이였던 물 덩어리에서 가냘픈 목소리가 흘러나왔다.

"그는 한참이나 눈을 뜨지 못했고, 그 시간 동안 나는 감옥에 갇혀 하루하루 말라갔다. 내 본질은 물로 이루어져 있으니 창문조차 없어 벽에 맺히는 작은 물방울이 전부인 감옥에선 너무도 쉽게 망가졌다. 그래도 기다렸는데, 그를 만나면 고통이 끝나리라 믿었는데……."

바람 앞 촛불처럼 위태롭게 흔들리는 숨을 내뱉은 아이기가 말을 이었다.

"그가 정신을 차리고 내 앞에 나타났을 때, 인간의 형태를 지닌 껍데기는 망가질 대로 망가져…… 목소리가 나오질 않았다. 메마른 몸은 눈물 한 방울 흘리지 못했고…… 그저…… 그저 그 몸으로 존재하는 게 고작이었어."

리리는 결국 할 말을 잃고야 말았다. 무슨 말을 더 할까.

이 안타까운 여인의 과거 앞에서는 그 어떤 위로도 가당치 않을 터였다.

"거기 모인 모든 귀족이 나를 의심했고, 추궁했고, 몰아붙였다. 그는 그저 나를 바라만 볼 뿐이었다. 그 눈이 아직도 선연하게 기억나. 상처받은 짐승과도 같은 슬픈 그 눈이…… 결국 나를 무너뜨렸지. 정말로 할 말이 없느냐고 묻는 그의 처음이자 마지막 목소리에 나는 고개를 숙였다. 목소리가 나온다 한들, 그에게 무슨 말을 할 수 있을까. 이미 나를 의심하는 그에게…… 내가…… 무슨 말을……."

모든 상황이 아이기에게 검을 겨누고 있었다. 그에게 직접 먹인 독약, 그녀가 들고 있던 증거품과 방 안에서 나온 수많은 시해 도구들, 그녀의 사주를 받아 천자를 위험에 빠트렸다 자백하는 시녀들…….

설사 천자가 아이기를 믿었다 해도 그런 상황에서 그녀를 지켜주기란 어려운 일이었을 터였다.

"어차피 오래 버티지 못할 몸, 내가 죽는 건 상관없었지만…… 내 아이만큼은 지켜주고 싶었는데…… 그때의 나는 대체 뭘 어떻게 해야 했을까. 대체 뭘 어떻게 해야……."

"그렇게까지 치밀하게 덫을 칠 정도면 아이기 당신이 무슨 짓을 했어도 소용없었을 거예요. 아마 천자가 당신을 지킬 때를 대비한 방안도 수없이 세워두었겠죠. 이미 주변 모든 사람이 그녀의 편이었던 것 같으니까요."

"그래. 그랬어. 그땐 몰랐지. 이곳으로 돌아와 긴 세월 곱씹고 또 곱씹으니 알겠더군. 아델라이나. 그 여자가 작정하고 내게 접근한 거였음을, 그때부터 나는 그녀의 손바닥 위에 있었음을."

정말 무서운 여자였다. 독약 하나만으로는 의심을 살지 모른다고 생각한 건지, 실제로 시녀를 이용해 아주 미량의 독약을 꾸준히 먹이기까지 했다. 증거와 증인이 차고도 넘쳤다.

어쩌면 그때 그 일 때문에 지금 천자의 몸 상태가 더 급속도로 나빠지는 걸지도 모른다고 생각하니 소름이 끼쳤다.

"……그 아이는 나를 원망하는 것 같더군."

상처받은 목소리로 중얼거리던 아이기가 리리를 향해 물었다.

"내가 미운 게 당연하겠지? 나 때문에 아이가 불행했을 테니까."

"……하지만 누명을 쓴 거잖아요. 당신은 아무 죄가 없어요. 그 사실을 모르는 지금은 원망할지라도, 진실을 알게 되면 달라질 거예요."

"정말 그럴까?"

"애초에 그를 불행하게 한 건 당신이 아니라 아델라이나, 그 여자예요. 당연히 그 여자를 원망해야죠."

아이기는 잠시 말이 없었다.

다만 리리의 말에서 일말의 희망을 느낀 건지 출렁거리던 물 덩어리가 점차 잠잠해졌다.

"부탁이 있어."

"아스더의 오해를 푸는 일이라면, 굳이 부탁하지 않아도 돼요. 내가 가만히 있을 수 없으니까."

"……정말 고마워."

눈앞에 시스템창이 떠올랐다.

† 새로운 퀘스트가 등록되었습니다.

† 「신의 조각을 찾아서」의 서브 퀘스트

† 아이기의 아이를 찾아서 (2)
 :: 아이기의 아이, 아스더 센테르. 그를 찾는 데에는 성공했으나 둘 사이에 크나큰 오해가 있다는 것을 알게 되었다. 아이기는

그 오해를 풀어줄 것을 부탁했다. 오해가 풀리며 더는 사랑하는 아이의 원망이 아이기에게 향하지 않는다면 동쪽 바다에 걸린 저주는 풀릴 것이다.

　최소 조건 : 체력 ???, 기력 ???, 주술력 ???

　신의 조각을 찾아서(퀘스트), 수호자의 인정(농장의 요정)

리리는 결연한 눈으로 아이기를 바라보며 고개를 끄덕였다.

"그러니까, 너무 슬퍼하지 말고 조금만 기다려요. 내가 힘써볼게요."

물 덩어리가 흐릿하게 여인의 형체를 되찾았다.

리리는 고맙다며 인사하는 아벨에게도 고개를 끄덕여준 뒤 센테르로 돌아왔다. 돌아오자마자 바로 향한 곳은 아센 상단이 아닌 주술각이었다.

아직 하늘에 해가 걸려 있는 시간이었기에 로쉐는 황궁에 나가 있느라 자리를 비운 상태였다. 리리는 언제 자신이 올지 모르기에 나니에 빼고 출입금지라는 걸 잘 알고 있었고, 로쉐가 올 때까지 기다리기로 했다.

소파에 거의 드러눕다시피 앉으며 한숨을 푹 내쉬었다. 머릿속은 복잡하고 오만 감정이 다 들고…… 피곤하기 짝이 없었다.

"일단 힘써본다고 말은 해놨는데……."

사실 막막했다.

아스더 얼굴을 어떻게 보나 싶고, 과연 자신을 만나주기는 할지도 의문이고……. 그런 속사정도 모른 채 무작정 데려갔으니, 자신의 인생을 기구하게 바꿔놓은 어미를 그렇게 다시 마주하게 된 아스더의 속마음은 오죽했을까.

그냥 어릴 때 억지로 어미와 헤어지게 된 경우라고만 생각했다. 이렇게 복잡하며 암담한 과거가 있을 거라곤 상상도 못 하고, 어릴 때 잃어버린 어미를 그리워하지 않을까? 막연히 추측했던 게 문제였다.

"하…… 어쩌면 좋지."

다행히 아스더가 만나준다 해도 막막했다. 어떻게 해야 이 복잡하고도 억울한 사연을 제대로 전할 수 있을까.

아니, 말을 꺼낼 기회나 있을까. 보아하니 아스더는 아이기의 말 한마디도 듣고 싶어 하지 않는 것 같던데.

억지로 구구절절한 사연을 꺼내 들었다간 아스더의 감정만 또 상하게 할지 몰랐다.

무엇보다 너무 아이기 위주의 이야기였다. 그녀의 말을 의심하는 건 아니지만 그래도 확실히 하는 편이 좋았다. 그래야 아스더도 아이기의 변명이라 여기지 않을 테니까 말이다.

이런저런 생각을 하는 사이 해가 넘어가고 서서히 어둠이 몰려왔다. 주술등을 켜지 않은 로쉐의 방에도 어둑어둑한 밤이 가득 들어찼다.

이리 머리 굴리고, 저리 머리 굴리느라 골이 빠개질 것 같아 연거푸 한숨을 내쉬는데 어둠과는 조금 다른 검은 안개 같은 것이 피어올랐다.

"아빠!"

"리리?"

리리가 벌떡 일어나며 반기자 로쉐는 깜짝 놀라 휘둥그레진 눈으로 그녀를 내려다보았다. 아무도 없으리라 믿어 의심치 않았을 자신의 방에 리리가, 그것도 소파에 널브러져선 반겨주니 당황스러운 모양이었다.

"리리, 네가 왜 여기에……."

"여쭐 것이 있어서 찾아왔어요."

원래라면 일단 피곤함에 절어 있을 로쉐부터 살피고, 도란도란 소소한 대화를 나눈 후 본론을 꺼내 들었을 리리지만 오늘은 달랐다. 그럴 여유도 없었고, 시간도 없었다. 당장 자신이 궁금한 게 한가득했으니까!

평소와 다른 리리의 태도에 로쉐는 두려움이 스민 눈으로 리리 앞에 앉았다.

리리가 이럴 때면 꼭 사고를 치려 한다거나 이미 치고 왔다거나 둘 중 하나였기에 그럴 만도 했다. 그러나 막상 리리의 입에서 흘러나온 말은 전혀 예상치 못한 거였다.

"천자와 지금은 폐태자가 된, 제1황자에 대해 궁금한 게 있어요."

로쉐의 얼굴이 다른 의미로 어두워졌다. 조금 전까지는 일말의 두려움, 불안함 같은 거였다면 지금은…… 답답함, 불편함에 가까웠다.

"그게 왜 궁금하지? 설마 그것도 여신께서 네게 맡긴 일 중 하나인가?"

"뭐…… 아니라고는 못 하겠네요."

동쪽은 물론이고 중앙까지. 퀘스트 해결의 유력한 열쇠가 바로 아스더였으니 말이다.

리리의 말에 로쉐의 얼굴은 더욱 어두워졌다.

"……그래. 궁금한 게 뭔지 말해라."

"제1황자의 어머니. 그러니까 천자를 시해하려 했다던 이전 황후가 설마 요괴였나요?"

단도직입적인 리리의 물음에 로쉐는 당혹스러운 숨을 삼켰다.

"그걸 네가 어떻게……."

"……정말이었네요."

이미 새디아에서 들을 만큼 다 들었음에도 설마 하는 마음이 있었다.

그야 너무도 믿기지 않는 얘기였으니까. 차라리 그녀의 거짓말이었으면 좋겠다고 바라던 것도 있었다.

"정말로, 아스더가 천자와 요괴 사이에서 태어난 폐태자였어."

"그자가 자기 입으로 말해준 것이냐?"

"아뇨. 그건 아니에요."

리리가 고개를 짓자 로쉐의 의문은 더욱 깊어졌다. 리리는 친절하게 설명을 덧붙였다.

"요괴가 직접 말해준 거예요. 그러니까, 전 황후께서 말씀해주신 거라 해야 하나?"

"말도 안 된다! 중앙 광장에서 처형당하는 것을 내가 직접 보았는데?"

"……중앙 광장에서 처형당했나요? 그 정도로 국민의 분노가 컸나 보군요."

"물론이지. 천자는 센테르 그 자체이니까, 그가 처해 있는 위험은 센테르의 위험과도 같다. 실제로 천자가 독약을 먹고 쓰러져 있는 동안 나라 전체가 휘청댔으니 국민들은 직접 보고 듣고 겪으며 얼마나 두려움에 떨었겠느냐. 감히 천자를 시해해 센테르를 위험에 빠트린 자를 용서할 수가 없는 게 당연했다."

"물론 저도 이해해요."

그렇지 않아도 천자의 그릇이 탄생하기 어려운 악조건이니, 간신히 여신의 기운을 받아들여 센테르를 번영시키는 천자가 천수를 누리기만을 바라는 게 당연할 터였다.

리리는 지끈거리는 골을 짚었다. 그렇다는 건 고작 십여 년 전의 분노가 모조리 사라지기를 기대하는 건 너무 희망적인 생각이지 싶었다.

아직도 그때의 두려움을 똑똑히 기억하는 사람들이 많을진대, 대체 어떻게 이 일을 풀어가지?

'아무래도 중앙 퀘스트는 포기해야 할 것 같은데.'

아이기와의 관계는 오해만 풀려도 웬만큼 해결될 것 같았으나 중앙은 달랐다.

아스더의 자질을 정확히 알 수도 없었고, 혹여라도 그가 천자의 그릇이라 한들 황후나 귀족들이 가만히 있을 리 없다.

게다가 천자를 시해하려 했던 반역자의 아들인 그를 국민이 받아들이는 일은 더더욱 만무하지 싶었다.

심지어 죽었다고 공표했으니 갑자기 나타나는 것 자체가 말이 안 되었다.

차라리 하나 남은 황태자의 혼약을 서둘러 아이를 많이 낳게 할 듯했다. 모두가 그걸 바랄 터였다.

'그래도 천자의 그릇이 나타나지 않고, 더 쇠약해진 천자가 더는 센테르를 감당하지 못해 눈에 띄게 황폐해지면…… 그렇게까지 아쉬워져야 아마 아스더를 찾겠지.'

다 같이 죽을 수는 없는 노릇이니 말이다. 근데 그때까지 과연 얼마나 긴 시간이 흐를지 모른다는 게 문제였다. 그때 가서 자신을 찾는다고 아스더가 돌아갈지도 의문이었다.

"무슨 생각을 그리하느냐, 리리."

"아, 잠깐…… 후…… 너무 막막해져서……."

"아빠가 도와줄 일은 없을까."

리리의 안색이 꽤 나빴는지 로쉐는 걱정스러운 눈으로 그녀를 바라보고 있었다. 리리가 희미하게 미소를 짓자 어쩔 수 없다는 듯 로쉐는 말을 돌렸다.

"하는 수 없지. 그러면 전 황후가 살아 있다니, 그 얘기를 자세히 해보아라. 리리, 네가 뭘 잘못 알 거나 속은 건 아닐 테니…… 정말로 어딘가에 살아 있는 게 분명한 것이냐?"

리리가 생각에 잠겨 있는 동안 로쉐 역시 혼란스러운 머릿속을 웬만큼 정리한 건지, 조금 전보다는 차분하게 물었다. 리리에 대한 신뢰가 짙게 깔린 질문이었다.

리리는 고개를 끄덕이며 말했다.

"맞아요. 그녀는 육체가 죽임당하며 자신이 태어나고 자란 새디아의 샘으로 돌아왔어요. 그리고 그곳에서 오랫동안 울부짖었죠. 억울하고 분하고 서러운 그녀의 비명은 동쪽 바다를 들끓게 만들었고, 그로 인해 더는 새디아에 갈 수 없게 된 거였어요."

"맙소사. 어떻게 그런 일이……."

"그녀는 자신의 아이를 다시 만나기 위해 섬을 찾는 인간들의 육체를 탐했어요. 그걸 보고만 있을 수 없던 섬지기가 하는 수 없이 섬 전체를 막아버린 모양이에요."

리리의 말에 로쉐는 침음을 흘렸다. 그의 얼굴에도 아이기에 대한 동정이 옅게 스며 있었다.

"그곳에서 아이기의 이야기를 들었어요. 그녀는 억울하게 누명을 썼고, 한마디 변론도 못 한 채 처형당했다고 하더군요."

잠시 망설이던 로쉐가 이내 한숨과 함께 고개를 끄덕였다.

"그래…… 그 말이 맞다."

"아빠도 알고 계셨어요? 아이기가 누명을 썼다는 것을?"

"물론 추측일 뿐이지만…… 아마 그러지 않을까 생각했다. 나역시 보고 듣는 것이 있었으니 말이다. 아이기, 그녀가 그럴 성향이 아니라는 것과 그럴 이유가 없다는 것, 그리고 아델라이나……지금의 황후의 미심쩍은 태도들로 그녀를 의심했지."

"근데 왜 가만히 계셨어요?"

저도 모르게 로쉐를 탓하고만 리리가 뒤늦게 아차 하곤 입을 다물었다.

로쉐의 잘못은 전혀 없을뿐더러, 로쉐가 황궁주술사가 된 것은 리리 자신을 맡게 되며 여신의 축복을 받았기 때문임을 기억해 냈기 때문이다. 즉, 그 일이 있은 후로부터 몇 년 후 천자의 곁에 서게 되었다는 뜻이었다.

"리리 너도 알겠지만 당시에 나는 특별할 것 없는 암흑 주술사에 불과했다. 그리고 주술각에서 연구를 하거나 그런 연구자 밑에서 보조를 맡아 일하지 않는 한, 암흑 주술사는 대부분 은밀한 곳에서 일을 한단다."

"예를 들면…… 정보상단 같은 거요?"

"그래. 당시 나는 정보단에서 제법 높은 자리에 있었고, 내가 열람할 수 있는 정보의 수준도 높았다. 그래서 황궁에서 벌어진 일들과 황후의 은밀한 움직임을 알 수 있었던 거야."

"그랬군요. 그래서 아빠가 내 정보를 감추고 왜곡할 수 있었던 거야……."

"그다지 유쾌한 과거가 아니라 밝히고 싶지 않았는데, 결국 이렇게 말하게 되는구나."

"괜찮아요, 아빠. 저는 그런 아빠도 자랑스러우니까."

즉답으로 튀어나오는 리리의 애정에 굳어 있던 로쉐의 얼굴이 풀렸다.

아마 그도 그걸 알아서 이렇듯 다 말해주는 것이리라. 리리는 소심한 로쉐의 고백에 두 사람의 견고한 신뢰의 끈을 다시금 확인했다.

"그럼 천자는요? 천자도 그 사실을 몰랐을까요?"

"당시 천자는 즉위한 지 얼마 안 되었을 무렵이고, 황궁에 자신의 사람이 없었다. 혹시 그걸 아느냐. 황후가 어느 가문 출신인지 말이다."

"네? 어…… 아니요."

아델라이나라는 이름도 잃어버린 채 센테르의 황후로만 불리는 그녀가 어느 가문 출신인지 리리가 알 리 없었다. 그저 어디 높은 가문이지 않을까 추측할 뿐.

"이네아 공작가. 그녀는 국혼 이전에 아델라이나 이네아라는 이름을 지닌 귀족 영애였다."

"……네?"

이네아 공작가라면 현재 빈민가를 두고 리리와 신경전을 벌이고 있는 바로 그 가문이었다. 수도와 붙어 있는 커다란 영지의 지주이자 오랜 세월 황족과 혈연으로 끈끈하게 묶여 있는 명망 깊은 가문.

"리리 너도 알겠지. 이네아 공작가도 본래 황족으로 시작된 가문이란 사실을 말이다. 이네아 공작가의 영향력을 피할 수 있는 가문은 현재 없어. 중앙 귀족이라면 대부분 이네아 공작가의 친인척이나 다름없으니 말이다."

"그랬군요. 그렇다면 황궁을 드나드는 귀족들도 전부 황후의 친인척인 셈이네요. 천자가 즉위하기 전부터, 아주 오래전부터 주요 직위는 전부……."

"그래, 맞아."

어차피 천자의 그릇은 타고나는 거였으니 어느 어미의 배를 빌려 태어났든, 배후가 어떻든 간에 이미 천자는 정해진 거나 다름없었다. 그렇다면 나머지 황족들은? 천자가 되지 못한 황족들은 성이 바뀌고, 다른 가문에 속하게 되었다.

그렇게 단 한 명, 천자를 제하곤 황족과 귀족의 선이 무너졌고, 귀족들 입지는 더욱 견고해졌다.

절대적인 힘 앞에서 감히 천자를 거역한다거나 하는 일은 벌어질 수 없었지만, 그 외 정치와 같은 것들은 홀로 서 있는 천자보다 귀족들의 입김이 더욱 강해졌다.

그중 하나가 바로 황후 간택이었다.

"천자가 마음에 둔 여인이 따로 있지 않은 한, 웬만해선 귀족들이 들이미는 여인을 황후나 황비로 맞이하는 게 암묵적인 관례였다. 주술각과의 관계가 틀어지지 않도록 주술사들의 연구나 개인적인 활동을 적당히 묵인해주는 것처럼, 황궁 내에서도 그런 일이 자주 벌어졌지. 제아무리 천자가 센테르 전체를 다스린다지만 사소한 것까지 모조리 신경 쓰고 처리할 순 없는 노릇이니, 천자에게도 유능한 귀족들은 반드시 필요한 법이다."

"……그래서 천자는 아이기를 지킬 수가 없었군요. 아이기를 지키려면 다른 모든 것을 잃을 테니까."

"당시 모든 정황이 너무도 명백히 그녀를 몰아갔다. 이미 그전부터 그녀에 대한 반발이 거셌어. 출신도, 정체도 알 수 없을뿐더러 천자의 아이가 아닐지도 모른다느니, 절대 천자의 그릇이 아닐 거라느니 하는 소문도 무성했지. 귀족들이 그리 거부하는데 국민이라고 받아들였겠느냐? 말했듯이 일전의 황후들은 명망 깊은 가문 출신들이었으니 당연히 고귀한 핏줄을 품을 여인은 그 정도로 귀하고 배운 것이 많아야 하며 가진 것도 많아야 한다고 믿어왔겠지. 국민 역시 내심 반발이 심한 상태였다."

"그런 게 어딨어요! 다름 아닌 천자가 원한다는데! 천자의 아이를 가졌다는데!"

"그래. 그래서 차마 천자의 명을 거역할 수는 없는 노릇이었다. 그러니 이유를 만들어야만 했지. 그 여자가 황후가 돼서는 안 될 이유."

"……반역."

결국. 이 모든 건 아델라이나 한 명이 저지른 게 아니라는 걸 알게 된 리리가 아이기에 대한 동정을 숨기지 못하고 고개를 숙였다.

단지 그녀는 명망 깊은 가문 출신이 아니어서 그런 누명을 쓰고 그렇게 안타까운 최후를 맞이한 셈이었다.

"천자는 알고 있을까요?"

"그 일이 있은 후, 천자가 가장 먼저 한 게 자신만을 위한 정보단을 만드는 거였다. 바로 천자의 눈이지. 센테르 각지에서 모은 정보가 천자의 귀로 들어가니, 아마…… 대강 추측해낼 수 있을 정도의 정보는 얻었을지도 모른다."

아무것도 모른 채 무력하게 당한 게 그 역시도 괴로웠던지, 귀족들 모르게 정보단을 만들었다. 그러나 그땐 이미 모든 게 늦어버린 후였다.

천자의 고통 역시 헤아릴 수가 없었다. 아이기 못지않게 한을 품고 있을 거라는 생각이 들었다.

"그래서 천자가 황후를 거들떠보지도 않는 거였네요."

황후는 천자의 마음을 돌리고자 애써보았지만 결국 실패한 비운의 여인인 척 포장해 리리에게 접근했는데, 사실 천자의 마음을 굳게 닫게 한 건 그녀 본인이었다.

어느 누가 그런 여자를 사랑할 수 있을까. 자의였든 타의였든 간에 천자가 사랑하는 여인을 끌어내리고자 귀족들과 국민을 등에 업고 그런 짓을 했는데.

그리고 천자가 그걸 알게 되었을지도 모르는데.

"근데 어째서 제1황자를 도로 제자리로 돌려놓지 않은 거예요? 진실을 밝히고 아이기의 누명을 벗겼어야 하는 거 아닌가요?"

"말했듯이 이미 다 묻혀 있다 보니 겨우 찾아내봐야 추측할 수 있을 정도의 정보였을 테고, 무엇보다 증거가 없었다. 당시 증인이라고 나섰던 시녀들도 모조리 죽었으니까."

"……정말 잔인하군요."

"그리고 그렇게 해봐야 달라질 것도 없지 않으냐. 누명을 씌우기는 쉬워도 그걸 벗기기란 어려운 일이다. 가까스로 그리했다 쳐도, 아마 황궁에 남은 귀족은 거의 없을 것이며 황후 또한 마찬가지겠지. 센테르 전체에 큰 혼란을 야기할 것이다."

"그러면 황자만이라도…… 그가 천자의 그릇일 수도 있는 거니까……."

"생각해보아라, 리리. 천자 홀로 황자를 지켜내는 것이 쉬울 것 같으냐? 짐승들 사이에 가녀린 사슴을 던지는 꼴만 되지 않겠느냐? 설사 천자의 그릇이라 한들, 어릴 때부터 센테르를 감당할 수는 없는 노릇이다. 우선은 장성하여야 할 텐데, 그 시간이 너무도 길고 위험하지 않겠느냐?"

로쉐의 말에 리리는 입을 다물었다. 결국 황궁을 말 그대로 전체 물갈이하지 않는 한은 쉽지 않을 거라는 얘기였다.

"그러면 지금은요? 이제는 다 성장했고, 어쩌면 여신의 기운을 모두 몸에 담을지도 모르는데? 귀족이고 국민이고 일단 그냥 자리에 앉히기만 하면, 천자가 되기만 하면 그 누구도 뭐라 못 하는 거잖아요. 감히! 고귀하신 천자인데!"

이번에는 로쉐가 말을 잃고 입을 다물었다. 리리의 말에 말문이 막혔다기보다는 그 역시 이번에는 반론할 것이 없다는 것에 가까웠다.

왜냐하면, 로쉐도 같은 생각이었기에.

"……나도 같은 생각이다, 리리."

"역시 아빠!"

"그러나. 우리가 하는 생각을 천자라고 안 할까."

들떴던 리리가 서서히 시무룩해졌다. 그리고 보니 황태자라면, 천자의 그릇이라면 사실 어떻게든 지켜내 자리에 앉히고도 남았을 텐데 그는 그러지 않았다.

"……그는 아이기에게 배신감을 느꼈던 걸까요."

아이기에게 처음이자 마지막으로 물었던 말. 상처받은 눈으로 도로 아이기에게 상처를 줬다던 천자.

어쩌면 그는 모든 진실을 알고 난 뒤에도 아이기를 원망했던 걸지 모른다.

"어찌 되었든 자신을 위험에 처하게 한 그녀에게 실망하고, 의심하고, 상처받고…… 그래서 그녀와의 아이를 보고 싶지 않았던 걸까요."

"그건 나도 모른다. 천자만이 알겠지."

그렇다면 가능성이 없었다. 정말로 센테르가 멸망할 위기에 처하지 않고서야, 아스더가 천자가 되는 일은 없을 듯했다. 적어도 천자가 직접 아스더에게 중앙의 보석을 전해줘야 할 테니까.

거기까지 생각했던 리리는 무언가를 떠올리곤 눈을 끔뻑였다. 강한 충격을 받은 얼굴에 로쉐가 왜 그러느냐고 물으려던 참이었다.

"아빠……."

"무슨 일이냐, 리리."

"아빠, 있잖아요……."

"말하거라."

리리의 입술이 미약하게 달싹이자 로쉐는 그녀를 재촉했다. 걱정스러운 얼굴이었다.

"저기…… 아스더 말이에요. 그러니까, 제1황자요……."

"그래, 그래."

"……천자의 눈인데?"

"그렇지."

로쉐는 냉큼 고개를 끄덕였다. 자연스러운 리액션이었다. 그에 리리는 멍한 얼굴로 그를 쳐다보았다.

"아빠도 알고 계셨어요?"

"……응? 그야 물론이지."

"어떻게요?"

"그건…… 그게……."

곤란한 눈치로 턱을 긁으며 망설이던 로쉐가 힘겹게 말을 이었다.

"그 정보단에 그자를 넣어준 게 바로 나니까 말이다……."

"네?"

너무 놀라 휘둥그레진 눈으로 로쉐를 바라보자, 그는 더욱 당황하여 시선을 이리저리 피했다. 로쉐가 정보상단에서 일했을지 모른다는 건 이미 예상했던 바였지만, 이건 정말로…… 상상도 못 했다. 로쉐가 아스더를? 왜?

"복잡한 데다 오래되어 잘 기억도 안 나지만…… 간단히 말하자면 그 어린 게 불쌍해 거두었던 것에 가깝다. 말했듯이 나는 누명을 썼을지도 모른다고 생각하던 사람이었고, 그녀가 요괴라는 것도 이미 알고 있었으니 기이하고도 독특한 능력과 외형을 지닌 아스더를 충분히 이해할 수 있었다. 그래서 차라리 그 능력을 이용해 그곳에서 적응하여 산다면 자신의 몸 정도는 건사하지 않을까 하는 짧은 생각으로 데려왔지. 일반적인 환경에서는 결코 살아갈 수가 없을 테니까. 그건 너도 이미 알고 있겠지?"

로쉐가 말하는 기이하고도 독특한 능력과 외형을 리리도 익히 아는 바였다. 낮과 밤이 완전히 다른 남자. 도대체 무슨 속성의 주술사인지도 알 수 없고, 리리를 상대로도 전혀 밀리지 않는 검술과 체력, 근력을 지녔으며 뜨거운 사막과 얼어붙은 바다에도 건너갔다 오기까지.

절대로 평범한 생활은 할 수 없는 남자였다. 그러니 로쉐의 선택이 차라리 옳았을지 모른다는 생각이 들면서도⋯⋯.

"어떻게 폐태자를 거둘 생각을 해요? 그러다가 다치면 어떻게 하려고?"

"그때의 나는 죽는 것이 두렵지 않기도 했고⋯⋯ 오히려 나로 인해 센테르가 불행해진다면 바랄 게 없다고 생각했을 때라⋯⋯."

"⋯⋯네?"

음침한 로쉐의 말에 놀란 리리가 되묻자 그는 서둘러 말을 돌렸다.

"하여간 적응하면 잘된 거고, 아니면 하는 수 없지 하는 마음으로 데리고 왔던 건데 몇 년이 채 지나지 않아 나는 황궁주술사가 되었고 한동안 정보단과 그자의 소식을 알지 못했다. 그자가 천자의 눈이라는 정보단에서 심지어 단주를 맡고 있다는 사실은 천자의 신뢰를 웬만큼 받게 되었을 때, 그러니까 천자의 입을 통해서 알게 되었지. 당시 내가 얼마나 당혹스러웠을지 예상이 되느냐."

"네. 무척……."

"알고 보니 내가 나간 이후로 몇 년 만에 그 아이가 단주 자리를 꿰찼었더구나. 그 아이의 성장은 일반적인 수준이 아니었기에 가능한 거였겠지. 하여간 그때의 나는 리리 너를 맡아 키우던 때라 센테르가 잘못되는 건 원치 않았고, 상황이 그렇게 된 것에 망연하여 그자를 찾아갔던 적이 있다."

"근데 아스더의 성격상 「내가 매우 뛰어나 이렇게 되어버리고만 걸 난들 어쩌라고?」 하는 식으로 나왔겠군요."

"……대단하다, 리리. 그자를 꿰뚫고 있구나."

나름대로 8년이라는 시간 동안 이리저리 부딪쳤으니 그럴 만도 했다. 아스더학이라는 과목이 있다면 자신은 박사까진 못 되더라도 석사 정도는 하지 않을까. 온갖 곳에서 아스더의 과거를 얘기해주고 있으니 말이다.

"그렇군요……. 아스더는 대체 왜 천자의 눈을 자처해서…… 아! 아, 그게 중요한 게 아니고……."

리리는 뒤늦게 이 얘기를 꺼냈던 이유를 떠올리곤 황급히 수습했다.

로쉐가 왜 그러느냐는 듯한 눈으로 그녀를 바라보았다.

"아니, 생각을 해봐요. 아스더가 제1황자인데 천자의 눈이라는 게 말이나 되느냐고요. 천자가 그걸 모를까요?"

로쉐는 그게 뭐 어떠냐는 듯 대수롭지 않은 투로 말했다.

"모를 수도 있지."

"어떻게 몰라요? 자기 자식인데?"

"나 역시도 그자의 얼굴을 아이 때 이후로 본 적이 없는걸. 상 단주의 모습과는 다르다는 거, 너도 알고 있지 않으냐."

"아니 아니, 꼭 눈으로 봐야 아나! 천자라면 느껴질 거 아니에 요? 아스더가 지닌 지력을!"

그랬다. 심지어 생판 남인 아벨조차도 아스더를 보자마자 중앙의 주인임을 알아차렸는데, 지력을 지닌 대주술사 천자가 역시 지력을 지닌 아스더를 못 알아본다는 게 말이나 되는가.

그제야 로쉐가 이해했다는 듯 고개를 끄덕였다.

"그렇군. 그게 문제였군."

"그러면 이미 천자도 아스더를 알고 있겠네요? 자신이 버린 자식이, 자신의 눈이 되어 등 뒤에 서 있는 걸 묵인한다는 거죠? 그렇다는 건…… 실은 자신의 아이인 걸 알고 곁에 둔 거라든가?"

애틋한 아버지의 애정을 꿈에 그리며, 어쩌면 상황이 아주 나쁘지만은 않다는 기대감에 부풀었을 때였다.

"어쩌면 천자는 그 사실을 모를 수도 있다, 리리."

"그럴 리가…… 대주술사인 지주가 어떻게 그걸……."

"리리. 너는 그자의 주술력을 느낀 적이 있느냐?"

"네? 그야 물론……."

리리는 말을 잇지 못했다. 벌어진 입을 그대로 둔 채 흔들리는 눈으로 로쉐를 바라보았다. 그는 그럴 줄 알았다는 듯 고개를 끄덕였다.

"그에게선 아무런 주술력도 느껴지지 않는다."

리리는 소름이 쫙 끼치는 걸 느끼며 더듬더듬 입을 열었다.

"그, 그러고 보니 전혀……."

"처음에는 미성숙해서인 줄로만 알았는데 직접 마주해보니 아닌 것 같더군. 아마 그의 특이체질 때문이겠지. 요괴의 피."

암흑 주술이 걸린 검을 사용하나 딱히 암흑 주술사 같지는 않았다. 게다가 그가 방대한 지력을 지니고 있었다면 리리가 몰랐을 리 없었다. 리리 또한 대주술사이니까.

"어떻게 그런 일이……."

"리리 너조차도 눈치채지 못했는데 천자라고 알아차릴 것 같으냐. 얼굴을 감춘 데다 암흑 주술이 걸린 물건만을 이용하고 이미 어렸을 때부터 정보단에서 자란 것이나 다름없으니……. 천자의 눈, 그 단주가 제1황자일 거라는 사실을 깨닫기란 쉽지 않을 터."

"그렇군요……. 그럼 아센 상단의 상단주라는 것도……."

"그건 확신할 수 없다. 얼굴을 드러내놓고 있기도 하고, 그자는 아센 상단주가 제1황자라는 사실을 천자에게 굳이 감추지 않는 것 같았다. 그러니까, 정보를 중간에서 가로채 왜곡하지 않았다는 뜻이겠지."

"어째서?"

"그래야 혹시라도 자신을 찾지 않을 테니까 그런 것이 아닐까."

"그렇다면…… 황후도 알 수도 있겠네요."

"아마도."

리리는 아무 맛도 느껴지지 않는 음식만을 먹던 아스더를 떠올렸다. 낮에는 홍등가에서 대부분 시간을 보내는 한량 같은 그 모습은 혹시 꾸며낸 것이었을까. 누군가 안심하도록. 그래서 자신을 굳이 죽일 필요를 못 느끼도록.

아스더 역시 찾아낸 정보를 통해 아이기의 누명을, 자신을 노릴지도 모르는 진정한 악인을 대강이나마 눈치채고 있을 수도 있는 노릇이니까 말이다.

리리는 로쉐에게 새디아에서 겪은 일들을 얘기하고, 로쉐는 리리에게 그 당시 흉흉했던 민심과 황궁 내의 분위기를 더 자세히 설명해주다 보니 시간이 재빠르게 흘러갔다.

이미 해가 저문 뒤에 만났던 거였기에 어느새 밤이 깊어져 있었고, 탁자 위에는 두 사람이 이야기를 주고받으며 먹은 여러 간식과 차가 널브러져 있었다.

혼란에 휩싸인 리리보다 먼저 정신을 차린 로쉐가 시간을 인지하고는 그녀에게 말했다.

"일단 오늘은 가서 쉬는 게 어떻겠느냐. 시간이 너무 늦은 것 같은데."

"아…… 맞네. 저 때문에 아빠 일도 못 하시고 어쩌죠."

"그건 걱정하지 말거라. 그보다는 네가 식사도 못 한 게 마음에 걸리는구나. 우선 밥부터 먹이고 뭘 해야 했는데."

"이렇게나 잔뜩 먹은걸요."

리리가 탁자 위를 가리키자 로쉐는 인정한 눈치였다. 그녀는 잔뜩 생긴 쓰레기와 아이템창에서 꺼냈던 찻잔, 주전자 등등을 집어넣으며 몸을 일으켰다.

"궁금한 건 웬만큼 풀린 거겠지?"

"음…… 네, 뭐……."

결론은 「아이기 말이 사실이며 어쩌면 그것을 천자와 아스터가 인지하고 있을 가능성이 있고, 동쪽과 중앙 퀘스트는 해결하기 엄청나게 어려울 것이다.」로 나왔다. 리리는 막막했지만 애써 미소 지어 보였다.

"아빠 덕분에 엉켜 있던 머릿속이 조금이나마 풀린 기분이에요."

"다행이구나……. 정말 고생이 많다."

"아빠도요."

"……그래."

부녀의 운명은 어째서 이다지도 기구한 것인가. 둘은 마주 본 채로 한숨을 내쉬었다.

"제 역량이 부족한 것을 여신께서도 이미 아시고 제게 맡기신 거겠지요. 실패해도 탓하지는 않으실 거예요."

"그랬으면 좋겠구나."

"이만 가볼게요."

"오늘은 아무 생각 말고 푹 쉬어라. 꿈자리가 편해야지."

"네, 고마워요. 아빠도 힘내세요."

둘은 서로 격려를 아낌없이 보내준 뒤에 헤어졌다. 다들 자고 있을 시간인 것 같아 조용히 방으로 돌아오니 침대에 어설프게 누워 자고 있던 라이가 벌떡 일어났다.

"우나!"

"라이! 누나 기다렸어?"

흰 머리카락이 온통 부스스해져선 꼭 민들레 씨를 보는 것만 같았다.

라이는 잠이 채 가시지 않은 얼굴로 리리의 품에 안겨들었다. 눈이 반쯤 감겨 있었고, 목소리도 웅얼거렸다.

"우나……."

매번 아옹, 꺄옹 하던 라이가 언뜻 누나와 비슷한 울음을 흘렸다. 그녀가 자리를 비운 동안에도 나름대로 연습을 해본 건지 가기 전보다 자연스러워져 있었다.

그게 기특하고도 안쓰러워 리리는 라이를 꼭 끌어안은 채로 머리카락을 쓰다듬었다.

"미안해, 누나가 매번 바빠서."

"우응⋯⋯."

라이가 투정부리듯이 리리의 몸에 뺨을 비비적거렸다. 그래도 도리도리 고개를 젓는 걸 보아 리리에게 화가 났다거나 한 것 같지는 않았다.

"편하게 자고 있지 그랬어."

"아웅, 아웅."

무어라 할 말이 많은지 품속에서 계속 울던 라이가 금세 잠잠해졌다. 졸음이 몰려온 탓이었다.

리리는 라이를 끌어안은 상태로 침대에 누웠다. 라이가 리리의 팔을 베고 자는 모양새가 되었다.

"하루쯤 안 씻는다고 누가 뭐라 하겠어? 그렇지?"

"⋯⋯우응."

"얼른 자자, 우리 라이. 아고, 우리 귀염둥이."

리리가 라이의 등을 가볍게 토닥여주자 금세 새근새근 고른 숨소리가 이어졌다. 혹여라도 자신을 놓칠세라 꼭 붙잡고 있는 희고 작은 손이 가여웠다. 얼른 다 끝내고 평화로운 나날이 찾아왔으면 싶었다. 생각만으로도 달았다. 가족과 여유로운 한때라니. 도대체가 심심할 정도로 뒹굴었던 게 언제인지.

"우리 라이…… 그새 더 자란 것 같네."

솜털 같은 머리카락에 턱을 파묻으며 라이를 끌어안으니 어제보다도 조금 더 커진 기분이 들었다. 어쩐지 일하느라 바빠 아이가 커가는 모습도 제대로 못 보는 아빠가 된 것만 같았다. 볼 때마다 훌쩍 자라 있어 아쉬움만 더해지는…….

퀘스트고 뭐고, 역시 조금은 천천히 자랐으면 좋겠어.

그리 생각하며 라이를 더욱 끌어안던 리리도 길고도 고단했던 하루를 이쯤에서 끝내기로 했다. 잘 밤에 고민해봐야 꿈자리만 뒤숭숭해질 테니까.

우선 자고 일어나서 뭘 하든가 하자며 리리 역시 금방 잠에 빠져들었다.

19. 꿈속의 목소리

늦게 잠들었던 만큼 아침은 **빠르게** 찾아왔다.

누가 깨운 것도 아니건만 리리는 잠결에 조잘거리는 새소리를 듣고는 설핏 정신을 차렸다. 어스름하게 밝아오는 새벽이었다. 방 안이 푸르스름하게 물들어 있었고, 바깥은 아침을 맞이하는 동물들 소리로 요란했다.

고단하긴 했던지 뒤척이지도 않고 잤다. 무거운 눈꺼풀을 비비며 고개를 들어 올리니 라이는 리리에게서 조금 떨어져 배를 깐채 널브러져 있었다.

호랑이 모습일 때도 아무 데나 드러누워 자던 아이였으니 사람 모습이라고 다를 건 없었다.

'오히려 사람 모습이라 더 편하게 자는 것 같은데.'

양팔을 만세하듯 올리고 다리도 쭉 편 채 대자로 뻗어 자는 게 정말이지 만사태평해 보였다.

날이 추운 건 아니지만 배를 까고 자면 감기 걸리거나 배탈 난다는 얘기를 어디선가 들었던 것 같아 이불을 끌어다가 덮어주었다.

조심조심 일어나 기지개를 켜는데도 라이는 고롱고롱 누가 업어 가도 모를 정도로 곤히 잤다. 그녀는 안심하고는 틈새로 약한 빛이 스며드는 창문을 살짝 열었다.

새벽 공기가 상쾌했다. 크게 숨을 들이마시던 리리가 새소리가 조금 더 커진 게 걱정되어 라이를 힐끔거렸으나 라이는 귀 끝만 살짝 움직이고 말았다.

서서히 어둠을 몰아내는 하늘을 바라보던 리리가 산 아래 펼쳐진 센테르로 시선을 돌렸다.

아직은 이른 시간이라 주술등이 켜져 있는 곳이 대부분이었다. 유독 주술등이 많이 몰려 있는 곳이 몇 군데 있었는데, 황궁이나 주술각, 중앙 광장 등이었다. 그중 리리는 색색의 주술등을 내건 홍등가를 눈여겨보았다.

밤새 영업하는 홍등가는 지금이 문을 닫을 시간이었다. 이미 영업은 일찌감치 종료하고, 남아 있는 손님을 내보내고 있을지도 몰랐다.

리리는 그 휘황찬란한 색의 등을 바라보며 한 남자를 떠올리고 있었다.

'……아스더.'

그를 처음 만났던 장소가 바로 홍등가였으니까.

대낮부터 여자들을 끼고 노는 한량이라는 인식이 콱 박힌 이유이기도 했다.

리리는 그를 처음 만났을 때의 가물가물한 기억을 떠올리다가 천천히 눈을 감았다.

호랑이를 잡으려면 호랑이 굴에 들어가랬다. 그러려면 호랑이가 어디 있는지부터 알아내야만 했고 말이다.

'홍등가 아니면 상단에 있겠지.'

그러나 상단은 리리가 찾아가기 알맞은 장소였다. 리리를 만나고 싶지 않다고 해도 그녀의 이동 주술을 막을 수는 없는 노릇이니 아마…….

'바로 홍등가로 향하지 않을까?'

어디 있는지만 알아내면 찾아가든 편지를 보내든 아니면 그 앞에서 만나게 해달라고 무릎이라도 꿇고 기다리고 있든 만날 방법은 여러 가지였다.

리리는 빛으로 이루어진 나비 한 마리를 만들어냈다.

팔랑거리는 나비는 창문 밖으로 나가 산을 타고 내려가기 시작했다.

어차피 빛은 차고도 넘치니 그걸 이용해 주변을 살피어도 될 일이었으나, 소리를 듣거나 원하는 곳을 더욱 자세히 살피기에는 이 방법이 더욱 유용했다. 어느새 나비는 이른 아침부터 활기찬 사람들 틈을 날아 홍등가로 향했다.

가까이 다가갈수록 여인들의 교태 어린 목소리와 웃음소리가 들려왔다. 한껏 술과 흥에 취한 남자 곁에서 비틀거리는 그의 몸을 붙잡아주며 아양을 떠는 것도 보였다.

"벌써 해가 떠오르다니, 짧은 밤이 야속하여요."

"오늘 가시면 또 언제 오시려나요? 자주 좀 들리시어요."

어여쁜 여인들의 교태에 남성은 헤벌쭉해선 또 오마 장담하고 있었다.

그의 옷차림은 잔뜩 흐트러져 있었으나 고급스러운 티가 역력했으며 그를 기다리는 마차도 서 있었다.

예전에는 몰랐으나 지금은 귀족이나 그 작위를 살 수 있을 만큼 재력이 넘치는 상인만이 드나드는 고급 술집이라는 걸 알고 있었기에 남자 역시도 그리리라 추측할 수 있었다.

리리의 나비는 남자를 태운 마차가 떠날 때까지 주변을 맴돌았다. 마차가 보이지 않을 때까지 자리에 서서 손을 흔들던 여인들은 조금쯤 지친 안색으로 몸을 돌렸다.

"마지막 손님이지?"

"응. 오늘도 수고했어."

"아까 보니까 술 많이 마시던데 괜찮아?"

"괜찮아."

"아, 빨리 쉬고 싶다."

"조금만 더 참자."

여인들은 두런두런 대화를 나누며 건물 안으로 들어섰다. 남자 앞에서 그랬던 것과는 다르게 전혀 애교 섞이지 않은, 오히려 냉담하기까지 한 여인들의 목소리가 새삼 낯설게 느껴졌다.

그녀들은 답답하게 틀어 올린 머리를 풀거나 장신구를 빼며 복도를 걸었다.

여전히 담담한 말투로 대화를 주고받으면서였다.

"오늘 건진 건 많아?"

"별로 없어. 들었던 얘기만 계속 반복하더라. 들어주느라 짜증이 나서 죽는 줄 알았네."

"나도 마찬가지야."

"나도. 요즘 들어 다들 그러네. 혹시 입단속에 들어간 걸까?"

"내 생각에도 그런 것 같아."

"아니면, 위쪽에서만 은밀하게 밀지를 주고받는다거나?"

"……그럴 수도 있지. 나라도 이런 멍청이들은 안 부르겠다."

"맞아 맞아."

여인들은 오늘 맞이했던 손님 중 누가 어떤 멍청한 짓을 했는지 얘기하며 모처럼 웃음꽃을 피웠다.

남성들 앞에서 과장되어 웃던 것과는 다르게 자연스럽고도 차분한 웃음이었다.

그렇게 그녀들이 향한 곳은 욕실이나 침실이 아닌, 창고와도 비슷한 구석진 방이었다.

몇 사람 채 들어가지도 못할 것만 같이 좁은 그 방에서 나온 여인이 마주 오는 여인들을 발견하곤 가볍게 인사했다.

"오늘도 고생했어."

"너도. 이제 쉬러 가는 거야?"

"그래야지. 요즘 더 피곤해. 뭐라도 건지겠다고 별짓을 다 해서 그런가 봐."

"우리도 그 얘기 중이었는데. 다들 비슷한가 보네."

"너희도 그러니? 부인이 속상해하겠다."

"부인이 문제니. 단주님께 면목이 없어."

"그러게…… 단주님께 조금이라도 도움이 되어야 할 텐데. 그것만이 은혜를 갚을 길인데……"

그리 말하며 한숨을 내쉰 여인이 마저 가던 길 가고, 남은 여인들은 문 앞에서 잠시 머뭇거리다가 방으로 들어섰다.

방 안은 오래된 그림이나 부자재 등 잡동사니로 가득했다. 여인들은 사람 키만큼 커다란 그림이 벽에 기대어져 있는 곳으로 다가섰다.

그곳엔 작은 쪽문이 마련되어 있었다.

쪽문은 아마도 그림으로 가려놓았던 듯 그 앞에만 먼지가 쌓이지 않아 깨끗했다. 허리를 숙여 문에 들어선 여인들은 익숙하게 벽을 더듬으며 계단을 내려갔다. 놀랍게도 아래로 내려갈수록 밝아지더니 그 끝에는 여러 주술등으로 환히 밝혀둔 커다란 방이 있었다.

마치 주인의 방처럼 제법 화려하게 꾸며놓은 그곳에는 책상과 소파 등 몇몇 가구만이 놓여 있을 뿐이었는데, 책상 앞에는 머리 희끗희끗한 중년 여인이 앉아 있었다. 책상 위에는 펜과 노트, 그리고 돈이 가득 담긴 돈주머니가 놓여 있었다.

"너부터. 말해."

"제가 오늘 받은 손님은 미르가의 차남과 시안가의 차남, 유레인 상단의 장남입니다."

"무슨 얘기를 들었지?"

여인들은 한 명씩 오늘 받은 손님의 신상과 그들에게서 들은 정보들을 얘기했고, 중년 여인은 그것을 꼼꼼히 작성했다. 그러곤 측정된 금액을 여인들에게 나누어 주었다. 돈을 받은 여인들은 그곳을 나서 각자의 방으로 돌아갔고, 다른 여인들이 또 찾아와 같은 행동을 반복했다.

천장에 붙어 그 모든 것을 지켜보던 흰 나비가 팔랑거리며 방 안을 누볐다. 별다를 것 없어 보이는 공간이었지만 이내 아니라는 걸 알 수 있었다.

책상 뒤로 한쪽 벽면 가득 채운 커튼은 장식이 아니었고, 창문이 내려져 있었다. 바깥이 보이는 창문이 아니라 또 다른 방이 보이는 창문이라는 것이 특이점이었다.

유리조차 없이 그냥 구멍을 낸 것과도 같은 창문 너머로 검은색 복면을 뒤집어쓴 사람들이 바삐 여인들의 말을 옮겨 적고 있었다. 그렇게 적은 쪽지는 곧장 다른 이의 손에 의해 방문 밖으로 전달되었다.

쪽지를 따라 방을 나온 흰 나비는 지하라고는 믿기지 않을 만큼 거대하고도 복잡한 공간에 잠시 멈칫거렸다. 그곳에서는 수많은 복면인들이 일사불란하게 움직이고 있었다. 조금 전 나비가 따라나선 이처럼 쪽지를 들고 있는가 하면 다른 물건을 들고 있기도 했다.

그들은 마치 개미처럼 보였다. 자신이 얻어낸 것을 개미굴로 가져와 옮기는 모습과도 흡사했다.

흰 나비는 그들의 움직임을 가만히 보다가 안쪽으로 팔랑팔랑 날아갔다.

정보는 순식간에 분류되고, 공유되었다. 그렇게 방대한 양의 정보가 홍등가 아래로 몰려들고 있었다.

홍등가는 일부에 지나지 않았고, 그런 식으로 정보를 모으는 곳이 여러 갈래로 나뉘어 있었다. 결국 그 모든 정보는 한곳으로 향했다.

아마 그 끝에 아스더가 있을 터였다. 흰 나비는 점점 깊은 곳으로 들어섰다.

말없이 정보만을 옮기는 개미 같은 복면인들은 서서히 줄어들고, 몇몇이 모여 정보에 대해 더 깊게 파고들거나 필요한 정보를 요청하는 모습들이 보였다.

그렇게 복면인들 틈을 누비며 새로운 사실들을 알아가던 나비가 한 방 앞에서 멈추었다. 언뜻 들려오는 이야기가 어째 자신의 것 같았기 때문이다.

열린 틈으로 슬며시 들어서자 긴 머리카락을 하나로 올려 묶은 늘씬한 여인이 온통 새카만 옷을 입은 채 복면인들과 대화를 나누고 있었다.

"그러니까, 단주님께서 마지막으로 만난 게 페레로 영애라 이 말이지."

"네. 틀림없습니다."

"그러면 단주님이 저렇게 된 게 페레로 영애 때문이라는 건데. 종업원은 전혀 모른다고 했다고?"

"네. 후식으로 차를 들고 갔을 때도 두 분의 분위기가 무척 좋아 보였다고 했습니다. 그 뒤로 아무 소리도 들리지 않을 만큼 조용했는데, 갑자기 심상치 않은 분위기의 단주님께서 방을 나서셨다고요."

"단주님께서 종업원의 입을 막았을 가능성은?"

"확신할 수는 없으나, 거짓말하는 건 아닌 것 같았습니다. 정말 영문을 모르겠다는 표정이었습니다."

"대체 무슨 일이 일어난 거지?"

여인은 답답하다는 듯 긴 머리카락의 끝을 손가락으로 만지작거리며 중얼거렸다.

"만약에. 만약에라도 그 여자가 단주님에게 위해를 끼친 거라면…… 그래서 단주님 상태가 더욱 악화된 거라면……."

"하지만 단주님께서 독을 드셨다거나 공격을 당하신 건 아니라고 하지 않으셨습니까."

"반드시 그런 식으로 위해를 끼치리라는 법은 없지. 특히 페레로 그 여자는 놀라울 정도로 영특하고 다양한 능력을 지녔으니까. 그러니까 황후가 그 여자에게 접근한 거겠지."

"부단주님께서는 페레로 영애가 황후의 지시를 받았다고 생각하시는 겁니까?"

"가능성이 없진 않아. 황후가 단주님에게 접근하기 어려워진 지 오래니까, 방법을 달리했을 수도 있지. 유독 단주님이 페레로 그 여자에게 친근한 걸 눈치채고 일부러 접근해서 자신의 편으로 끌어들였을 수도 있어."

"아, 그리고 보니 단주님께서 저번 황궁 연회에서 페레로 영애와 춤을 추신 적도 있으시죠."

"그래……. 단주님의 의중을 모르겠다니까. 일부러 보란 듯이 황후를 자극한 건지, 정말로 페레로가의 영애에게 무슨 다른 관심이라도 있는 건지. 단주님만 아는 정보가 너무 많아. 추측할 수가 없어."

"그 관심이라 하면…… 설마……."

"네가 생각하는 그런 감정은 아닐 거야, 튜네. 너도 단주님을 오래 봐왔으니 잘 알 것 아니야?"

"그건 그렇습니다만. 혹시 모르는 거 아닙니까. 언제까지고 그러시리라는 법도 없고, 또 사람 마음이라는 게 어느 날 갑자기 그렇게 되기도 하는 거니까 말입니다."

"으음. 그럼 설마…… 정말로 실연이라도 당하셨다는 건가?"

천장에 매달려 있던 흰 나비가 잠시 비틀거렸다. 너무도 황당한 추측에 이게 정말로 센테르 전체를 휘어잡고 있다던 그 정보 상단이 맞는 건가 의심이 될 지경이었다.

물론 두 사람 사이에 무슨 일이 있었는지, 어떤 대화가 오갔는지 전혀 모른다면야 남녀 사이에서 벌어진 은밀한 감정 변화니 충분히 그런 추측이 벌어질 수도 있는 일이긴 했다. 한 여자를 만나며 히히덕거리던 남자가 어느 순간 우울해져선 그 여자를 더는 보지 않겠다, 하는 상황이면 더더욱.

"단주님은 그런 감정 따위로 흔들릴 것 같지 않은 분인데. 지금도 그렇게 믿고 있고 오히려 황후가 연관되어 있다는 가설에 더 마음이 쏠려. 황후라면 그러고도 남을 것이고, 왜인지는 모르겠으나 제법 친근하게 곁에 두고 있던 이가 황후에게 회유당해 자신을 공격했다…… 그래서 단주님의 상태가 더욱 악화되었다…… 이 편이 더 그럴듯하잖아?"

"그야 그렇기는 합니다."

두 사람은 확실치 않은 가설에 끙끙거리며 고민을 거듭했다. 그 모습을 지켜보던 흰 나비가 방을 나와 다시금 복도를 가로질렀다.

아마도 추려진 정보를 전달하는 이의 수가 급감하는지, 부단주 이후로는 복도를 돌아다니는 사람조차 거의 없어졌다. 그나마 돌아다니는 사람들은 정보꾼들이 아니라 다른 업무를 맡은 이들이었다.

예를 들면 의원 같은 것 말이다.

부단주 말대로 이곳의 단주 상태가 별로 좋지가 않은지 그들은 부지런히 움직이며 약초를 달였다. 가까이 다가가 약초들을 살폈다.

아이템 확인을 사용할 수 없는지라 생김새와 특징만으로 추측해야 했지만 그다지 어려운 일은 아니었다.

약초 대부분이 불면을 치료하는 효과를 지닌 것들이라는 걸 알아차린 흰 나비는 단주의 상태를 어림짐작할 수가 있었다.

약초를 달인 의원이 어느 방으로 들어서는지까지 확인한 흰 나비는 차마 그곳으로 들어서지 못하고 복도만 한참 서성였다.

이내 나비는 문 앞에서 하얀빛과 함께 모습을 감추었고, 그곳에는 작은 쪽지와 잘 말린 약초 더미가 덩그러니 놓여 있었다.

마치 그곳에 무언가 있었다는 걸 알아차린 듯, 나비가 사라진 지 얼마 지나지 않아 문이 열리고 흰 나비가 찾아 헤매던 이가 모습을 드러냈다.

그는 문 앞에 떨어진 쪽지를 집어 들고는 잠시 약초 더미를 내려다보다가 도로 방 안으로 들어갔다.

"……후우."

눈을 뜬 리리는 속상한 마음에 한숨을 푹 내쉬었다. 조금 전 나비를 통해 상황을 살피고 나자 더욱 짙은 죄책감이 밀려들고 있었다.

"상태가…… 더 안 좋아졌다니……."

아마 아이기를 만난 충격과 자신이 이용당했다는 데에서 오는 배신감 등으로 인해 불면증이 더 심해진 모양이었다.

추측일 뿐이지만, 적어도 부단주의 추측보다는 신빙성이 있었다.

그렇지 않아도 잠을 제대로 자지 못해 낮 내내 그토록 허술한 분위기를 풍기는 남자였는데, 그보다 더욱 심해졌다면 상태가 심각할 성싶었다.

사람이 잠을 못 자면 얼마나 망가지는지 리리도 밤낮이 없던 아르바이트로 겪어 조금은 알고 있었기에 안쓰러운 마음이 들었다. 리리는 자의이기라도 했지, 원치 않는 불면증이라면 얼마나 정신을 갉아먹을는지.

잠깐 살펴었음에도 불면증에 좋다는 약초란 약초는 종류별로 다 갖춰져 있는 것 같았다. 그런데도 효과를 보지 못한다는 건 센테르를 비롯해 이 세계 내에서 그를 편히 잠재울 수 있는 약은 없다고 봐도 무방했다.

'……하지만 방법이 아예 없는 건 아니야.'

과연 효과가 있을는지는 모르겠으나 적어도 시도해볼 가치는 있었다. 리리는 아스더가 자신의 쪽지를 보고 조금이나마 흔들려주었으면 좋겠다고 생각했다. 죄책감 때문이 아니더라도 그에게 도움을 주고 싶었다.

나비로 홍등가를 살피는 사이 세상은 환히 밝아져 있었다. 밤이 온전히 물러나고 파란 하늘이 모습을 드러내자 주술등은 제 할 일을 마치고 휴식을 맞이했다.

홍등가 역시 다른 곳과 마찬가지로 색색의 등이 모조리 불빛을 잃고 그들만의 밤이 시작됨을 알렸다.

리리는 창틀에 기대어 멍한 얼굴로 홍등가를 바라보았다. 정확히는 그 아래에 있을 거대한 공간을 그려보고 있었다.

설마하니 홍등가 아래에 정보단체가 있을 줄이야. 홍등가 자체가 정보단 소속이었다는 사실이 놀라웠다. 물론 정보를 모으기 알맞은 장소이기는 했으나 이렇듯 통째로 정보단일 줄은 상상도 못 했다.

제법 규모가 크고 지체 높은 손님만을 받는 홍등가는 처음부터 그런 목적으로 설계되었던 걸까. 아니면 서서히 장악한 걸까. 도무지 가늠조차 할 수가 없었다.

저런 곳을 그 어린 나이부터 다스렸을 아스더가 새삼 놀랍기만 했다.

"아우웅?"

얼마나 창밖 구경에 열을 올리고 있었을까. 리리는 라이의 울음소리에 정신을 차렸다. 부스스하게 일어난 라이가 부은 눈으로 리리를 바라보고 있었다. 이제 막 잠이 깨 한껏 졸음이 묻어나는 얼굴이었다.

"라이 왜 이렇게 일찍 일어났어."

"웅나."

"누나가 잠 깨운 거야? 더 자지."

"우웅."

리리가 다가가 머리를 쓰다듬어주자 라이는 고개를 저으며 하품했다. 바깥 하늘을 보아 얼추 일어날 때가 되기는 했다. 어쨌든 본질은 동물이어서인지 해가 뜨고 지는 걸 기가 막히게 알아차리곤 했다.

"그럼 우리 씻고 주방으로 갈까?"

"아웅."

"가서 젤리 도와주자."

"아우웅."

라이는 기쁜 얼굴로 대답했다. 퉁퉁 부은 눈이 가늘게 휘는 건 심장에 해로울 정도로 귀여웠다.

리리는 라이를 번쩍 안아 들고는 욕실로 가 대강 씻겼다. 불과 몇 개월 전까지만 하더라도 사막에서 살던 야생 호랑이였다는 게 믿기지 않을 만큼 물을 거부하지 않았고 사람들의 생활습관을 금방 익혔다.

호랑이 때였다면 품에 안고 내려갔을 테지만, 지금은 몸집이 조금 큰 데다 두 발로 걷는 게 아직은 어색한 라이였기에 연습시킬 겸 손을 잡고 주방으로 향했다.

하나, 둘, 하나, 둘 리리의 구호에 맞추어 한 발 한 발 천천히 내디뎠다.

"아가씨?"

주방에 가까워지자 젤리가 리리의 목소리를 듣곤 **빼꼼** 고개를 내밀었다.

이른 시간부터 부지런히 아침 준비 중인 모양이었다.

"왜 이렇게 일찍 일어나셨습니까?"

"잠이 일찍 깼어. 도와줄게."

"아니, 괜찮……."

"도와줄게."

리리는 강제로 밀고 들어갔다. 라이까지 합세하자 젤리는 맥없이 뒤로 물러날 수밖에 없었다. 젤리는 조금쯤 걱정된다는 눈으로 라이를 힐끔거렸다. 리리야 한두 번 요리하는 것도 아니고 문제가 있을 리 없지만 라이는 아니었다.

젤리의 눈이 「안 도와주는 게 도와주는 걸 텐데.」라고 말하는 듯했다.

그러든가 말든가 리리는 라이를 식탁 앞에 앉힌 뒤 손이 베이지 않는 어린이용 무딘 칼과 몇몇 음식 재료를 가져다주었다.

"자, 봐봐. 이걸 이렇게 쥐고 이렇게 하면 되는 거야."

리리가 방법을 알려주자 처음에는 헤매는 듯하던 라이가 금세 곧잘 따라 했다.

칼로 재료를 썰거나 뜯고 맨손으로 주물럭거리다가 반죽을 묻히기도 하며 의외로 가만히 앉아 있자 젤리는 놀라운 눈빛을 감추지 못했다.

"아직은 손을 쓰는 것 자체가 익숙하지 않을 테니까, 이렇게 손으로 뭘 하거나 간단한 도구를 이용하는 방법부터 가르쳐주는 게 낫겠지?"

"정말 대단하십니다, 아가씨."

"뭐, 아이라면 질리도록 가르쳐봤으니까."

교육과 보육 스킬을 얻기 위해 얼마나 고생했던가. 학교와 보육원 등을 돌아다니며 고생했던 시간들이 떠오르자 눈물이 앞을 가렸다. 물론 그녀가 원래 살던 세상보다는 아이들이 순수하고 착해서 생각보다 덜 힘들긴 했지만 어디를 가나 꼬마 악마 한둘쯤은 있기 마련.

그 고생들이 이렇게 빛을 발하니 행복할 따름이었다.

리리가 라이를 상대로 무얼 가르쳐주거나 보여줄 때마다 교육 스킬과 보육 스킬이 발동되었고, 그만큼 라이는 더욱 쉽게 이해했으며 금방 따라 했다.

라이가 감각 놀이에 집중하는 동안 리리와 젤리는 식사 준비를 마쳤고, 식탁에는 네 사람분의 식사가 차려졌다. 나머지 하나는 다리우스 몫이었다.

맛있는 냄새가 풍기니 다리우스가 느긋하게 걸어와 자리에 앉았다. 리리는 라이에게 우선 도구 쓰는 방법을 알려주며 식사를 도와주다가 당연하다는 듯이 앉아 식사를 시작하는 다리우스를 보곤 어이없다는 표정을 지었다.

그에 다리우스도 기분 나쁘다는 얼굴로 물었다.

"어째서 아침부터 그런 눈으로 나를 쳐다보는 거지? 나는 아무 말도, 행동도 하지 않았는데."

젤리나 라이에게 수작 부릴 때마다 리리가 짜증 내며 끼어들었더니 아닌 척해도 그녀의 눈치를 살피는 모양이었다. 페레로가에 왔으면 페레로가의 법칙에 따라야 하는 법. 누가 뭐래도 페레로가의 실질적인 왕은 리리였기에 이곳에서만큼은 다리우스가 눈치 보고 몸 사리는 게 당연한 거였다.

리리는 처음 이 집에 들이닥쳤을 때보다는 확실히 유해진 다리우스를 향해 기막힌 목소리로 대답해주었다.

"매번 이렇게 밥 차려주면 와서 먹고 그랬어요?"

"……그게 갑자기 무슨 말이지?"

"아니…… 집에서 놀고먹는 사람이면 좀 도와주는 시늉이라도 하든가. 아무것도 안 하고 차려주기만을 기다리느냐고요."

"내가 뭘 해야 하는 건가?"

다리우스는 진정 이해할 수 없다는 얼굴로 젤리를 쳐다보았다. 젤리는 안절부절못하며 리리를 말렸다.

"아, 아가씨……."

"물론 이 집에서 먹고 자고 뭐 그러는 조건으로 이것저것 받은 건 사실인데, 우리 젤리 막 부려먹는 것 같아서 조금 기분 나빠지려고 하네. 하다못해 음식 재료라도 좀 사 오든가, 아니면 음식 차리는 거라도 도와주든가……. 내가 우리 젤리 얼마나 귀하게 키웠는데 말이야."

"……네?"

젤리는 리리의 말에 멍한 표정을 지었다. 아마도 언제 아가씨가 저를 키우셨다고……라는 생각을 하는 듯했다.

다리우스 역시 멍한 얼굴로 굳어 있었다. 리리의 말이 선뜻 이해가 되지는 않으나「젤리를 막 부려먹는다.」라는 부분에서 자신이 뭘 잘못긴 했나 보다 충격을 받은 상태였다.

리리는 딸을 시집보내는 아빠에 빙의해선 손 하나 까딱하지 않으며 차려주는 밥만 먹고 일어나는 예비 사위를 아니꼽다는 눈으로 흘겨보았다.「그러라고 자네와의 결혼을 허락한 게 아니네!」라고 말해주고 싶은 심정이었다.

"그렇군. 그러니까, 내가 흰둥이의 요리를 대접받는 만큼 젤리에게 무언가를 더 해주어야 한다는 뜻인가."

"바로 그거죠."

"알겠다."

말이 끝나기 무섭게 다리우스는 무언가를 툭툭 끄집어내기 시작했다. 주먹만 한 보석이나 녹지 않는 얼음을 섬세하게 세공한 얼음 장미, 호화로운 장신구 등이었다. 리리는 고개를 끄덕이다가 말고 멈칫했다.

"이 정도면 충분한가?"

리리의 말뜻은 그냥 젤리가 요리하면 관심이라도 가져주고, 식사 차리거나 치울 때 조금 거드는 식으로 도와주라는, 최소한 고마워하거나 미안해하라는 뜻이었는데 다리우스는 뭔가 한참 잘못 받아들인 듯했다.

페레로가의 식구지, 종이 아니니 부려먹지 말라는 걸 어떻게 이리 알아들을 수 있는 건지.

"우우웅."

라이는 식탁 위에 생긴 주먹만 한 보석에 관심이 가는지 손으로 톡톡 치며 굴렸다. 호랑이 모습일 때 앞발로 굴리는 것과도 비슷했다. 그걸 본 다리우스가 라이에게 물었다.

"흰둘이도 이런 게 가지고 싶은 건가?"

"우웅."

"그러면 내게 무얼 해주면 된다."

리리의 입에서 기어코 "하." 하는 기막힌 한숨이 튀어나왔다. 이만큼 나와 있었으면 인간 세상에 적응할 때도 되지 않았나. 그런 생각도 들었다.

"저는 이런 거 필요 없습니다."

"그래? 그럼 무엇이 가지고 싶은 거지?"

"아무것도요. 그저 다리우스님이 제가 만든 음식을 맛있게 드셔주시는 것만으로도 충분합니다. 그러니까 아가씨도 너무 그러지 마세요. 제가 좋아서 하는 일이라는 거 잘 아시잖습니까."

"물론 알긴 아는데…… 젤리, 너는 너무 착해서 탈이야. 네 몫은 네가 챙기는 거라고."

"저는 지금도 충분히 만족스럽고 행복합니다. 뭐가 더 필요치 않아요."

하여간, 어떻게 이리 욕심 많은 아가씨를 모시면서도 물들지 않고 끝까지 순수할 수가 있는지 놀라울 따름이었다.

"네가 그렇다면야…… 그래도 너무 다 해다 바치지는 마. 젤리는 내 가족이지, 누구의 시종 같은 게 아니란 말이야."

"아가씨……."

감동한 듯 울먹울먹하는 젤리를 보며 싱긋 웃어준 리리가 마저 식사하자며 분위기를 환기했다. 그러곤 라이의 식사를 다시금 도왔다.

그래도 리리의 말뜻을 완전히 오해한 건 아닌지 식사를 다 마치고 다리우스가 곧장 돌아가거나 홀로 고고하게 앉아 있는 대신 그릇을 치우는 젤리와 리리의 곁을 서성거렸다. 덩치 크고 머리카락이 아주 긴 남자가 주변을 어슬렁거리고 있으려니 그건 또 그 나름대로 굉장히 성가셨다.

리리가 자꾸만 길을 막는 다리우스를 피해 다니다가 짜증 난 얼굴로 주방에 들어서자 젤리가 다가와 조용히 속삭였다.

"그것 보십시오. 차라리 제가 하는 게 속 편하다니까요."

"에휴. 젤리 네가 고생이 많다."

말 안 통하고 천방지축인 꼬마 호랑이와 덩치만 커다래선 뭐 제대로 하는 게 없는 게이 드래곤까지. 로쉐만 걱정할 일이 아니었다.

"……내가 골치 아픈 일들만 대강 해결되면 꼭 휴가 보내줄게. 이번에 갔다 온 마하엔스도 정말 괜찮더라. 거기 너만을 위한 별장 하나 지어달라고 말해둘 테니까 원하는 만큼 푹 쉬다가 와."

"그렇게 좋은 곳이라면 다 같이 가고 싶습니다, 아가씨."

"넌 정말…… 왜 이렇게 착한 거야."

리리는 휴가마저도 다 같이 가려고 드는 젤리를 보며 어쩔 수 없다는 양 고개를 저었다.

두 사람이 화기애애하게 휴가 계획을 짜고 있으려니 라이가 끼어들어 리리의 허리를 꼭 끌어안았다.

"으응? 누나랑 놀고 싶어요? 그래, 놀자. 뭐 하고 놀까?"

"아우웅."

아무래도 자주 못 본 게 섭섭했나 보다, 시간 난 김에 열심히 최선을 다해 놀아줘야겠다.

그렇게 사소한 마음으로 시작된 놀이는 놀랍게도 온종일 이어졌다. 이거 했다가, 저거 했다가, 또 이거 했다가 다른 거 했다가…….

라이는 지친 기색도 없이 리리에게 매달렸다. 진정으로 육아는 힘든 것이라는 걸 다시금 깨우친 리리였다.

이런 걸 온종일 했을 젤리는 모처럼 리리에게 맡긴 채 여유로운 휴식을 즐기고 있었기에 절대 도와달라 말하지 못했고, 결국 리리는 해가 저물 때가 되어서야 놀이에서 해방될 수 있었다. 놀다가 지친 라이가 잠든 덕분이었다.

"정말…… 어린아이들은 대단한 것 같아."

"특히 라이는 남다른 체력 덕분에 더한 것 같습니다."

"늘 고생이 많아, 젤리."

"그래도 다리우스님께서 많이 도와주시는 편입니다. 어쩔 땐 저보다 더 잘 놀아주시는걸요."

"그래? 역시 잘하는 게 하나쯤 다 있구나……. 젤리에겐 제일 필요한 사람이었네. 내가 그걸 몰랐어."

어쩐지 젤리가 유독 다리우스를 많이 의지한다 했더니 이런 이유가 있었다. 그냥 오가며 다리우스가 젤리를 많이 챙겨주네, 라이를 제법 돌봐주네 했지…….

젤리가 준비해준 차를 마시며 잠시 휴식을 취한 리리가 슬슬 나가봐야겠다며 일어났다.

"아마…… 금방 다녀올 거야. 라이 좀 봐줘."

"네, 다녀오세요."

주섬주섬 얼굴을 가린 리리가 젤리의 도움을 받아 마을로 내려왔다. 그녀가 도착한 장소는 다름 아닌 빈민가였다. 그녀의 기운이 온갖 것에서 다 느껴지는 축복받은 마을 말이다.

저녁 시간임에도 제법 북적북적한 빈민가를 둘러보던 리리가 약속 장소로 향했다. 약속이라고 해봐야 그녀의 일방적인 부탁이나 다름없었기에 그다지 기대하진 않았다.

빈민가에 지어놓은 정보단 소속 술집인 어둠의 수호자 근처에 자리 잡은 리리는 하염없이 누군가를 기다렸다. 해가 지고 달이 대신 어둠을 밝혔다.

여전히 주변에는 사람이 많았고, 술집 근처인지라 조금 소란스럽게 느껴지기까지 했다.

일부러 기척을 지운 채 조용히 앉아 있었기에 누군가 접근한다든가 하는 일은 없었다.

밤이 깊어지며 길거리를 돌아다니는 사람이 줄어드는 대신 술집은 더욱 성황이었다. 그렇게 얼마나 앉아 있었는지 정확히 알 수는 없으나 달의 위치가 많이 바뀌었을 때쯤 되어서야 리리는 엉덩이를 털며 일어났다.

"그래, 안 올 줄 알았어."

서운하다거나 하는 마음조차 들지 않았다. 자초한 일이었으니. 어차피 한 번으로 될 거라고 생각도 하지 않았다.

"퀘스트는 둘째 치고 사과라도 하고 싶었는데. 아니, 사과도 내 욕심이고……."

아프다니까 그녀가 갖춘 능력을 모조리 동원해서라도 도움을 주고 싶었다.

그런데 장본인인 아스더가 거부한다는데 어쩔 것인가.

쪽지를 다시 보내야 할까. 아니면 진심이라는 걸 보이기 위해 불면증에 좋다는 거 죄 긁어모아서 선물해야 하나. 아니면 아스더가 그리 아끼는 상단에 투자라도 해볼까. 이 방법, 저 방법 떠올리던 리리가 생각의 흐름을 따라 '아센 상단은 설마 아스더 센테르의 줄임말인가?', '근데 아스더는 대체 몇 살인 거지?'까지 다가섰을 때였다.

터덜터덜 걷던 리리의 발길을 부여잡는 목소리가 있었다.

"……런…… 네……."

멍하던 리리의 눈이 서서히 크게 뜨였다. 심장 또한 점점 크게 뛰었다. 리리는 멈추었던 숨을 다급히 몰아쉬며 고개를 돌렸다.

"……어진 거라……."

리리의 발이 자신도 모르게 목소리가 들리는 곳으로 향했다. 설마 하는 마음처럼 망설임이 묻어 있던 걸음은 속도를 더해가다가 이윽고 뛰다시피 했다. 오가는 사람들 틈에 파고들어서 누가 말하는 건지 빠르게 살피던 리리는 어두운 골목에서 누군가 걸어 나오는 걸 발견하곤 우뚝 멈추었다.

건물 그림자보다도 더욱 새카만 머리카락이 허리 주변을 맴돌고, 이곳에서는 볼 수 없었으나 리리에게는 익숙한 치파오풍 미니 원피스를 입은 여인이 모습을 드러내자 리리뿐 아니라 거리를 오가던 사람들도 하나둘 걸음을 멈추며 웅성거렸다.

그 사실을 모르는지, 알면서도 전혀 신경 쓰지 않는지 여인의 붉은 입술이 달싹이며 말이 계속 이어졌다.

"확실히 상상하는 것과 직접 보는 건 느낌이 달……라…… 어?"

무심코 앞을 보았던 여인이 리리를 발견하곤 놀란 듯 눈을 크게 떴다. 그녀의 눈동자는 붉은 달만큼이나 선명한 핏빛이었다.

사로잡힌 듯 꼼짝할 수 없는 건 리리만이 아닌지 주변이 조용했다.

익숙한 목소리. 처음 보는 여인이건만 리리는 누군지 알 것만 같았다.

여인의 입매가 야살스럽게 비틀리며 올라갔다. 눈 역시 가늘게 휘며 예쁘게 웃은 여인이 다시금 입을 열었을 때, 리리의 심장이 쿵 바닥으로 떨어지는 듯했다.

"드디어 만났다, 성녀님."

분명 리리의 꿈에 나왔던, 마하엔스의 꺼지지 않는 불꽃을 알려주었던 그 여인이 틀림없었다.

그것만으로도 당황스러울진대 눈앞의 여자는 리리가 성녀라는 사실까지 알고 있었다.

"널 만나기 위해 너무 멀고 힘든 길을 걸어왔어. 성…… 읍?"

리리는 꿈속에서 보았던 여인을 만났다는 사실에 놀라 굳어 있다가 뒤늦게 자신을 보며 성녀라고 말했다는 것을 깨닫곤 기겁하며 입을 틀어막았다.

"으읍? 읍? 왜 그…… 읍."

여인은 왜 그러냐는 듯 눈을 크게 뜨며 손을 떼어내려다가 실패하곤 얌전히 몸을 맡겼다. 연신 주변의 눈치를 살피던 리리는 사람들이 자신이 아닌 낯선 외모와 옷차림의 여인만을 보고 있다는 사실과 그녀가 이곳의 언어가 아닌 한국어로 말했다는 것을 뒤늦게 알아차렸다.

"……한국말?"

"으응, 한국어가 싫으면 영어로 할까? 헬로!"

한국 노래, 한국어, 이곳에선 보기 드문 흑발과 적안, 치파오와도 비슷하지만 전혀 다른 옷이라고 해도 믿을 만큼 야한 옷차림. 머리부터 발끝까지 이 세계 사람이 아니라고 외치는 듯했다.

리리는 그녀의 팔을 붙잡곤 무작정 끌어당겼다.

"응? 어디 가?"

서둘러 근처 한적한 장소로 이동해 왔으나 별 소용이 없었다. 그녀에게 매혹당한 사람들이 졸졸졸 쫓아왔으니까.

"아, 저 사람들이 거슬려서?"

이제야 알겠다는 듯 생긋 웃은 여인이 사람들이 모여 있는 곳을 바라보았다. 그때였다. 난데없이 하늘에서 번개가 내리쳤다. 파지직 소리와 함께 번쩍거리는 번개가 사람들 바로 앞으로 떨어져 내리며 땅을 태우자 모두들 비명을 내지르며 도망치기 시작했다.

"주, 주술이다!"

"으아악! 우리를 죽이려고 해!"

멍청히 굳어 있던 리리가 정신을 차리곤 황급히 여인을 막아섰다.

"무, 무슨 짓이야!"

"쫓아내려고."

"아무리 그래도 그렇지! 사람들에게 주술을 쓰면 어떡……. 근데 번개?"

"나는 뇌속성 주술사니까."

"……그런 속성이 있었어?"

센테르에서 8년을 살았음에도 처음 듣는 속성이었다. 리리의 멍한 얼굴이 재미있는지 여인은 방싯방싯 웃으며 그녀를 빤히 바라보았다.

묻고 싶은 게 너무 많았으나 우선은 자리를 피해야만 했다. 마른하늘에 날벼락도 아니고, 난데없이 번개가 내리꽂혔으니 근처에 주술사라도 있다면 관심을 가지고 몰려들 수도 있었다. 근처에 있던 어둠의 수호자로 들어간 리리는 칸막이가 쳐져 있는 위층으로 안내를 부탁했고, 그렇게 두 사람은 탁자를 사이에 두고 마주 보고 앉게 되었다.

당당하게 술을 시킨 리리가 시원한 음료처럼 벌컥벌컥 마실 때까지도 여인은 마치 꽃받침처럼 양손으로 턱을 괸 채 리리를 감상하느라 바빴다.

그것도 생글생글 웃으면서.

놀란 가슴을 조금 진정시킨 리리가 가장 처음 내뱉은 질문은,

"당신, 대체 누구야?"

……였다. 그에 야살스러운 미소를 지은 여인이 답했다.

"나는 미아."

잊어버린 줄 알았던 한국말이었는데 막상 자연스럽게 나오고 들렸다. 이게 얼마 만에 듣는 한국어인지……. 그러나 감상에 젖을 때가 아니었다.

"미아? 길을 잃은 그 미아?"

"미안하지만 내 이름이거든. 그런 질문 불쾌해."

"아. 불쾌했다면 미안……이 아니라! 지금 이름 같은 걸 묻는 게 아니잖아. 당신 정체가 뭐냐니까? 당신 한국 사람이야? 근데 왜 여기에 있어? 어떻게 이 세계에 왔는데? 그리고 어떻게 날 알아? 내 꿈에 나온 건 우연이 아닌 거지? 혹시 날 찾아왔어? 왜?"

"어머나!"

이름을 밝힌 미아가 눈을 동그랗게 뜨며 손바닥을 펴 입술을 가렸다.

그녀는 방금 들은 게 정말이냐는 듯 놀란 목소리로 물었다.

"내 꿈을 꿨어? 정말? 무슨 꿈이었는데?"

"정확히는 기억이 안 나지만…… 혼잣말하는 꿈이었던 것 같아.

마하엔스에 있을 때 유독 많이 꿨는데, 꺼지지 않는 불에 대해 내게 알려준 것도 당신이었어."

"내가 그랬어? 전혀 몰랐네. 나는 나만 네 꿈을 꾸는 줄 알았어."

"당신도 내 꿈을 꿨다고?"

리리는 솜털이 비죽 서는 듯해 팔을 쓰다듬었다. 미아에게 물을 게 아주 많았고, 정확히는 그녀의 정체에 대한 질문부터 하고 싶었으나 지금은 그게 중요한 게 아니었다. 어째선지 미아에게 마구 휘둘리는 기분이 들었다.

"나도 비슷해. 네가 어딜 가서 뭘 보거나 겪고 혼잣말하는 꿈이었으니까."

"……맙소사. 왜 그런 일이 벌어진 건지, 당신은 알아?"

"나야 모르지. 흠. 왜일까. 혹시 그런 건가…… 왜, 공명이라는 말 알아?"

"……공명?"

"그래, 공명. 내가 하던 게임에선 흔한 말이었는데, 같은 공간에서 같은 전파로 게임을 하다 보면 종종 정보가 잘못 흘러 들어와서 상대방이 보는 걸 내가 보거나 내가 듣는 걸 상대방도 듣는 일이 생기곤 했어. 그걸 딱히 표현할 말이 없으니까 공명이라고 불렀거든. 간단히 말하면 혼선 같은 거지. 두 사람인데 전달되는 정보값이 같다 보니 한 사람으로 착각해서 벌어지는 일이야."

분명 자신이 아는 언어였건만 미아의 말이 쉽게 이해되질 않았다.

리리가 혼란스러운 눈으로 쳐다보고 있으려니 이걸 어떻게 설명해야 하나, 막막해하던 미아가 다시금 입을 열었다.

"간단히 말하자면…… 의도치 않았으나 서로가 서로에게 영향을 준다 이거지."

"그러니까, 당신과 내가 서로에게 영향을 주었다는 거네."

"바로 그거야."

"……왜?"

"그야 우리는 같은 영혼이니까."

리리의 입이 쩍 벌어져선 다물어질 줄을 몰랐다.

자신이 대체 무슨 소리를 들은 건지 쉽게 이해되지 않았다. 그런 리리의 반응이 무척 즐겁다는 듯 미아가 생글생글 웃으며 말을 덧붙였다.

"나는 너고, 너는 나고. 말하자면 우리의 정보값은 같은 셈이지. 혼선이 생길 법도 하지 않아?"

더듬더듬, 입술만 달싹이던 리리가 겨우 목소리를 내어 물었다.

"바, 방금 뭐라고 했어?"

그녀답지 않게 리리의 목소리가 드높았다. 그 반응이 충분히 이해가 된다는 듯, 미아는 느긋하게 고개를 끄덕였다.

"그래. 놀랄 만도 해. 당황스럽겠지. 나도 그랬으니까. 난데없이 게임 속, 그것도 카슈토 여신이 다스리는 세계, 간단히 말해 카슈토 월드로 들어온 것도 황당한데, 난감한 퀘스트만 계속 이어지니 나라고 안 미쳤겠니? 근데 모든 정보가 퍼즐처럼 맞아떨어지면서 드러난 건……!"

미아가 말을 끊자 리리도 덩달아 긴장되었다. 그녀는 조심스레 물었다.

"……드러난 건?"

"바로 내가 과거 멜비스 월드에서 살던 성녀님의 환생이라는 사실이었으니 나라고 안 놀랐겠어? 나도 너무 놀라 뒤로 자빠지는 줄 알았지."

"……하."

이게 무슨 소리인지. 자다가 봉창 두드리는 소리이고, 개 풀 뜯어먹는 소리인지. 말도 안 되는 헛소리에 리리는 깨달을 수 있었다. 아, 지금 이 여자가 자신을 놀리는구나.

"지금 뭐 하는 거야? 나 이런 장난 불쾌해. 적당히 해."

"장난 아닌데."

"웬만해야 믿어주지. 지금 그 말을 믿으라고?"

"못 믿으면 할 수 없지, 뭐. 나도 바쁜 몸이라서 말이야. 못 믿겠다는 사람 붙잡고 믿어달라고 사정할 시간 같은 건 없거든."

그리 말한 미아가 갑자기 허공을 바라보기 시작했다.

미아의 시선을 따라가 보았지만 그곳엔 아무것도 없었다. 그런데도 마치 뭐가 있다는 양, 미아의 눈동자가 이리저리 움직였다.

"지금 뭐 하는…… 설마 시스템창?"

"음? 어떻게 알았어? 혹시 너도 이런 식으로 허공에 시스템창이 뜨니?"

미아가 허공을 가리키며 물었다.

리리는 기가 찬 웃음을 흘리며 미아의 손가락 끝을 쳐다보았다. 물론 거기엔 아무것도 없었다.

"말도 안 돼……. 정말 당신도 게임 속으로 들어온 거라고?"

"그래. 게임 종류는 다른 것 같지만…… 내가 얼마나 고생했는지 아니? 멜비스 월드는 그나마 평화로운 세계에 축하지만, 카슈토 월드는 말 그대로 전쟁이라고. 황폐한 대지에는 피만이 고여 있고, 빛조차 거의 없는 어두운 하늘에 천둥번개만이 쉬지 않고 쳐서 나중엔 머릿속이 다 울리더라. 거기서 겨우겨우 적응했더니 갑자기 멜비스 월드로 보내버려서 황당해 죽는 줄 알았는데, 이번엔 과거로 가서 전생을 만나라니……. 나는 내가 미쳐서 헛걸 보는 줄 알았어."

"……하. 그래…… 당신이 만약…… 당신이 만약 정말로 내 환생이라고 쳐. 미래에서 태어났다는 당신이 어떻게 과거를 거슬러 와 전생을 마주할 수가 있지? 우리 이렇게 마주하고 있어도 되는 거야?"

그녀가 본래 살던 세계엔 닮은 사람을 만나면 죽는다는 속설이 있었다. 심지어 같은 사람이란다. 환생한 미아가 전생의 자신을 찾으러 온 거란다. 믿기지 않는 건 둘째 치고, 같은 영혼이 한자리에 있다니 그게 가능하던가. 둘 중 하나는 소멸되거나 흡수되어야 마땅한 것만 같았다. 리리가 짙은 두려움을 띠고 묻자 미아는 대수롭지 않게 대답했다.

"안 될 건 뭐야? 퀘스트가 그렇게 하라는데. 퀘스트 자체가 여신의 명령이나 다름없다는 거, 너도 잘 알잖아. 여신의 힘으로 과거로 돌아오는 것쯤이야 간단한 일이지 않을까. 난 그런 것까진 깊이 생각해보지 않아서 잘 모르겠다."

"그래도…… 같은 영혼이 마주하고 있다는 건데……."

"영혼만 같을 뿐 다른 사람이잖아. 육체는 완전히 다르다고. 같은 공간에서 같은 전파로 게임을 할 뿐이지, 두 사람이라는 거지. 그리고 어차피 난 바로 다시 가봐야 해."

"어디를?"

"내가 처음 떨어진 곳이자, 카슈토 여신이 다스리는 카슈토 월드지. 과거 멜비스 월드에서 너를 만나 앞으로 벌어지게 될 참혹한 미래를 알려준 뒤, 카슈토 월드로 돌아가라는 것이 내 퀘스트거든."

"……그러니까, 원래 당신이 살던 미래로?"

"아니. 과거의 카슈토 월드로."

뭔 소리인지 하나도 이해가 되질 않았다. 대체 미래에서 태어난 자신의 환생이 전생을 만나러 과거까지 왜 와야 했으며, 곧장 카슈토 월드로 넘어가야 한다는 건 또 무엇 때문인지…… 그것도 미래의 카슈토 월드가 아니라 과거의 카슈토 월드라니, 그녀의 시간은 도대체 어떻게 흐르고 있는지 머릿속이 마구 엉켜 들어가는 느낌이었다.

결국 리리는 머리를 감싸 쥐며 탁자 위에 엎드렸다. 어쩐지 울고 싶은 기분이었다. 안 그래도 힘들어 죽겠는데, 할 게 산더미인데, 그걸 어떻게 해결해야 하나 미치고 팔짝 뛸 지경인데 자꾸만 더한 일들이 벌어졌다.

감당하기 버거울 지경이었다.

아스더와 화해도 해야 하고, 아이기의 오해도 풀어야 하고, 엄두도 나질 않는 중앙 퀘스트 해결 방법도 생각해내야 하고, 그 와중에 라이도 키워야 하고……. 그렇지 않아도 막막한 일투성이인데 이제는 자신의 환생이라고 우기는 여자가 찾아오기까지…….

'대체 저한테 왜 이러시는 거예요? 제가 무슨 잘못이라도 했어요?'

여신에 대한 원망이 안 생기려야 안 생길 수가 없었다. 리리는 자신의 환생이라는 여자가 나타난 이 시점에 전생이 없을 리 만무하니 아무래도 자신이 전생에 극악무도한 범죄를 저질렀나 보다, 나라라도 팔아먹었나 보다 그런 생각마저 하게 되었다.

하여간 혼자 고민해봐야 답이 나오는 상황이 아니었으므로, 조금 더 자세한 얘기를 들을 필요가 있었다.

"정말로, 당신이 내 환생이고 게임 속으로 들어왔다면…… 어째서지? 왜 굳이 환생한 내가 도로 게임 속으로 들어가야만 했으며, 왜 이렇게 전생의 자신을 만나러 와야만 했어? 그 이유가 있는 거야?"

"그걸 설명하려면 아무래도 얘기가 길어질 것 같은데. 내가 게임 속에서 뭘 보고 들었는지도 말해야 할 거고……."

"그래? 그럼 잠깐만. 마음의 준비 좀 하고."

리리는 가슴에 손을 얹고는 크게 심호흡했다. 그에 미아가 귀엽다는 양 웃었다.

얼마간 숨을 마시고 내쉬기를 반복하던 리리가 한결 차분해진 얼굴로 자세를 고쳐 앉았다. 탁자 위에 팔을 올리고 양손을 모아 쥐었다. 무슨 말을 하든 놀라지 않으리, 다 받아들이리 하는 듯한 굳건한 표정은 덤이었다.

그때까지도 허공을 보며 무언가를 하던 미아가 준비된 리리의 모습에 손을 내리며 물었다.

"다 된 거야? 말해도 돼?"

"응."

"그래, 그럼."

미아 역시 자세를 고쳐 앉았다.

허벅지 반이나 올까 말까 한 짧은 치마는 앉으면서 더 올라가버렸고, 골반 아래부터 쭉 트여선 다리를 훤히 드러내고 있었다. 보는 이는 아슬아슬함에 자꾸만 눈길이 가는데, 미아는 조금도 신경 쓰지 않는 눈치였다. 오히려 다리를 꼬기까지 했으니까 말이다.

"큼, 큼. 그럼 시작해볼까?"

"……응!"

"어디서부터 얘기를 꺼내야 할까."

미아는 입술을 매만지며 고심했다. 행동 하나하나가 성적인 매력을 진하게 풍겨서, 이런 여자가 어떻게 자신의 환생이라는 거지? 다시금 의문이 들었다. 외모는 둘째 치고 행동이나 성격이 너무나 달랐다.

"우선 너와 내가 태어난 세계는 같아. 다만 나는 너보다 한참 뒤의 한국에서 태어났어. 네가 몇 년도에 어디서 태어났는지는 언급한 적이 없어서 추측일 뿐이지만, 최소 몇십 년에서 몇백 년 후일 거야."

"잠깐만……."

무작정 얘기를 듣기만 하려던 리리의 생각이 1분도 지나지 않아 무너졌다.

"언급이라니? 누가 뭘 언급해?"

"네가 네 얘기를. 내가 이걸 깜빡했네. 이걸 보면 이해가 빠를 거야."

미아의 말이 끝나기 무섭게 허공에서 수첩 하나가 툭 떨어졌다. 리리는 깜짝 놀라 어깨를 움찔거렸다. 그러자 미아가 웃음을 터트렸다.

"뭘 그렇게 놀라. 너도 아이템창이 있잖아."

리리는 머쓱한 얼굴을 만지작거렸다.

"……내가 하는 거 하고 남이 하는 걸 보는 거 하곤 또 다르네."

남들 눈에 자신이 이렇게 보였겠구나. 모두들 그러려니 이해하고 넘어가주는 게 신기해졌다. 차라리 주술조차 알지 못해 호들갑을 떨었던 마하엔스인들의 반응이 정상적인 거였다.

"그거 펼쳐 봐."

"이게 뭔데?"

"너도 아는 물건이야."

리리는 인상을 찌푸렸다. 정말 알쏭달쏭한 말만 내뱉는 여자였다. 리리는 수첩을 들고 펼쳐 보았다. 너무 낡고 지저분해져서 쓰레기 같던 겉처럼 속도 죄 뜯겨 낱장으로 되어 있었다. 팔랑팔랑 탁자 위로 내려앉은 종이는 얼룩덜룩했고 여기저기 글자가 번져 있었다.

"난 이런 거 몰……라……."

리리의 목소리가 점점 작아졌다. 온통 번져 있었지만 삐뚤빼뚤한 글자는 분명 그녀도 익숙한 것이었다. 그야 자신의 필체였으니까.

"뭐야? 뭐야, 이거?"

깜짝 놀란 그녀가 종이를 쥐고 이리저리 살폈다. 날짜와 날씨, 마치 어린아이가 썼을 법한 짤막하고도 단순한 내용들.

"이거 내 일기장인데?"

아이템창을 열어 일기장을 찾았다. 꺼내서 나란히 놓으니 크기도, 모양도 똑같았다. 다만 하나는 관리가 잘되어 새것 같고, 하나는 분리수거장에서 주워 온 것이라고 해도 믿을 만큼 상태가 나쁘다는 게 차이점이었다.

처음에만 나름대로 열심히 쓰고 점점 뜸해져 거의 연간행사에 가까워졌던 일기장을 펼치고 하나하나 비교해보았다. 분명 리리의 것이 맞았다.

"어떻게 이럴 수가……."

"그건 네 일기장이 맞아. 거의 백 년에 가까운 역사를 지닌 물건이지."

"……백 년이라고?"

"말했잖아. 나는 네 환생이라고. 나는 미아. 강미아. 미래의 한국에서 태어났지만 게임 속 세상으로 떨어진 비운의 여인이지. 내가 빙의한 이 몸은 이곳 시간으로 따지자면 미래의 카슈토 월드의 것이고, 내게 주어진 퀘스트는 딱 하나야. 과거의 멜비스 월드와 카슈토 월드로 돌아가 두 세계를 지켜낼 것."

두 세계를 지켜내다니, 이건 또 무슨 소리인지.

리리는 그야말로 소용돌이 한가운데 내던져진 기분을 맛볼 수밖에 없었다.

⁕⁕⁕

"……누구지?"

혼란스러운 건 리리만이 아니었다. 넋이 반쯤 나간 리리는 알지 못했지만 두 사람을 지켜보는 눈이 있었다.

제법 거리가 떨어진 건물 지붕에 걸터앉아 리리 앞에 있는 여인을 보며 중얼거리는 이는 바로 복면을 뒤집어쓴 밤의 아스더였다.

그는 지금의 자신 못지않게 붉은 눈동자를 지닌 여인을 주술이 걸린 물건으로 더욱 확대하여 살펴보았다.

칠흑같이 새카만 머리카락과 붉은 눈동자는 마치 밤하늘에 뜬 붉은 달을 보는 듯했다. 존재만으로 단숨에 주변 사람들의 이목을 사로잡는 외모하며 분위기까지, 한번 보면 절대 잊을 수 없는 여인임이 분명했다.

그러니 저 정도 여인이라면 아스더도 알 법한데 아무리 머릿속을 뒤져도 기억에 없었다. 어디 숨어 있다 쳐도 절대 숨겨지지 않을 존재감의 여인을 모른다는 게 말이 되질 않았다.

게다가 리리의 반응. 보아하니 두 사람이 서로 아는 사이인 듯한데, 리리가 아는 여인을 센테르에서 가장 큰 정보단의 단주이자 천자의 눈인 자신이 모를 수가 있던가.

"저 여자에 대해 알아봐."

"네."

아스더의 등 뒤로 대답이 들려왔건만 실제로 보이는 것은 아무것도 없었다. 아스더는 두 사람을 다시금 살피다가 당황하다 못해 경악한 리리의 표정에 의문을 품었다. 더 가까이 다가가 무슨 대화를 나누는지 듣고 싶었으나 그랬다간 리리에게 들킬 게 뻔했다.

그는 주머니에서 작은 쪽지 하나를 꺼냈다.

거기에는 갖춘 능력이 가늠이 되지 않을 정도로 다재다능한 여인이 쓴 거라곤 믿기지 않을 만큼 삐뚤빼뚤 엉성한 필체로 사과가 적혀 있었다.

「정말 미안해. 만나서 제대로 사과하고 싶어. 네 불면증, 어쩌면 내 신성력으로 치료할 수 있을지도 몰라. 너를 도울 수 있게 해줘.」

그 아래엔 약속 장소와 시간이 적혀 있었다.

바로 그의 방 앞까지 찾아와 주고 간 쪽지였다. 어떠한 기척을 느끼고는 있었다. 더욱 예민해진 그의 감각이, 문 앞에 누군가 있다는 걸 알리고 있었다. 그리고 왜일까. 아스더는 그게 리리일 거라고 확신했고, 기척이 사라진 그곳에 남아 있는 쪽지와 약초가 그 확신을 증명했다.

아스더는 쪽지를 구기듯 뭉쳐 도로 주머니에 넣었다. 확실히 신성 주술이라면 가능성이 있었다. 죽음을 앞둔 사람조차도 되살려 신의 능력이라 불리는 신성 주술이라면…… 그를 이 고통에서 벗어나게 해줄지도 몰랐다.

그러나 지금은 때가 아니었다. 비정상적인 몸으로 인해 얻게 된 능력이 많았고, 아직은 그것들이 필요했다. 남들보다 더욱 많은 일을 해내야 하는 그로서는 낮과 밤, 남들의 두 배에 가까운 시간 역시 간절했다.

아스더는 검은 연기에 둘러싸였다.

이윽고 그림자가 되어 사라졌던 그가 다시 모습을 드러낸 곳은 경비가 삼엄한 대저택이었다. 그는 경비병들의 눈을 피해 신속히 몸을 움직였다. 무척이나 은밀하고 가벼운 몸짓은 야생 짐승을 보는 듯했다.

저택 이곳저곳을 살피던 그가 한 창문 위에서 멈추었다. 꼭꼭 닫은 것으로도 부족해 두꺼운 커튼까지 친 창문 너머로 가느다란 빛이 새어 나오고 있었다.

아스더는 더욱 기척을 죽이곤 천천히, 조심스럽게 창가로 다가섰다. 그러곤 안쪽에서 들려오는 목소리에 한껏 집중했다.

"……해서 그 일은 그렇게 마무리 지은 듯합니다."

"고생 많으셨겠소, 후작."

"아니, 아닙니다. 각하께서 도와주신 덕분에 한결 수월했습니다. 그래서 약소하지만, 선물을 준비해 왔습니다."

"뭘 이런 걸 준비하셨소……. 오! 이거 새디아산 열매를 발효해 만든 술이 아니오."

"각하께서 즐겨 드신다고 해서 준비해보았습니다만, 마음에 드실는지 모르겠군요."

"흐음. 향이 아주 진하고 깔끔한 게 최상품 열매로 담근 게 틀림없군. 어디서 이렇게 상태 좋은 술을 구했소? 나도 좀 알고 싶소."

인원은 총 여섯 명으로, 모두 황궁에서 한 자리씩 맡은 고위 귀족이었다. 그중 단연 돋보이는 것은 이네아 공작으로, 아스더가 찾아온 저택이 바로 이네아 공작가였다.

"아참. 이번에 공작 영애께서 입궁하셨다 들었습니다. 드디어 국혼 소식을 듣게 되는 겁니까?"

"허. 소식도 참 빠르구려. 아직 국혼 얘기가 나오기는 조금 이르고, 황후마마께서 오랜만에 딸아이가 보고 싶어 불러들였다고 알고 있소만."

"이제 슬슬 황궁 일을 가르쳐주시려는 모양이군요!"

"거참, 그건 아직 이르대도……."

말은 그렇게 하면서도 이네아 공작은 흡족한 웃음을 연신 흘렸다. 마치 벌써 국혼이라도 올린 것처럼 모여 있는 귀족들이 입을 모아 축하 인사를 건넸다. 결국 공작은 못 이기는 척 그 인사들을 받아주었다.

"당연히 공작 영애께서 황태자비가 되시는 게 맞지요."

"그럼요. 사실 일전에 페레로가와 혼담이 오간다는 소문이 돌아서 얼마나 당황했는지 아십니까? 아니, 페레로가의 여식이라니요. 어디서 그런 품위 없고 출신도 모호한 상대를 황태자에게 가져다 붙인답니까."

"저도 들었습니다. 공작 영애가 있는데 그런 가문의 여식이 가당키나 하답니까. 당연히 헛소문이라 여겼는데, 역시 그랬군요."

"뜬소문이 아니라면, 아마 첩으로 맞이할 생각이었던 게지요."

"아, 그렇다면야……."

"그렇지 않아도 페레로가가 빈민가를 성역으로 지정해야 한다는 태도를 고수하며 천자의 곁에서 입김을 불어넣고 있다 들었습니다. 그런 사태 파악도 제대로 하지 못하는 자가 천자의 곁에 있는 것만으로도 속이 터질 일인데, 정혼까지 하게 된다면 정말 골치 아플 일이지요. 그렇지 않습니까?"

"저 역시 그리 생각합니다. 위치로 보나, 역사로 보나 빈민가는 당연히 공작령에 속합니다. 우길 걸 우겨야지요."

"천자께선 아무 말씀 없으십니까?"

중요한 질문을 받은 공작은 흠, 침음을 흘렸다. 그렇게 기름지고도 활기 넘치는 땅을 성역으로 지정하자는 말이 처음 나왔을 때는 비웃었다. 당연히 공작령에 흡수되어, 그가 관리하게 될 거라고 믿어 의심치 않았는데 근래 돌아가는 분위기가 이상했다.

아직 천자는 아무 말이 없다지만 지금 이 상황에서 침묵은 도리어 독이었다.

그곳이 공작령이 되어야 거래를 하며 이익을 남길 다른 귀족들 또한 천자의 침묵이 마음에 안 들기는 마찬가지였다.

"도대체 언제까지 침묵하실 건지……. 쯧."

"뭐가 그리 조급합니까. 공작 영애를 궁으로 불러들인 걸 보시면 모르겠습니까. 천자께선 분명 공작 각하께 힘을 실어주실 겁니다."

"그러겠지요?"

귀족들의 말에 공작의 굳었던 얼굴이 조금이나마 풀렸다. 앞에 놓인 잔을 들어 목을 축이던 공작이 타이란 후작을 보며 물었다.

"후작은 오늘따라 말이 없는 것 같소. 무슨 고민이라도 있는 거요?"

"아니, 아닙니다."

"후작의 생각은 어떠하오."

"……제 생각이 뭐가 중요하겠습니까. 하하…… 너무 염려치

마십시오, 각하. 다 잘될 것입니다."

후작의 말에 공작은 만족스럽다는 양 고개를 끄덕였다. 그에 미소 짓던 타이란 후작이 잔으로 얼굴을 감추며 한숨을 삼켰다. 후작 부인이 빈민가를 성역으로 지정해야 한다고 속삭이던 게 생각이 나며 속이 답답해졌다.

아마 여기 모인 자들도 그 사실을 다 알고 있을 터. 알면서도 일부러 묻는 속내가 뻔했다. 천자가 귀족뿐 아니라 황후에게조차 거리를 두면서 주춤했던 공작가의 기세가 이번 공작 영애의 입궁으로 되살아났다. 그러니 그와 적을 질 수도 없는 노릇인데……. 참으로 난감한 상황이었다.

고민에 잠긴 것을 애써 감추며 타이란 후작은 다른 이들에게 물어갔다. 그 사실을 알면서도 모르는 척, 귀족들은 공작의 비위를 맞추느라 여념이 없었다.

"후작 말이 맞습니다. 잘되고말고요."

"페레로가의 여식이 아니라 공작 영애를 궁으로 불러들인 걸 보면 모르시겠습니까."

"아, 혹시 그 얘기 들으셨습니까? 페레로가의 여식이 글쎄 천하의 박색이라더군요. 그래서 그리 꽁꽁 숨기는 거랍니다."

"그렇습니까?"

그들은 페레로가에 대한 험담으로 시작해 그 밖에도 여러 주제로 대화를 나누며 제법 중요한 정보들을 흘렸다.

최근 홍등가를 찾는 귀족들에게서도 알아낼 수 없었던 여러 정치적인 얘기를 엿들은 아스더는 원하는 만큼 정보를 얻어낸 후 나타났을 때와 같이 스르륵 어둠 속으로 모습을 감추었다.

이네아 공작을 비롯한 몇몇 귀족들이 리리를 욕하던 그 시각, 그 사실을 알 리 없는 그녀는 당장 눈앞에 놓인 당황스럽고도 믿기지 않는 현실에 경악하는 중이었다.

"그러니까, 이 세계는 곧 멸망한다, 이 말이야?"

자신이 말해놓고도 너무 놀라 리리는 입을 틀어막았다. 그에 반해 미아는 태평하기 짝이 없는 태도를 유지했다.

"그래. 카슈토 월드의 침략을 받아서."

이 세계, 즉 멜비스 월드는 다른 차원의 세계인 카슈토 월드의 침략을 받는다. 힘이 곧 권력인 카슈토와 달리 각각의 대륙을 지배하고 안정시키는 주인의 존재가 필수인 멜비스 월드는 침략에 제대로 대응하지 못하고 맥없이 당하고 만다.

그렇게 빛과 희망의 세계가 어둠에 잡아먹히고, 암흑 외에는 그 어떤 주술도 사용하지 못하는 그야말로 암흑의 세계가 된다.

이게 바로 미아의 이야기를 요약한 거였다.

그런 어마어마한 이야기를 너무 아무렇지 않게 하는 미아 때문에 더욱더 현실감이 없게만 느껴졌다. 오랜만에 몰래카메라라는 단어가 생각났다.

리리는 저도 모르게 주변을 휘휘 둘러보았다. 혹시 누군가와 짜고 자신을 놀리는 건 아닐지. 다시금 그런 생각이 들었기 때문이었다.

미아는 그런 리리의 태도에 의문스러운 시선을 던지며 마찬가지로 주위를 두리번거렸다.

"뭐가 있어?"

"아니…… 혹시나 해서."

리리는 놀란 가슴을 진정시키고자 숨을 크게 들이마셨다가 천천히 내쉬었다. 그래도 빨리 뛰는 심장은 좀처럼 원래 속도를 되찾지 못했다.

"……너무 당황스럽네."

"이해해."

미아는 자신도 그랬다며 고개를 끄덕거렸다. 이미 받아들인 자의 여유인 걸까. 그리도 중대한 짐을 떠안고 있으면서도 그다지 힘들어 보이지 않았다.

리리는 자신의 퀘스트가 사실은 이 세계의 안위와 깊은 연관이 있었다는 사실에 하르빌 사막보다도 넓고 노베 바다보다도 깊은 막막함이 몰려드는데 말이다.

"내 퀘스트가 이 세계를 지키기 위한 거였다니⋯⋯."

미아의 이야기는 태초부터 시작되었다. 어느 정도는 리리도 이미 아는 바였다. 이 세계가 실은 두 여신이 만든 세계라든가, 빛과 어둠 두 개로 나누어져 있다든가. 미아는 거기에 조금 더 자세한 설명을 덧붙여주었다.

하늘에 떠 있는 붉은 달이 바로 카슈토 월드이며, 리리가 사는 세계보다 시간의 흐름이 열 배가량 늦다는 것과 카슈토 월드에도 흰 달이 하나 더 떠 있는데 예상할 수 있듯이 멜비스 월드라는 점이었다.

놀랍게도 각각의 세계에서 서로의 단면을 보고 있는 셈인데, 그저 볼 수 있을 뿐 아니라 직접 이동하는 것도 가능하다고 했다. 하늘에 떠 있는 달이 그 세계로 가는 입구였다. 리리는 저도 모르게 창밖에 떠 있는 붉은 달을 올려다보았다. 저곳에서 마족과 마물들이 쏟아져 내린다니. 온 세상이 암흑으로 뒤덮인다니. 상상이 되질 않았다.

미아는 리리처럼 한국에서 태어났지만 게임을 통해 카슈토 월드로 떨어졌다고 했다. 그것도 지금 리리가 사는 세계를 기준으로 오랜 시간이 흐른 후인 미래의 카슈토 월드였다.

마찬가지로 온갖 고생을 하며 퀘스트를 해결하다가 미래의 멜비스 월드로 넘어왔고 말이다. 미아의 말에 의하면 지금 리리가 사는 멜비스 월드에서 약 백여 년이 흐른 후의 미래라고 했다.

그리고 그곳에서 미아 역시 퀘스트를 따라가며 서서히 진실을 알게 되었다고 했다.

그 진실이란…….

"여신의 뜻을 헤아리지 못하고 결국 이 세계를 지켜내지 못한 내가, 뒤늦게 후회하곤 환생을 부탁했단 말이지. 이런 식으로 과거의 자신을 만나게 해 세계를 지키게 하려고?"

리리가 검지로 미아를 가리키자 그녀는 느긋하게 고개를 끄덕였다.

지금의 리리로서는 아무것도 모르고 여유롭게 퀘스트를 해결하다 못해 막막하면 그냥 포기해버리기까지 하니까, 누군가가 퀘스트의 중요성을 알리고 이른 시일 내에 해결하게끔 유도를 해야만 했다. 결국 미래, 그러니까 참혹한 전쟁터에서 이 과오를 되돌릴 수 있는 건 자신밖에 없다 여긴 리리가 모든 진실을 곳곳에 남겨둔 채 환생하여 되찾게 하였다. 이 소리였다.

당연히 미아는 모든 사실을 리리가 직접 남겨둔 그녀의 일기장을 보고 알아냈다. 전생의 자신이 환생할 자신에게 남겨둔 진실들을.

"잘 이해했네."

"아니…… 난 조금도 이해가 되질 않는데."

리리는 한숨을 푹 내쉰 뒤 지끈거리는 이마를 짚으며 말을 이었다.

"처음부터 그냥 그런 퀘스트창을 띄워줬으면 되는 거잖아. 내가 뭐 하러 이런 짓을 해야 하나 고민할 필요도 없이, 모든 대륙의 주인을 되찾아주지 않으면 침략을 견디지 못하고 멸망하게 될 것이다. 그냥 이렇게만 알려줬어도 뒤늦게 후회하는 일은 없었을 거 아니야."

"나도 그 이유는 모르겠어. 그렇게 따지면 나도 처음부터 「전생의 너 자신을 만나 상황의 위험성을 경고하고, 전쟁이 일어나기 전의 과거 카슈토 월드로 돌아가 침략을 막아라.」라고 했으면 간단했을 일인데 그렇게 하지 않았어. 그저 방향을 제시하고, 그 길을 따라가 하나씩 알아내게 만들었지."

"아니, 왜? 도대체 왜?"

"궁금하면 신에게 직접 물어보든가. 언젠가 나도 추측해보았는데, 뭐 그런 게 아닌가 싶어. 신은 자신의 세계에 관여해선 안 된다……라든가?"

리리는 미아의 말에 눈을 찌푸렸다. 확 와닿지는 않으나 그럴듯하게 느껴지긴 했다. 이 세계에 신탁이 없는 것도 그렇고, 생각해보면 전쟁이 일어나자마자 신이 개입해 막아설 수도 있는데 그러지 못하고 굳이 누군가를 통해 대신 해결하게 하는 걸 보아

함부로 움직이지 못하는 처지인 걸 수도 있었다.

"직접적으로 개입할 수 없으니 퀘스트를 통해 간접적으로 움직이게 한다, 이건가. 그게 무엇 때문인지는 알려주지 않고."

"가능성 있지?"

"그렇긴 한데……."

리리는 더 생각하기도 싫다는 듯 고개를 저었다. 답이 나오질 않는 걸 계속 붙잡고 있을 정도로 시간이 남아돌진 않았다.

"왜 하필 환생이야? 시간을 되돌린다거나 할 수는 없었던 거야?"

"그건 너 자신에게 물어봐야지. 어때, 시간을 되돌릴 수 있겠어?"

미아의 되물음에 리리는 입을 다물었다. 없었다. 그런 주술이 있을 리가 없었다. 시간은 전적으로 신의 영역이었으므로.

그에 미아는 역시 그럴 줄 알았다는 듯 고개를 끄덕거렸다.

"여신 또한 실패한 채로 그냥 두고 싶지 않았던 게 아닐까. 그래서 다시 태어나서라도 모든 과오를 되돌리겠다는 네 애원과 부탁을 받아들이고, 그렇게 다시 태어난 나, 즉 성녀님의 환생에게 게임 시스템이라는 걸 통해 과거로 거슬러 올라갈 수 있게끔 장치를 설치해둔 거지……. 난 그렇게 추측하고 있어."

그래도 이해가 되지 않는 것이 너무 많았다.

왜 환생이었을까. 과거로 돌아와 이런 얘기를 해줄 수 있는 게 자신밖에 없는 걸까.

어째서 그런 괴로운 길을 택해야만 했을까.

"근데 왜 미래의 카슈토 월드로 떨어진 거야? 어차피 날 만나러 올 거라면 미래의 멜비스 월드에서 시작했으면 될 일 아닌가. 그러면 덜 고생했을 텐데."

"그야 침략을 대비하는 것만이 중요한 게 아니니까. 침략을 못 하도록 막는 것도 해야 하잖아."

"그러면 나도 그랬어야 하는 거 아니야? 왜 나는 대비만 시키는데?"

"아니야. 너도 그랬댔어."

"……응?"

리리가 그게 무슨 소리냐는 듯 눈을 동그랗게 뜨자 미아는 답이 나오질 않는다는 듯 고개를 저었다.

"그러게, 왜 게임 인트로를 건너뛴 건데? 일기장 끝 부분에서 내내 후회하더라. 그걸 봤어야 하는 건데. 그랬어야 하는 건데."

"그게 왜? 뭐 중요한 내용이라도 있었대?"

"적어도 네가 어디 출신의 누구이고, 무엇 때문에 이곳으로 보내지게 된 건지 정도는 알려줬겠지."

"내 몸이 어디 출신인지는 나도 알아. 카슈토 월드잖아."

"그래, 맞아. 근데 왜 카슈토 월드에서 태어난 네가 여기서 자라게 된 건지는 알아? 그런 몸에 한국에서 태어나고 자란 정신이 깃들게 된 건?"

"……아니, 몰라."

계속 궁금했다. 왜 육체도, 정신도 각각 다른 세계에서 오게 된 건지.

리리가 마른침을 꿀꺽 삼키며 긴장하자 미아는 턱을 괴며 한숨 섞인 목소리로 대답해주었다.

"나와 똑같겠지. 멜비스 월드의 문제점을 해결하고 카슈토 월드로 넘어가 왕좌를 찬탈한 뒤 침략을 막는 거. 그러기 위해선 양쪽 다 아끼는, 혹은 어느 쪽도 상관이 없는 중립적인 성향과 가치관이 필요할 테고."

미아의 말에 리리의 입이 떡 벌어졌다. 그녀는 자신이 뭘 잘못 들었나 싶어 고개를 갸웃하며 귀에 손을 가져다 댔다.

"뭐라고? 다시 말해줄래?"

"설마, 몰랐던 거야?"

"뭘? 카슈토 월드로 넘어가야 했다는 거?"

"아니. 네가 ……정확히는 네 몸이 그곳의 유일한 적통 후계자, 즉 황녀라는 거."

하, 하하, 하하하……. 리리의 입에서 어이없는 웃음이 흘러나왔다.

그녀는 눈은 전혀 웃지 않은 채로 입만 벌려 하하하 한참을 그렇게 웃었다.

그러나 미아가 조금도 재밌지 않다는 양 정색하고 바라보는 탓에 계속 그러고 있을 순 없었다.

상대방의 반응을 보아 농담이나 장난이 아닌 진심이라는 것만 같은데, 갈수록 기가 막히고 솜털이 비죽 설 만큼 충격적이니 이쯤 되어선 생각하는 걸 아예 관두고 싶은 심정이었다.

리리는 속 깊은 곳에서부터 숨을 끌어 올린 뒤 오래도록 한숨을 내쉬었다. 간신히 정신을 부여잡고 있는 상태로 물었다.

"내 몸이 거기 황녀면, 난 어떻게 되는 거야? 원래 세계로 돌아가서 왕관을 써야 한다는 거야?"

미아는 그게 무슨 소리냐는 듯 되물었다.

"아니? 왕관은 내가 쓸 건데?"

"……뭐?"

리리는 웃는 것도, 우는 것도 아닌 일그러진 얼굴로 가까스로 말을 덧붙였다.

"방금 당신이 그랬잖아. 이곳의 문제점을 해결하고 거기로 넘어간 뒤 왕좌를 찬탈해야 한다고. 그러려고 육체도, 정신도 따로 놀았다고, 분명 방금 그렇게 말했는데."

"맞아. 근데 잊고 있는 게 있나 본데, 나도 너야. 우린 같은 운명이라고. 왜냐, 네가 못 한 걸 다시 해내기 위해 다시 태어난 게 나니까."

리리는 찬물을 뒤집어쓴 듯, 혹은 머리를 망치로 얻어맞은 듯 눈을 크게 뜨곤 굳어버렸다. 드디어 엉켜 있던 실타래가 조금씩 풀리는 기분마저 들고 있었다.

"내가 못 한 걸 다시 하려고 당신이 태어났다고?"

"그래. 어차피 처음부터 말이 안 되는 거였어. 어떻게 한 사람이 두 몫을 해내느냔 말이지. 넌 그냥 여기나 신경 써. 거긴 내가 알아서 할게. 가서 싹 밀어버리고, 여기 정복하겠다며 헛된 꿈이나 꾸고 있는 놈들 다 잡아 족쳐야지. 그러려고 과거로 돌아온 거니까."

미아는 생각만으로 즐겁다는 양 히죽히죽 웃었다. 워낙 풍기는 분위기나 생김새가 신비롭고 야릇해서 그마저도 유혹적이었으나 눈빛만큼은 사나웠다.

"……그럼 나는?"

"너는 혹시 모르니 대비를 해둬야겠지? 내가 얼마나 걸릴지 모르잖아. 왕위를 찬탈하기도 전에 침략해버릴 수도 있다고. 그러니 얼른 모든 주인을 깨우고 혹시 모를 전쟁에 대비하는 게 좋겠지. 나약한 데다 겁쟁이이기까지 한 사람들을 단단히 교육도 하고."

그래도 나름대로 황녀라는데, 그냥 여기서 그런 것만 하고 있어도 되는 걸까? 그런 생각이 들었지만 고개를 저어 냉큼 털어냈다. 출생이니 뭐니 그런 거 다 필요 없었다. 그런 거 없이 잘만 살았고, 궁금하긴 했지만 이렇게 엄청나길 바란 건 아니었고, 오히려 황녀니까 함께 돌아가자 했으면 더 끔찍했을 거였다.

"……그래. 나는 그냥 여기 남아서 내게 주어진 퀘스트나 어떻게든 해결해볼게."

이미 그것만으로도 벅찼다. 그냥 퀘스트를 포기해버릴까, 뭐 하러 굳이 그걸 하려 아등바등해야 하는 거지 하고 생각하던 그녀에게 「그걸 해내지 못하면 세계가 멸망해버린다.」라는 짐까지 안겨주었으니 말이다.

"전쟁이라니……. 멸망이라니……."

이렇게 평화로운 세계에선 영원히 쓰이지 않을 단어라고 생각했다. 검술학원 같은 것도 있었지만 그저 남학생들은 기사가 되기 위해서이거나 폼이 나서, 여학생들은 호신용일 뿐이었고 그만큼 열정적이거나 실용적이지도 않았다.

그런데도 그걸 별로 신경 쓰지 않았던 건 전쟁이 일어날 리가 없다는 믿음 때문이었다. 어차피 평화로우니까, 호신용 정도면 충분하다고 생각하는 것이다.

그래서일까. 이렇게 중요하고도 끔찍한 얘기를 들었는데도 실감이 나질 않았다. 다른 나라 얘기인 것만 같았다.

"믿기지 않아. 상상도 되지 않아. 이 세계에 그런 무서운 일이 벌어진다고?"

"그렇게 천하 태평하니까 결국 침략도 못 막아내고 멸망한 거겠지."

알 만하다는 얼굴로 혀를 찬 미아가 충격받은 리리에게 말을 더 날렸다.

"그래놓곤 뒤늦게 후회해선 나까지 고생하게 만들고……."

"……어차피 나라며. 내가 사서 또 고생하는 건데 뭐 하러 날 탓해?"

"그건 맞지만, 고생을 네가 하니? 내가 하지. 난 이제 카슈토 월드 가서 또 한바탕 미쳐 날뛰어야 하거든? 전쟁을 일으키기 전에 싹 밀어버려야 한다고."

"……미안."

결국 리리는 사과를 할 수밖에 없었다. 자신이 바보처럼 천하 태평하다가 퀘스트도 시간 안에 못 끝내고 결국 환생한 자신에게 짐을 떠안긴 셈이니 입이 열 개라도 할 말이 없었다. 차라리 퀘스트에 시간제한이라도 걸어놓든가.

"거긴 어땠어? 전쟁 이후의 센테르라든가……."

"나는 그나마 많이 복구된 후의 센테르만을 봐서 정확히는 모르겠는데, 근데도 처참하더라. 나라가 암흑으로 뒤덮이며 괴물이나 마물이 서식하기 좋은 환경이 되었고, 사람은 많이 죽거나 다쳐서 이곳처럼 밝은 얼굴은 보기가 힘들었고, 아직도 괴물이 차지해 사람은 발도 들일 수 없는 숲이나 마을도 제법 남아 있었고……. 아, 과거에는 센테르가 한 나라라며? 내가 있던 미래는 조각조각 분열되어선 서로 싸웠어. 괴물도 없고, 그나마 풍요로운 땅을 차지하려고."

절로 침음이 흘렀다. 이렇게 아름다운 세계가 괴물과 마물로 인해 처참하게 짓밟히다니.

"하필 침략당한 후로 제대로 된 황제도 나타나지 못해서 더 많이 망가졌던 모양이더라."

"아…… 그렇지……. 지금의 황태자는 천자의 그릇이 아니니까."

"난 그런 것까진 잘 모르겠고, 차라리 그냥 네가 왕관을 쓰는 건 어때? 어차피 나름 황녀고 이 세계 출신이 아닐 뿐, 너라면 막강한 능력치도 지니고 있을 테니 침략당했을 때 제법 빠르게 대처하고 사람들을 부릴 텐데."

"아니. 그건 절대 싫은데."

리리가 정색하고 대꾸하는데도 미아는 미련을 버리지 못하고 다시금 말했다.

"너와 내가 두 세계의 여제가 되어버리면 꽤 재밌을 것 같았는데…… 한 사람이 두 세계를 다스린다니, 유쾌하잖아?"

"아니, 전혀. 조금도 재미없고 안 유쾌해."

"그래? 네가 그렇다면야……."

아쉽다는 표정으로 입맛을 다시는 미아가 리리로선 이해가 되질 않았다. 그 길고도 충격적인 얘기를 굳이 요약하자면 앞에 있는 미아가 자신과 같은 영혼이라는 건데, 아직도 믿기지가 않을 정도로 두 사람은 너무 달랐다.

외모는 자세히 비교해보면 닮은 것도 같은데, 분위기 등이 너무 달라서 하나하나 따지지 않는 한은 자매로도 보이지 않을 듯했고 성격이나 취향도 완전히 동떨어져 있었다. 그야 리리는 저렇게 야하며 불편하고 화려해서 사람들의 시선을 끄는 옷이나 장신구는 딱 질색이었으니까.

어디 그뿐인가. 귀찮은 걸 딱 싫어하는 자신과 달리 미아는 그런 거에 연연하지 않는 것 같았다. 오히려 즐기는 듯 보였다. 카슈토 월드로 넘어가 자신을 반대하고 침략을 준비하는 이들을 싹 쓸어버리고 여제가 되어야 한다니 그렇게 끔찍한 일이 또 없는데 미아는 생각만으로 흥분된다는 표정을 지었다.

"아무리 봐도 당신과 나는 닮은 구석이라곤 없어 보이는데."

"왜 그렇게 생각해?"

"그냥…… 취향도 성격도 다르잖아. 내 환생이라니, 믿기지 않아."

"그래 봤자 살아온 방식의 차이 정도겠지."

미아는 뭘 그런 걸 어렵게 생각하느냐는 듯 나른하게 눈을 내리뜨며 대수롭지 않은 투로 말했다.

"만약 전혀 다른 게임 속으로 들어간 또 다른 내가 있으면 우리 둘과는 또 다른 모습일걸."

듣고 보니 그럴싸해서 리리는 잠시 당황했다. 따지자면 이곳에 오기 전의 리리와 게임 속으로 떨어진 후의 리리 역시 다른 사람이라고 해도 될 정도로 다른 모습이기는 했다. 부정적이고 무기력했던 그때와 자신만만하고 화려한 삶을 사는 지금을 어찌 비교할 수 있을까.

"너는 육성시뮬레이션 게임 시스템이라며? 지금껏 별다른 고난이나 역경 없이 가족의 사랑을 받으며 알콩달콩 성장했을 텐데 당연히 안정적인 생활을 중요시하겠지."

"별다른 고난이나 역경이 없다니⋯⋯."

리리는 욱한 목소리로 되받아쳤다. 자신도 여태껏 이만큼 성장하느라 얼마나 고생했는데! 자신의 고생을 알콩달콩이라는 표현 따위로 별것 아닌 취급을 해버리는 게 기분 나빴다. 그러는 자신은 뭐 얼마나 커다란 고난이나 역경을 겪어왔길래?

거기까지 생각하던 리리는 미아의 말에서 의아한 점 하나를 깨달을 수 있었다.

"⋯⋯당신은 육성시뮬레이션 게임이 아니라는 뜻이야?"

"아, 내가 말 안 했나?"

만약 다른 게임이라면 말이 달라졌다. 예를 들어 모험이나 대결 등을 통해 레벨을 올리는 게임이라든가 혹은 전쟁 게임이라든가⋯⋯.

대답을 해주려는 듯 입을 벌렸던 미아가 왜인지 그대로 잠시 멈추었다. 이내 그녀는 몸을 일으키며 말을 돌렸다.

"계속 여기서 대화나 주고받을 거야? 나는 곧 이 세계를 떠야 한다고. 그전에 침략을 받기 전 센테르는 어떤 모습이었는지 잠깐이라도 구경해보고 싶어."

리리는 덩달아 일어났다.

미아의 마음도 이해가 안 되는 바는 아니지만 그래도 자신은 그냥 여기서 조용히 대화나 나누고 싶었다. 그야 미아는 너무 눈에 띄었고, 바깥에 나가면 몰려드는 사람 때문에 골치 아플 것 같았으니까.

일어서니 쭉 뻗은 다리가 더욱 눈길을 사로잡아 리리는 골치가 아파졌다. 이곳에선 보기 드물 뿐 아니라 거의 속옷만 입고 돌아다니는 수준이었다.

"그러면 나가기 전에 옷부터 어떻게 좀 하자."

"옷? 내 옷이 뭐가 어때서?"

"어떻긴. 정말 몰라서 물어?"

"난 좋은데. 다른 옷 불편해서 못 입어. 이 옷은 그냥 평범한 옷이 아니라고."

리리는 그게 무슨 소리냐는 듯 쳐다보았지만 미아는 어깨를 으쓱하며 밖으로 나가버렸다. 리리는 제멋대로인 저 여자가 어떻게 자신의 환생이냐는 의문이 다시금 떠오를 수밖에 없었다.

막막했지만 어쩔 건가. 결국 미아의 뒤를 따라나온 리리가 그녀의 곁에 서며 물었다.

"평범한 옷이 아니면? 주술이라도 걸려 있는 거야?"

"비슷해. 일단은 기본 착장이잖아."

기본 착장? 리리에게서 의문을 읽어낸 미아가 오히려 의아하다는 듯한 얼굴로 물었다.

"넌 없었어? 처음부터 입고 있던 옷…… 아. 육성시뮬레이션이지. 성장해야 하니까 같은 옷만 입을 수는 없겠네."

그제야 미아의 말뜻을 이해할 수가 있었다. 기본 착장. 처음 게임을 시작해서 캐릭터를 설정할 때부터 입고 있던 옷.

"근데 처음 시작할 때 받는 옷이면 옵션이 별로지 않나."

"이 옷은 옵션이랄 게 아예 없어."

"뭐야. 그러면 차라리 다른 주술이 걸린 옷을 사서 입는 게 낫잖아."

"물론. 아무 옵션도 없지만…… 이보다 더 편리하고 유용할 수 없지."

바깥으로 나오자 오가던 사람들의 시선이 단번에 집중되었다. 밤이었고, 온통 술집뿐인 주변은 혼잡했건만 놀랍게도 주변이 갑자기 멈춘 듯 조용해졌다.

"봐. 얼마나 쓸 만해?"

"……뭐?"

미아는 사람들의 시선이 아주 익숙하다는 듯 아무렇지 않게 인파 사이로 끼어들었다. 시선이 따라붙는 것은 매력 수치가 900대에 이르렀을 때 질릴 만큼 겪었으나 불편한 건 어쩔 수가 없었다. 정확히는 미아에게 따라붙는 시선임에도 그랬다.

리리는 제법 걸음이 빠른 미아의 속도에 맞추느라 재빨리 따라붙으며 물었다.

"사람들이 쳐다보는 걸 즐겨?"

"딱히 그런 건 아니지만. 굳이 내가 먼저 나설 필요가 없으니까."

"아, 뭐라는 거야."

알아들을 수 없는 소리만 해대는 통에 리리의 목소리에 짜증이 스몄다. 그에 미아가 우뚝 걸음을 멈추더니 그녀를 바라보았다. 바로 멈추지 못하고 몇 걸음 앞서 나갔던 리리가 도로 돌아와 섰다.

"사람들, 특히 남자들의 호의와 환심을 사기 좋은 옷차림이니까, 나에게는 아주 유용한 옷이라고. 나는 미연시 여자주인공이었거든."

리리는 선뜻 이해가 되지 않아 잠시 멍한 표정을 지었다. 미연시? 오랜만에 듣는 단어의 뜻이 무언지 머릿속을 뒤져보아야만 했다. 굳이 그럴 필요 없었지만.

"미소년 연애시뮬레이션. 잘난 남자들을 꼬셔서 호감을 얻어내고, 애정이 깊어질수록 더 중요한 정보나 아이템을 얻는 게임이었다고. 이제 이해했니?"

너무 놀라 눈이 동그래진 리리를 두고 미아가 다시금 걸음을 옮겼다. 한참을 그 자리에 오도카니 서 있던 리리가 뒤늦게 그녀의 뒤로 따라붙었다.

"여, 연애? 연애시뮬레이션이라고?"

"그래."

"남자들을 막 이렇게 저렇게…… 막 선택지를 이렇게 저렇게…… 그거?"

"잘 아네."

"어째서 나는 육성시뮬인데 너는 연애시뮬이야?"

딱히 부러운 건 아니었지만 자신보다는 편했겠다는 생각이 그녀를 지배했다. 그야 그냥 남자만 꼬시면 되는 일 아니던가. 저 정도 외모에 저런 옷차림……. 그래, 미아의 말을 충분히 이해했다. 저런 옷차림의 미녀가 유혹하면 안 넘어가고 배길 남자가 없을 테니.

그렇게 남자를 유혹해서 정보를 얻기만 하면 된다니, 얼마나 쉬운가.

어느새 술집 골목을 빠져나와 빈민가를 두리번거리며 "여기가 축복을 받았다던 그 마을인가?" 감상하던 미아가 여전히 이곳저곳을 둘러보며 말했다.

"내가 게임 속에 들어가기 전에…… 그러니까, 그냥 평범하게 게임을 할 때 말이야. 화면 속 남자들을 보며…… 왜 현실엔 저런 남자가 없을까, 저런 남자랑 찐하게 연애해보고 싶다, 뭐 이런 생각을 했던 것 같거든? 근데 여신께서 내 소원을 들어주신 거지."

무슨 그런 황당한 이유로…… 거기까지 생각했던 리리가 갑자기 등골이 서늘해지는 걸 느꼈다.

자신은 어땠더라? 8년 전이라 가물가물하지만, 이 세상에 오기 전에 마지막으로 했던 게임이 바로 육성시뮬레이션 게임이 아니었던가? 그 게임을 하면서 게임 속 딸을 부러워했던 것도 같다. 능력치를 눈으로 확인하며 직접 올리고 내릴 수 있다면 얼마나 편리할까…… 하고 잠시 상상했던 것도 같다.

"……에이, 설마."

"정말이라니까? 근데 내 소망을 너무 정확하게 들어주시는 바람에 고생깨나 했지. 정말 힘들었어. 그냥 연애만 하면 되는 줄 알았는데, 하필 19세 성인용 미연시 게임 시스템을 주셔서는…… 웬만큼 진하지가 않으면 안 되더라고."

"……."

"힘든 걸 감히 꼽기도 어려울 만큼 다양한 고생을 죽어라 했지만…… 그것도 순위에 들 만큼 힘든 점 중 하나였지……."

아련한 눈빛을 하던 미아가 다시금 걸음을 뗴었다. 그녀의 목적지는 빈민가와 가까운 시장이었다.

리리는 더는 받을 충격이 없을 거라 믿었건만, 19세에서 무너져 아득해진 정신을 수습하느라 바로 따라가지 못했다.

"성인용……."

"그래. 근데 유혹해야 할 남자가 너무 많았다고. 일단 최소가 다섯 명이었으니까. 내가 안 힘들고 배겼겠니?"

"다섯 명……."

"너도 마찬가지잖아. 동서남북에 중앙까지. 다만 너는 주인만 되찾아주면 되는 거고, 나는 거기서 그들을 꼬시기까지 해서 각각의 힘을 빌린 후 과거로 와 너를 만나야 했던 거고. 여신께선 과거로 돌아갈 수 있는 입구만을 만들어놓고, 막상 거기에 힘을 불어놓는 건 각 대륙의 주인과 나로 정해놓았거든."

"……힘들었겠다."

"힘들었지……."

미아는 말끝을 흐리며 고개를 끄덕였다. 리리는 왠지 모를 죄책감을 느꼈다. 어쨌든 그녀가 그런 게임 속에서 난감한 일들을 겪어야 했던 게 바로 자신 때문이라니까.

"그래도 재밌었어. 적성에 꽤 맞기도 했고."

우후후, 웃음을 흘리는 미아 덕분에 죄책감은 짧았다.

"근데 만약 내가 주인을 모두 깨우고, 너는 침략을 막아낸다면…… 넌 어떻게 되는 거야? 미래에서 과거로 온 거라며. 과거가 바뀐다면 네가 사라지지 않나?"

"그것까진 생각 못 해봤는데. 뭐, 그럴 수도 있겠다."

"……대책 없네."

"그런가. 근데 어쨌든 난 지금 존재하고 있잖아. 여제가 되어 카슈토를 다스린다면 그냥 나는 카슈토의 여제일 뿐이잖아? 과거가 바뀌면 물론 미래도 바뀌겠지만, 어쨌든 나는 현재를 살고 있으니까 뭐 달라질 건 없지 않을까."

"듣고 보니 그런 것도 같고…… 그럼 너는 미래로 돌아갈 생각이 없는 거야?"

"일단은. 여기서 카슈토 월드를 제패한다면 굳이 미래로 돌아갈 필요도 없고, 사실 돌아갈 방법도 몰라. 미래로 돌아가라는 퀘스트가 열리지 않는 한은 계속 여기서 살아야 할걸? 그나저나 나는 할 얘기 다 한 것 같은데…… 여기까지 고생해서 온 나를 위해 관광을 도와주지 않을래?"

그리 말하며 찡긋 웃는 미아인지라, 리리는 차마 거절할 수가 없었다. 두 사람은 가는 길목마다 이목을 집중시키며 짧은 시간 내 알찬 관광을 이어갔다. 아마 시간이 조금만 더 있었다면 리리에게 관광 도우미 스킬이 생겼을지 모를 일이었다.

───※────

두 사람은 해가 뜨기 전까지 센테르를 비롯한 세계 곳곳을 돌아다녔다. 미아는 전혀 다른 모습의 멜비스 월드에 놀라움을 금치 못했다.

리리 역시도 미아가 이야기해주는 미래의 센테르가 신기해 시간 가는 줄 모르고 그녀의 얘기를 들었다.

자신이 살던 한국과는 다른 미래의 한국과, 역시 지금과는 완전히 다른 모습의 센테르, 전운이 감도는 각각의 나라들 얘기는 물론이고, 아마도 라이의 후손일 서쪽 사막의 제왕과 각각의 비슷하지만 전혀 다른 주인들 얘기도 들었다.

같은 핏줄, 같은 능력을 타고난 주인들임에도 하나같이 다른 개성을 지니고 있었다.

"서쪽 주인이 이마안큼 키가 크고 우락부락하다니, 영 안 믿기네. 지금의 백호는 요만하고 복슬복슬 사랑스럽게 생겼는데."

"아직 덜 커서 그런 거 아니고?"

미아의 말에 리리는 다 성장해선 근육쟁이에 험상궂은 인상으로 변한 라이를 상상해보았다가 황급히 고개를 저었다. 생각도 하고 싶지 않았다. 그럴 바에는 영원히 어린아이의 모습이었으면 좋겠다.

"아, 좋지 않아. 그런 얼굴로 누나 누나 부르면서 나한테 안긴다면 아무리 라이라도 나는 조금 무서울 것 같아."

리리가 기겁하며 고개를 젓자 미아는 픽 웃었다.

"그러면 적당히 잘 키워봐."

"그래야지……."

퀘스트가 중요하다는 걸 알게 되었음에도 여전히 라이는 천천히 커주었으면 하는 작은 소망이 남아 있었다. 특히 미아 얘기를 들은 지금은 더더욱. 생각해보면 사막에 있던 수인족들이 하나같이 험악한 인상과 한 덩치를 자랑했던 것도 같았기에 걱정이 커졌다.

"그리고 마하엔스 주인은 계속 환생을 거듭하는 거였다니…… 그래서 카아네스는 부모님이 없었던 거구나."

미아 덕분에 알게 된 놀라운 사실이 하나 더 있었으니, 마하엔스의 주인은 핏줄로 이어지는 것이 아닌 환생이 반복되는 영생이라는 점이었다.

죽으면 흙이 되어 사라지는 일반적인 사람과 달리 마하엔스의 주인은 재가 되어 사라지는데, 그 잿더미에서 다시금 불씨가 피어나 도로 주인으로 태어난다고 했다. 믿기지 않는 전설과도 같은 얘기였다.

"그래, 맞아. 그냥 평범한 환생도 아니지. 과거로 돌아가 환생을 하기도 하니까. 그래서 그 나라는 무척 좁고 교류가 없음에도 안정적이게 발전을 할 수 있었다고 해. 과거로 환생한 주인이 희미하게나마 남아 있던 기억을 더듬어 미래를 예지하는 신탁을 대대로 물려주기를 반복했으니까."

"어떻게 그게 가능할 수가 있어? 시간을 거슬러 환생한다니?"

"그거는 나도 몰라. 마하엔스 주인만이 가진 특색이라고 추측하는 수밖에."

결국 특별한 능력을 지닌 이방인이 섬을 구해줄 것이라는 신탁도 미래에서 환생한 주인의 기억 속에 남아 있던 걸 토대로 물려준 귀중한 재산이었던 셈이다.

"아버지이자 아들이라니. 조금 무섭다."

그 밖에도 더 많은 얘기를 듣고, 그녀가 몰랐던 것들을 더 캐물었다. 앞으로 벌어지게 될 미래에 대해서도 알고 싶은 게 많았지만 미아에겐 시간이 많지 않았다. 붉은 달이 지기 전에 가야만 했기 때문이다.

본래 카슈토에서 태어나고 자란 그녀의 육체인 데다가 애초에 그곳에서 시작해 퀘스트 진행을 위해 어쩔 수 없이 센테르로 넘어왔다는 특이 사항 때문에 그녀에겐 세계를 넘나드는 특수한 문과 같은 물건이 있었다.

리리도 조금은 탐나는 물건이 아닐 수 없었다. 그것만 있으면 언제든지 그 세계로 넘어와 돈 될 만한 특이한 물건들을 훔쳐 올 텐데. 어쩌면 생활에 아주 편리한 것들이 있을지도 몰랐다. 당장 세계를 넘나드는 주술이 걸린 물건처럼 말이다.

아예 오가는 사람이 없는 사막으로 이동해 온 리리는 거센 모래바람 때문에 잘 뜨이지 않는 눈을 억지로 떠가며 미아를 바라보았다. 둘이 같은 영혼이라는 것이 거짓은 아닌지 짧은 시간 함께했음에도 헤어짐이 아쉬웠다. 너무도 편안하고 즐거운 시간이었다.

"지금 가면…… 우리가 또 볼 일은 없겠지?"

아무리 미아가 미래로 돌아가지 않는 한은 같은 시간 속에서 살아간다지만 공간은 전혀 달랐기에 두 사람이 다시 만나기는 힘들 터였다. 아쉬움이 절절 묻어나는 리리와 달리 미아는 깔끔한 말투로 답했다.

"그렇겠지. 아무리 빨리 장악한다 해도 두 세계의 시차 때문에 여기로 돌아오면 오랜 시간이 흐른 후일 테니까."

"네가 그 세계로 돌아가고 난 뒤로도 네 꿈을 꾸게 될까?"

"그건 나도 모르겠네. 왜, 내가 보고 싶을 것 같아?"

미아가 샐쭉하게 웃고, 리리는 멋쩍어져선 괜히 발끝으로 모래를 툭툭 걷어찼다. 보고 싶다는 감정까지는 아니더라도 많이 궁금할 것 같았다. 같은 곳에서 태어나 다른 게임 시스템을 가지고 이 세계로 넘어온 자신의 환생. 어디서 무얼 하고 있을지, 퀘스트는 잘 해결했을지 종종 생각할 터였다.

"뀄으면 좋겠다. 네 일기장과 네 흔적들을 찾아다니면서 어떤 사람일까, 실제로는 어떤 성격일까 늘 궁금했는데. 이렇게 잠깐 보고 가려니 괜히 섭섭하네. 꿈에서라도 네가 잘 지내는지 보고 싶어."

표현을 잘하지 못하는 리리와 달리 미아는 굉장히 솔직한 성격이었다. 그녀의 직설적인 말에 리리는 괜히 민망해져 얼른 가라며 손을 휘둘렀다.

"늦었다며. 빨리 가."

"쑥스러워하기는."

미아는 킥킥 웃었다. 듣기로는 이곳의 사막보다 더 메마르다던 카슈토 월드에서 생활했던 기간이 제법 길어서인지 리리와 달리 하르빌 모래 바람 따윈 아무렇지도 않아 했다. 그녀는 지니고 있던 목걸이를 바닥에 내려놓곤 주문을 외웠다. 검은색과 붉은색, 흰색이 섞인 묘한 빛이 목걸이에서 시작되어 점점 몸집을 키워 갔다.

빛 폭풍 때문인지 목걸이 주변으로 모래가 움푹 파일 정도로 거센 바람이 불고, 리리는 팔로 모래를 막아내며 고개를 들지 못했다. 차차 바람이 잦아들었을 때, 목걸이 위에는 사람 한 명이 오갈 정도의 입구가 떠 있었다.

조금 잦아들었다지만 여전히 바람이 거센 편이었고, 리리는 휘날리는 머리카락과 면사를 잡으며 흐릿하게 눈을 떴다. 마치 그곳에만 구멍이 난 듯 다른 풍경이 펼쳐져 있었다. 온통 새카만 세상. 간혹 붉은색과 농도가 다른 검은색이 보였지만 분간하기 어려울 정도로 어두웠다. 무척이나 음산한 공기가 문 너머로도 느껴졌다.

피 냄새와 비슷한 비릿한 냄새도 진하게 맡아졌다. 그곳의 하늘은 찢어질 듯한 굉음이 연이어 울리며 번쩍거렸다. 이곳과는 너무나 다른 분위기였다.

게다가 너무도 추워서 리리는 사막 한가운데에 서 있는데도 하얀 입김이 뿜어져 나왔다. 이곳과 달리 해가 무척 작고 얼마 뜨지 않아서라고 했다.

조금 더 자세히 보고 싶어 걸음을 옮기는데 미아가 막아섰다.

"네 냄새를 맡고 마물이 몰려올 수도 있어. 지금의 네게선 빛 밖에는 느껴지지 않으니까."

"아……."

미아의 경고에 리리는 도로 뒤로 물러났다. 그러곤 너무 경황이 없어 잊고 있던 중요한 사실을 이제야 떠올리곤 다급히 물었다.

"근데 나는 저 세계에서 태어난 황녀라고 하지 않았어? 왜 내 주술력은 빛이지?"

"그러게?"

미아도 이상하긴 하다는 듯 리리를 괜히 살폈다.

"그런 내용은 일기장에도 적혀 있지 않았어. 그래서 나도 궁금했단 말이야. 어째서 어둠에서 태어난 황녀가 빛의 신성력을 지니게 된 건지……. 만나면 꼭 물어보고 싶었는데, 암흑 주술은 아예 못 쓰는 거야?"

"응. 성력 외엔 무속성 주술이 끝이니까."

"정말 신기해……."

미아는 혼잣말을 중얼거리곤 고개를 돌려 문을 바라보았다. 공간을 잇는 주술이 약해지고 있는 모양인지 가장자리가 흔들거렸다.

"가봐야겠다."

"응…… 잘…… 가……."

리리는 말을 제대로 못 잇고 어물거렸다. 미아가 성큼성큼 다가와 그녀를 꼭 끌어안았기 때문이다.

"이 세계에서 고생 많았어. 저쪽 세계는 나한테 맡기고, 너는 네가 사랑하는 사람들이랑 행복한 삶을 누리도록 해. 후회도 하지 말고, 고통스러운 환생도 택하지 말고."

미아의 말에 리리는 멍한 표정을 지었다. 미아는 그런 리리에게 빙긋 웃어준 뒤 무언가를 꺼내 손에 들려주었다. 낡아버린 그녀의 일기장이었다.

"이 미래는 더는 찾아오지 않을 테니까. 그럼 갈게. 짧은 시간이었지만, 즐거웠어. 내 전생."

미아는 리리의 뺨에 입을 맞춘 뒤 환히 웃으며 문으로 향했다. 리리는 어설프게 손을 따라 흔들어주는 게 고작이었다.

그녀가 문 너머로 사라지고, 마치 모든 것을 빨아들일 듯 거센 바람이 한차례 몰아치더니 문도, 목걸이도, 그녀도 온데간데없이 사라졌다. 리리는 너무 얼떨떨해 눈 뜬 채 꿈을 꾼 기분이었다.

"폭풍 같은 여자가 폭풍처럼 가버렸네."

그 말 말곤 표현할 길이 없었다. 그녀가 해내지 못한 퀘스트를 마저 끝내기 위해 미래에서 왔다던 미아. 리리는 그녀가 주고 간 자신의 낡은 일기장을 내려다보았다.

너무 짧은 시간, 많은 얘기를 나누어야 해서 제대로 파악하기 힘들었던 일들이 아마 거기에 다 적혀 있을 터였다.

고개를 젖히고 날이 밝아오는 하늘을 올려다보았다. 붉은 달도 서서히 저물고 있었다.

❧

리리는 한동안 신전에서 사나 싶더니 돌아온 뒤로는 바깥출입을 하지 않은 채 저택 내에만 틀어박혀 있었다. 그렇다고 해서 젤라나 라이가 리리의 얼굴을 내내 볼 수 있었느냐 하면 그것도 아니었다. 식사하거나 라이를 교육하는 것 외에는 하루 대부분의 시간을 자신의 방에서 보냈기 때문이다.

오늘 역시 몇 시간가량을 쥐 죽은 듯이 방에서 보낸 리리가 지친 얼굴로 방문을 열고 복도로 나왔다. 팔랑, 문에 붙어 있던 종이가 반동을 이기지 못하고 바닥으로 떨어졌다. 리리는 「문」이라는 센테르어로 적힌 종이를 주워 도로 문에 붙여주었다.

복도에도 그와 같은 종이가 빼곡히 붙어 있었다.

「벽」, 「바닥」, 「그림」, 「꽃병」과도 같은 글자가 안 그래도 길고 긴 일기를 읽느라 지친 리리에게 더한 피로감을 안겨주었으나 가만히 내버려두었다.

단정한 글자와 삐뚤빼뚤한 글자, 거기에 더해 그림인지 글씨인지 구별이 안 되는 어린아이의 글자까지 같은 단어가 반복되어 여기저기 붙어 있는 건 바로 라이가 글자 공부를 열심히 하고 있다는 증거였기 때문이다.

계단도 다를 건 없었다. 「계단」, 「한 칸」, 「두 칸」…… 덕지덕지 붙어 있는 쪽지들을 지나쳐 「주방」이라고 적힌 곳으로 들어와 「물컵」이라는 글자가 붙은 물건을 들고 「물」을 따랐다. 꿀꺽꿀꺽 시원한 물이 목으로 넘어가자 조금이나마 머릿속이 개운해지는 느낌이었다.

그제야 리리는 다른 것에 관심을 돌릴 수가 있었다. 주방에서 무엇을 했던 건지 무척이나 어수선하다든가, 집 안이 무척 조용하다든가 그런 것들이었다.

한창 궁금한 게 많아진 라이에게 끌려가다시피 산책이라도 나간 모양이었다.

말문이 조금씩 트이기 시작하는 라이는 안 그래도 많던 호기심이 더욱 많아져 주변 이들을 달달 볶는 중이었다. 이게 뭐냐는 듯 손가락으로 여기저기 가리키고, 알아듣기 힘든 어눌한 발음으로 연신 좋알거리며 제대로 된 반응을 요구하기 일쑤였다.

지치지도 않고 더 다양한 것을 알고 싶어 하는 라이의 교육에 의외로 다리우스가 큰 도움을 주고 있었다. 그는 오랜 시간을 홀로 얼음성에서 보낸 이답게 무지막지한 인내심을 가지고 있었고, 라이의 반복되는 물음이나 산책쯤은 귀엽다는 듯이 응해주었다.

페레로가에 온 뒤로도 대부분의 시간을 마치 명상하듯이 소파에 앉아 멍 때리는 그였으니, 오히려 심심할 틈이 없는 지금이 더 즐거워 보이기도 했다. 문제는 다리우스가 심히 적은 단어만을 사용해 말하는 과묵하고 무뚝뚝한 남자라는 점이었고, 그 점은 감정이 풍부한 젤리가 보완해주려고 애를 썼다.

리리 또한 무척 정신없고 피로한 상태였지만 빼먹지 않고 하루에도 몇 번씩 라이와 대화하는 시간을 가졌다. 아마 지금 산책하러 나간 라이가 돌아오면 가장 먼저 리리에게 달려와 거기서 뭘 봤고, 뭘 배웠는지에 대해 더듬더듬 떠들 터였다.

고작 라이 입이 하나 덜해졌다고 요란하던 집 안이 조용한 게 퍽 낯설었다. 리리는 물컵을 든 채 거실로 나가 「의자」라고 적힌 소파에 털썩 앉았다. 해가 길게 들어와 온통 환했다.

"하아…… 중요한 건 웬만큼 다 정리한 것 같은데……."

그녀는 간만에 팽팽 돌아간 머리가 고통을 호소하는 듯이 땅겨오는 뒷목을 꾹꾹 주물렀다. 미아가 주고 간 일기장은 순서에 상관없이 엉망진창으로 섞여 있었고, 그마저도 군데군데 얼룩이 지거나 부스러지거나 찢겨져 알아보기 힘든 글자투성이였다.

그걸 시간 순으로 정리하고, 잘려나간 부분을 추측해내고, 새로운 수첩에 다시 써 내려가기를 한참. 이제야 끝이 보였다.

"왜 사람을 이렇게까지 고생시키는 거야, 대체가. 그냥 기도에 응하면 그만 아니냐고."

리리의 투덜거림에는 그럴만한 이유가 있었다. 미아가 돌아간 뒤로 이 믿기지 않는 이야기와 두 세계에서 벌어질 처참한 전쟁에 대해 더 확실한 정보를 얻기 위해 신전에서 계속 여신을 불러 보았지만 아무런 대답이 없었기 때문이다.

매해 신년 기도를 올렸을 때도 마찬가지였다. 8년 전, 딱 한 번 여신과 대화를 나눈 이후로 더는 그녀의 기도에 응하지 않았다. 이번에는 특히 간절하게 멜비스 여신이든 카슈토 여신이든 누구든 상관없으니 나타나 진실을 알려주었으면 했는데…….

하여간 기도가 소용없다는 걸 깨닫곤 일기장에 매달렸다. 그렇게 웬만큼 복원한 후 마치 시험공부를 하듯 단어 하나하나까지 의미를 부여해 해석한 결과, 미아의 말은 다 사실이며 오히려 그녀는 상황의 위험성을 축소해서 말해준 거였다는 사실을 알게 되었다.

리리는 아이템창에서 요약을 적어둔 종이를 꺼내 심각한 눈으로 미래의 자신이 한 행동을 다시금 읽어보았다.

1. 동쪽 퀘스트를 해결하는 것까진 성공했으나 중앙은 포기했다.

2. 그로 인해 중앙은 여태까지 그랬던 것처럼 지금의 천자 한 명에게 의지하는 꼴이 되었고, 그는 나이를 먹을수록 점점 나약해졌다.

3. 어느 날 갑자기 하늘에서 마물이 쏟아져 내리고, 대륙을 순식간에 집어삼켰다.

4. 모두들 힘을 합쳐 대항해보았지만 그 수가 너무 많았으며 광포했고, 공격이나 방어 주술을 거의 익히지 않은 센테르의 주술사들이 상대할 수준이 아니었다.

5. 천자의 서거. 센테르는 주인을 잃고, 주술사들은 주술을 사용할 수 없게 되었다. 암흑 속성 주술사와 신성 주술사를 제하고. 그나마도 신성 주술사는 가진 바 능력을 전부 사용할 수 있는 것도 아니었다. 뒤덮인 어둠 때문에 너무도 부족해진 빛 탓이었다.

6. 라스피 황태자가 천자의 뒤를 이었으나 소용이 없었고, 이미 센테르 전체가 집단 공황에 빠진 상태. 무리를 이탈하거나 명령을 거역하는 자들이 나오기 시작하며 방어선이 무너졌다. 제멋대로 무리를 이끄는 이들도 생기며 센테르 내에 각자의 방어선을 따로 구축하는 집단이 늘어났다.

7. 로쉐와 리리, 젤리와 다리우스 등이 최전방에서 적들과 싸우고는 있었으나 적의 수가 너무 많아 그들만으로는 턱없이 부족했다.

추측일 뿐이지만, 당시 라이는 어린아이의 모습이어서 전투에 내보내지 않았던 것 같다.

게다가 아스더가 황궁을 찾아갔던 것도 같은데, 라스피가 천자의 유물을 내어주지 않은 모양이다.

8. 너무 많은 사람이 죽고 다쳐서 고작 두 사람의 신성 주술로는 모두를 치료해줄 수 없었다. 다들 지쳐만 갔다. 해치우고 또 해치워도 적은 끝이 없었고, 그럴수록 전의를 잃어갔다. 센테르뿐 아니라 사막도, 바다도, 섬도 사정은 같았다. 마치 한 몸처럼 움직이는 마물을 상대하기란 벅찬 일이었다.

9. 만약 모든 대륙에 주인이 제대로 있었다면, 모두들 힘을 합쳐 제대로 대응했다면 이렇게까지 타격을 입고 회생 불능이 되지는 않았을 거라는 생각이 들었고, 미래의 나는 주어진 진정한 퀘스트를 깨닫게 된다.

10. 결국 미래의 나는 각각의 주인들과 로쉐, 젤리까지 한자리에 모아 금단의 주술을 시행하게 된다. 미래의 나는 가진

모든 힘을 동원하여 페레로가 전체를 봉인하기에 이른다. 마
치 아이템창처럼 시간이 흐르지 않는 페레로가에 이 모든 사
태를 적어둔 일기장을 두고, 그녀는 죽음을 맞이하기로 한다.

일기는 거기서 끝이 나 있었다. 그녀가 죽은 후의 일들은 상상
하는 수밖에 없었는데, 리리가 바라는 행복한 결말은 아닐 테니
그다지 생각하고 싶지 않았다.

하여간 그렇게 남은 일기장은 먼 훗날 그나마 평화를 되찾은
시점에서 페레로가에 침입한 산도둑들로 인해 세상에 나오게 되
었고, 봉인된 저택을 나옴과 동시에 시간을 되찾으며 차차 낡기
시작했다. 전쟁을 치르면서 과거의 물건은 거의 사라지게 되었는
데 그나마 상태가 좋은 페레로가의 물건들이 비싼 값에 거래되
며 세상 여기저기로 퍼졌다. 미아가 퀘스트를 통해 그것들을 모
아 일기장을 손에 넣은 모양이었다.

한국어로 적힌 일기장을 해석할 수 있는 건 오로지 환생하여
다시 멜비스 월드를 찾아온 한국인인 자신뿐이었다.

문제는 모든 일기가 그대로 남아 있는 게 아니며 그마저도 자
세하지 않아 대부분을 추측해야 한다는 점이었으니…….

"시간을 거스를 수는 없으니 하는 수없이 차선책으로 이곳만
멈추어둔 걸까?"

이해할 수 없는 부분이 너무 많았다. 아무래도 미아가 찾지 못했거나 적어두지 않은 빈 부분이 있는 것 같았다. 이 모든 것을 확신하고 실행에 옮기기까지의 과정이 **빠졌다**는 느낌이 강하게 들었다.

"일반적으로 퀘스트를 실패하게 되면 어찌 되더라……."

조금 더 돌아가고 복잡해질 수도 있지만 기회를 다시금 주는 경우. 아예 실패로 간주하고 그 시점에서 게임이 끝나버리는 경우. 대부분 둘 중 하나일 터였다.

리리의 경우에는 게임이 끝나버린 셈이었다. 죽음을 택했으니까.

"그리고 게임이 끝나면, 처음부터 다시 시작할 수가 있지."

새로운 캐릭터를 만들고, 다시 처음부터 차근차근 성장시키면 되었다. 과거의 경험을 양분 삼아 같은 실수를 반복하지 않도록 노력하며. 혹시 일기장의 그녀도 이런 생각을 했던 건 아닐까.

어쨌든 처음 이 세계로 들어오게 된 입구가 게임이었으니, 굳이 따지자면 리리는 「여신이 만든 세계」에서 「여신의 퀘스트」를 따라 움직이는 「여신이 구축한 게임 시스템에 얽매여 있는 캐릭터」나 다름없었다.

그러니 그 캐릭터가 실패하여 죽음에 이르렀으면, 캐릭터를 재생성하여 다시금 진행하게 하는 것 또한 여신의 선택이었다.

여신은 곧 침략당해 멸망하고 말 이 세계를 구하기 위해 복잡하고도 난해한 상황을 만들어가면서까지 리리를 불러들였는데,

두 번이라고 못 할까. 만약 또 캐릭터를 생성한다면 그전의 실패를 참고해 이번에는 반드시 성공으로 이끌 퀘스트와 시스템을 부여할 테지.

"그게 연애시뮬레이션 게임 속으로 들어왔다던 미아였고 말이야."

어떤 시스템과 어떤 퀘스트인지는 정확히 알 수 없으나, 결국 미아는 시간을 역행해 자신을 만나러 오는 데 성공했다. 그 과정이 전부 퀘스트에 속해 있었다면, 신의 힘으로 과거로 돌아오는 건 문제없었을 터였다. 퀘스트에 필요하다던 리리의 호칭처럼 전부 미리 준비해놓았을 테니까.

심각한 얼굴로 생각하던 리리는 머리를 감싸 쥐며 끙끙 앓는 소리를 냈다. 어차피 이건 모두 추측일 뿐이고, 신에게 직접 듣지 않는 한 진실을 알 방법은 없었다. 그러니 모두 쓸모없는 생각이라는 건데 앞뒤가 딱 맞아떨어지지 않으니 자꾸만 파고들고 있었다.

요약한 종이를 도로 아이템창에 넣은 리리는 결심했다는 양 고개를 번쩍 들어 올렸다.

"그래. 이 생각들이 다 무슨 소용이야. 어쨌든 중요한 건 최대한 빠른 시일 안에 퀘스트를 마쳐야 한다는 건데."

퀘스트를 실패하면 일기장에 적힌 미래가 닥쳐올 것이요, 성공한다면 평화로운 미래를 맞이할 터이니.

다른 건 다 제쳐놓고 우선 퀘스트를 성공시킬 방법부터 생각해내야만 했다.

"내가 세계를 지키는 용사의 운명을 타고난 줄은 꿈에도 생각 못 했지만, 하여간 내게 이 세계가 달려 있다는 거니까…… 해봐야지. 근데 어떻게?"

보아하니 동쪽 퀘스트보다도 중앙 퀘스트가 우선이며 훨씬 중요했다. 천자가 굳건해야 주술사들이 주술을 못 쓰는 최악의 사태가 벌어지지 않을 테니까.

"근데 그건 내 힘만으로는 불가능하잖아. 아스더가 천자의 그릇이 맞는지 확인할 수도 없고, 설사 맞다 한들 천자 자리에 강제로 앉힐 수도 없는 노릇이고."

이쯤 되니 차라리 미아가 부러웠다. 그냥 힘으로 싹 쓸어버리고 자기가 원하는 왕을 그 자리에 앉히는 거라면 이렇게 답답하고 어렵진 않았을 텐데. 복잡하게 머리 쓰는 걸 싫어하고 강한 게 최고라던 카슈토 월드의 가치관이 새삼 부러워지고 있었다.

모든 주인을 깨우고, 모두 한뜻이 되어 침략에 대비해야 할 텐데 주인을 깨우는 것 자체가 난항이니 큰일이었다.

혼자 이리저리 고민하던 리리는 답이 나오지 않는 상황에 결국 몸을 일으켰다. 머리를 맞대면 뭔가 기발한 생각이 떠오를지도 모를 노릇이었고, 그 맞댈 머리를 지닌 사람은 딱 한 명밖에 없었다.

"혹시 또 무슨 일 생긴 거냐, 리리."

바로 로쉐였다.

"아빠도 참. 제가 무슨 일 생길 때만 아빠 찾아오는 줄 알겠어요."

잔뜩 긴장한 얼굴로 굳어 있는 로쉐에게 애교 섞인 목소리로 말하니 그의 얼굴이 눈에 띄게 풀렸다. 그에 리리는 어색한 미소를 흘릴 수밖에 없었다.

어쩌나. 근래 로쉐를 찾아왔던 이유가 하나같이 무슨 일이 생겨서였고, 이번도 마찬가지인걸.

"식사는 하셨어요? 뭐라도 드실래요?"

우선 로쉐의 컨디션이라도 조금 회복할 목적으로 먹을 것도 챙기고, 로쉐의 등 뒤로 가 어깨도 주무르고 하려니 밝아졌던 로쉐의 얼굴이 다시금 어두워졌다.

"……또 무슨 일 있는 모양이구나."

"하하…… 하…… 죄송해요, 아빠."

"아니다. 네가 고생인걸. 이번엔 무슨 일이지?"

리리는 자신 못지않게 골머리를 앓느라 초췌해진 로쉐에게 자신이 알아낸 것들을 빠짐없이 털어놓았다. 요약하자면 얼마 지나지 않아 마물의 침략을 받게 될 거라는 얘기에 로쉐의 낯빛이 더욱 창백해지는 건 당연한 일이었다.

"침략이라니! 전쟁이라니!"

"이걸 알려준 게 그 쳐들어왔다던 세계 사람이라서 흐르는 시간이 달라 정확한 침략 날짜를 계산하기가 어렵다고 했어요. 일기장은 한 번에 몰아 쓰느라 이미 상황이 악화될 만큼 악화되었을 시점에 전쟁 얘기를 적어두었고요."

로쉐의 입에서 탄식이 흘러나왔다. 리리도 별반 다를 건 없었다. 전쟁이라는 단어를 떠올릴 때마다 너무도 막막해지는 심정이었다. 미아의 말로는 혹시 모를 일에 대비하여 미리 사람들을 단련시키는 게 좋을 거라 했는데, 과연 이 말을 믿어주는 이가 있기는 할까? 이리도 평화로운 세계에서 전쟁이라니, 아마 모두가 비웃을 터였다.

로쉐는 리리의 특이점을 알고 있는 사람이었기에 이리도 진지하게 생각해주는 거였고 말이다.

"이걸 어쩌면 좋으냐……."

"그러게요……."

"인제 와서 하는 얘기지만, 다른 세계가 존재한다는 걸 알았을 때 이미 그곳으로 가는 방법을 연구해본 적이 있었다. 그런데 불가능했지. 그 세계는 이곳보다 더욱 뛰어난 주술 실력과 몇 단계 올라선 지식을 가지고 있는 모양이구나."

그런 세계가 이곳을 침략한다면…… 그리 중얼거린 로쉐가 양손바닥으로 얼굴을 덮었다. 리리도 무어라 해줄 말이 없어 힘든 시선을 바닥으로 떨구었다.

일기를 통해 이 세계와 사람들이 얼마나 처참하게 짓밟혔는지 조금이나마 알 수 있었지만, 굳이 로쉐에게 그 사실을 알려줄 필요는 없었다. 게다가 이미 그도 웬만큼 짐작한 듯 보였으므로 더더욱.

"듣기로 그곳 사람들은 승부욕이 무척 강하다고 했어요. 성격도 불같이 사나우며 잔혹하다더군요. 태생이 그러하니 다른 것보다도 전투 쪽으로 더욱 발전되었을 수밖에요."

리리는 그렇게 말하면서 무심코 자신을 되돌아보게 되었다. 원래 그녀는 겁이 많고 도전을 즐기지 않는 성격이었던 것 같은데 리리로 살게 되며 많은 것이 변했다. 당시엔 환경이 변해서라고 생각했는데 인제 보니 꼭 그것만은 아니었던 모양이다.

단 한 번도 싸우거나 누군가를 때린 적이 없던 그녀가 유독 무투장을 즐겼던 것도, 싸울 때만큼은 잔뜩 흥분하여 아무 생각을 할 수 없고, 이기기라도 하는 날엔 벅찬 환희로 가득하였던 것도. 물론 대부분의 전투가 그럴 테지만 리리는 조금 유별날 정도로 몸이 뜨거워졌었다.

아무래도 그게 타고난 피 때문이었나 보다. 그리 생각하니 흥분하여 날뛰었던 것들이 이해가 되었다.

"정말 큰일이구나……."

"한번 떠볼 수는 없을까요? 예를 들어, 제1황자를 불러들여 천자의 그릇인지를 확인만 해본다든지……. 확실하기만 하다면 일단 물려주고 보는 거죠."

"우선 말을 꺼내보기는 하겠다. 그러나 천자가 과연 그리해주실지가 문제구나. 침략이나 전쟁 얘기를 꺼냈다가는 네 출생이나 네가 가진 특이점도 말해야만 될 것이 분명해……. 그건 조금 위험성이 클 텐데."

"그야…… 그렇죠."

"천자는 아직 버틸 수 있다고 생각하는 듯하니, 급한 일이 아니라고 가볍게 넘길 수도 있는 거다. 지금처럼 말이지."

리리의 입에서 앓는 소리가 튀어나왔다. 정말이지, 울고 싶은 심정이었다. 곧 전쟁이 일어날 거라는 걸 알면 뭐 하나. 그걸 말할 수가 없는데.

"게다가 천자를 설득한다 해도, 그자의 의사도 남아 있지 않느냐. 그자가 그걸 거부한다면 억지로 넘겨줄 수는 없는 일이니."

로쉐의 말이 맞았다. 천자가 허락한다 해도 아스더가 거부하면 아무 소용도 없었다. 자신의 어미를 처참히 살해하고, 자신마저 쫓아내어 힘겹게 살아야만 했는데 인제 와 궁으로 불러들인다? 그것도 필요해서?

"나라면 절대 안 갈 것 같네요. 이 세계가 망하든 말든. 아니, 차라리 망해버렸으면 좋겠네."

"……음. 과격한 표현이지만 공감한다. 나라도 그럴 테니까."

"역시 우리 아빠야."

"역시 내 딸이구나. 아빠를 빼닮았어."

두 사람은 서로를 마주 보며 후후 웃었다. 피는 섞이지 않았다지만 오랜 시간 깊은 교감을 해왔기 때문인지, 두 사람은 친부녀보다도 사이가 좋았으며 닮아 있었다.

"게다가 문제가 하나 더 남아 있지."

"……그렇죠."

바로 황후. 그녀가 절대 가만히 있지 않을 텐데, 과연 아스더가 궁에 발을 들일 수나 있을는지.

"만약 아스더가 천자라면, 황후의 신변에 큰 위협이 될 테니 말이죠."

"그래. 황후는 지금 천자가 가만히 있는 것만으로도 이미 불안한지, 라스피에게서 후손을 보는 걸 서두르기로 한 것 같다."

"네? 그게 무슨……."

자신이 숨어 있는데 후손이라니? 의아한 리리의 얼굴을 보며 로쉐가 설명해주었다.

"라스피의 마음을 돌리려는 건지, 아니면 무시하기로 한 건지 이네아 공작 영애를 궁으로 불러들였어. 근래 공작부인도 궁에 자주 드나드는 것 같더구나."

황후는 가장 안전하고 더욱 든든하게 자신을 보호할 뒷배를 선택한 모양이었다. 리리는 눈을 찌푸렸다. 안 그래도 힘들어 죽겠는데 공작까지 설치다니, 아무래도 자신을 말려 죽이려는 것 같았다.

"만약 정말로 라스피 황태자가 공작 영애와 혼인하게 되면, 공작가의 영향력이 더욱 강해지겠네요?"

"그렇겠지."

"그리고 공작가는 빈민가를 자신의 영지로 영입하려는 자고요?"

"그래. 황태자비까지 공작가에서 배출한다면, 귀족들 사이의 여론이 많이 바뀌겠지. 이미 그러고 있을 수도 있고."

"제가 힘들게 몰이한 여론인데 말이죠?"

리리의 얼굴이 점점 더 일그러졌다. 적성에도 맞지 않는 연회니 티파티니 참석하여 간신히 만들어둔 여론인데, 단지 황태자비가 될 수도 있다는 이유만으로 공작 쪽으로 많이 돌아선다면 억울해서 죽을 것만 같았다.

"그게 싫다고 제가 황태자랑 결혼할 수도 없는 노릇이고."

"절대 안 된다, 리리!"

"저도 절대 싫어요."

일기장을 통해 라스피 그 남자가 지배하는 센테르를 조금이나 엿보았다. 그건 지금과는 너무나 다른 모습이었다. 그는 리리의 예상대로 좋은 황제가 되기 힘든 이였다. 유약하며 자기중심적이고, 세상을 너무 모르며 특히 자신이 이끌고 보호해야 할 국민에 대한 이해도가 낮았다.

황궁 안에서 좋은 것만 보고 듣고 겪으며, 남들이 자신을 떠받드는 것에만 익숙한 그였으니 그럴 만도 했다.

"그렇다고 천자와 황후 사이를 어찌어찌 해볼 수도 없는 노릇이고요? 그러기엔 황후가 너무 악독한 짓을 저질렀고, 천자가 불쌍하니까."

"……그렇지."

"역시 방법은 하나뿐이네요?"

황태자가 후손을 보기 전에, 아스더를 천자의 자리에 앉히는 것.

리리는 물론이고 로쉐까지 망연자실했다. 아스더와의 관계를 회복하여 아이기와 천자에 대한 오해를 풀고, 이 사태의 중요성을 알린 후 천자의 그릇인지 확인한 다음 천자가 된다. 넘어야 할 산이 드높은 데다 너무 많기까지 해서, 엄두가 나질 않았다. 그런데도 움직여야 한다니.

"아무래도 여신께선 우리를 미워하는 것 같아요."

"……나도 같은 생각이다."

"우린 전생에 대체 무슨 잘못을 저지른 걸까요?"

"글쎄. 세계라도 팔아먹었나."

"아무래도 그런 것 같죠?"

두 사람은 동시에 한숨을 푹 내쉬었다. 한동안 적막만이 가득했다.

고민도 많고, 그저 막막하고 답답해서 무슨 말을 해야 할지 알 수 없었던 탓이다.

먼저 입을 연 것은 로쉐였다.

"나는 천자를 뵈러 가봐야겠구나."

"……늘 죄송해요, 아빠."

"아니다. 너도 고생이 많은걸. 어쩌면 나보다 더."

그리 말하며 리리의 어깨를 두어 번 도닥인 로쉐가 천자를 알현하기 위해 이동 주술을 사용했다. 리리는 잊고 있었지만 모처럼 주술각에서만 시간을 보낼 수 있는 날이었기에 로쉐의 출근에 천자는 조금 놀란 눈치였다.

"쉬는 날에는 내가 곧 죽는다고 해도 오지 않을 것처럼 굴더니, 무슨 일인가?"

"……폐하. 그렇지는 않습니다."

"아니긴 뭐가 아닌가. 전에는 안 그러더니 언젠가부터 약속을 정확히 지켜달라며 매섭게 굴더니."

로쉐는 아니라곤 말할 수가 없어 그냥 입을 다물었다. 주말에도 자꾸만 황궁으로 불려가 일을 하는 로쉐를 보고 리리가 이건 노동착취이며 노동조합이라도 만들어서 시위를 해야 한다고 방방 날뛰어댄 적이 있다. 그런 리리의 모습을 더는 보기가 힘들기도 하고, 또 리리의 말이 맞기도 한 것 같아 천자에게 여러 번 항의를 했더랬다.

그렇게 얻어낸 황금 같은 주말에 제 발로 입궁했으니 천자의 어이없음과 심기 불편함을 이해 못 하는 바는 아니었다.

로쉐의 침묵에 기막힌 웃음을 흘린 천자가 입을 열었다.

"뭐, 잘되었군. 안 그래도 그대에게 할 이야기가 있었으니, 이리 찾아온 김에 말하는 게 좋겠어."

이렇게 찾아온 걸 보아 로쉐가 긴히 할 말이 있으리라는 걸 알아차렸을 텐데도 굳이 자신이 먼저 말문을 떼는 것에 불길한 예감이 들었다. 그만큼 중요하거나, 혹은 아무 얘기도 듣고 싶지 않거나, 혹은 둘 모두이거나.

망설이던 로쉐가 고개를 숙이며 말했다.

"그게 무엇입니까, 폐하."

천자는 몸을 돌려 창밖을 내다보며 천천히 입을 열었다.

"아무래도, 지주를 깨우는 것이 좋겠다고 생각하던 참인데. 그대 생각은 어떠한가?"

"……네?"

"언제까지고 논란의 중심인 빈민가를 그리 내버려둘 수는 없는 노릇 아닌가. 슬슬 결정을 내려야겠지. 그러나 그런 곳을 나 혼자 독단적으로 결정한다면 반발이 있을 수도 있으니 지주에게 의견을 구해야겠어. 주술사들의 말대로 그곳에서 연구를 하면 뭐가 더 다를는지, 아니면 소문대로 정말로 성역인 건지, 또 다른 무언가가 있지는 않은지……. 지주라면 우리가 못 보는 걸 볼 수도 있지 않겠나?"

말투는 마치 로쉐와 상의를 하고 싶다는 듯했지만, 속뜻은 그렇지 않았다.

이미 그는 그렇게 마음을 정하였고, 그걸 로쉐에게 통보하는 중이었다. 지주를 불러들이라고 말이다.

속으로 한숨을 삼킨 로쉐가 가까스로 대답했다.

"……그리하겠습니다."

"그래. 굳이 더 지체할 필요는 없으니 빠른 시일 내에 지주와 마주했으면 좋겠군."

"바로 가보도록 하겠습니다."

그리 말하며 로쉐가 허리를 숙여 인사한 뒤 몸을 돌리자, 천자가 갑자기 생각났다는 듯 그를 불렀다.

"그런데. 그대도 무슨 할 말이 있어서 나를 찾아왔던 게 아닌가?"

어쩔까.

말을 꺼낼까, 말까. 갈등은 길지 않았다. 이어진 천자의 말 때문이었다.

"내 지금 속이 편치 않아서 말이야, 그게 좋은 얘기라면 듣고 싶지만 아니라면 조금 미루고 싶군."

역시 로쉐의 말을 듣고 싶지 않아 먼저 말문을 연 게 맞았다. 그 역시 머릿속이 복잡할 테니 중요치 않은 얘기라면 미룰 수 있을 때까지 미루고 싶을 만도 했다.

"급하지 않으니 다음에 말씀드리겠습니다, 폐하."

"그래. 그대의 뜻이 그러하다면야.

로쉐는 결국 목적을 이루지 못하고 도로 주술각으로 돌아와야만 했다. 오히려 짐만 더 짊어진 채였다.

어차피 언제 부르냐, 그 차이였을 뿐 언젠가는 지주를 깨우러 가야 했다. 빈민가를 두고 성역으로 지정해야 한다, 공작의 영지로 인정해야 한다는 두 의견 대립이 거세지면서 주술사들의 불안과 불만이 더욱 커졌기 때문이었다.

이미 각 지역의 각주들은 지주를 깨워야 한다고 입을 모았고, 로쉐를 압박하는 중이었다. 아직 천자께서 아무 말씀이 없으셔서⋯⋯라는 핑계로 애써 무시해왔지만 기어코 떨어졌다. 천자의 명령이.

더는 미룰 수도, 외면할 수도 없다는 생각에 걸음이 무거워졌다. 그럼에도 그의 발은 착실히 다련각의 계단을 오르고 있었다. 어떤 이동 주술도 사용이 불가하며 대대로 지주를 모시는 단 하나의 가문만이 드나드는 그곳으로 말이다.

천자의 명령이 있어야만 다련각 각주가 들어설 수 있는 그곳에 로쉐는 처음으로 발을 들이고 있었다. 물론 지주와의 면담이 처음인 건 아니었다. 지금으로부터 십 년도 전쯤, 황궁주술사도 다련각주도 아닌 그저 평범한 암흑 주술사에 지나지 않았을 때 만난 적이 있었으니까.

그때의 기억을 떠올리니 또 괴로워져 로쉐의 걸음이 멈칫거렸다. 이미 문 앞이었으나 차마 방 안으로 들어갈 자신이 없었다.

그래서 문 앞에서 한참을 망설이고 있을 때였다. 갑자기 문이 열리고 신비로운 향내가 물씬 풍겼다.

놀라 굳었던 로쉐는 설마 하는 생각에 마치 무언가에 이끌린 듯 천천히 방으로 들어섰다. 한 사람이 눕기에는 너무나 큰 침대 하나만이 덩그러니 놓여 있는 그곳에 한 여인이 앉아 있었다. 여인은 두 손을 가지런히 모으고 침대에 앉아 있었는데, 새카맣고 긴 머리카락은 하얀 이불 위에 드리워져 묘한 분위기를 더욱 도드라지게 했다.

태어나서 햇빛을 단 한 번도 보지 않은 양 창백할 정도로 흰 피부 위에 풍성한 검은 속눈썹이 감기어져 있었고, 붉은 입술 또한 단정하게 다물려 있었다. 온기라곤 전혀 느껴지지 않아 섬세하게 세공된 인형과도 같아 보였지만 자세히 살피면 미묘하게 가슴팍이 오르내리는 것이 보였다.

로쉐는 문을 연 것이 그녀라는 것이 믿기지 않았다. 잠든 것처럼 보였기 때문이다. 게다가 듣기로 지주는 중요한 일이 있지 않을 때면 하염없이 잠들어 있다고 했다. 얼마나 시간이 흐르든 간에, 무슨 일이 벌어지거나 누군가 자신을 깨우러 오지 않는 한은 마치 죽은 듯이 잠만 잔다고, 그리 들었는데⋯⋯.

검은 속눈썹이 파르르 떨리나 싶더니 서서히 들어 올려졌다. 그 속에 감추어져 있던 눈동자 역시 깊은 어둠과도 같은 새카만 색이었다. 우아하고도 서늘한 그 눈동자에 로쉐가 담겼다.

로쉐의 심장이 덜컥 주저앉았다.

그녀는 두어 번 눈을 깜빡거리더니 느릿하게 입술을 움직였다.

"……오랜만이야. 잘 지냈어?"

"……언제부터 일어나 계셨던 겁니까?"

"얼마 안 되었어."

그리 대답한 지주가 오랜 시간 누워만 있어 뻣뻣해진 몸을 가까스로 일으켰다. 놀란 로쉐가 가까이 다가가 부축하려 하자 그녀가 손을 들어 막았다. 곧 자세를 바로 한 그녀가 감정이라곤 조금도 묻어나지 않는 담담한 목소리로 말했다.

"아무래도, 내가 나서야 할 것 같아서 일어났는데…… 천자도 나를 찾았나 보지?"

"……네. 깨우라 명하셨습니다."

"거의 십 년 만인가."

"그렇습니다."

로쉐의 대답에 지주는 한 발, 한 발 조심스레 걸음을 옮겼다. 그 모습을 불안하게 지켜보던 로쉐도 체념하곤 그녀의 뒤를 따랐다. 조금 느릴 뿐, 흔들림이 거의 없는 걸음으로 계단을 내려서자 복도에 있던 주술사들이 놀란 얼굴로 그녀를 바라보았다. 곧 허둥지둥 허리를 숙이며 주술각의 실질적인 주인을 맞이했다.

황족의 능력인 지력을 제외한 모든 주술력을 지니고 있으며 센테르 내에서의 직위가 천자 다음으로 높고 그 얼굴을 본 이가 손으로 꼽힌다던 전설과도 같은 인물, 지주의 재림이었다.

❧

"아가씨? 왜 그러십니까?"

한창 가위질을 하던 리리의 손이 우뚝 멈추자 젤리가 의아한 목소리로 물었다. 리리는 저도 모르게 두리번거렸다. 왜 그러느냐는 듯 쳐다보는 젤리와 라이, 그녀가 뭘 어쩌고 있든 관심 따윈 없다는 양 가위질에 집중하는 다리우스가 보였다.

리리는 가위를 내려놓곤 손목으로 뒷목을 쓰다듬었다.

"아니, 방금…… 기분이 이상했는데."

"기분이요?"

"음, 뭐랄까…… 말로 표현을 못 하겠는데…… 그냥 갑자기 소름이 끼쳤다고 해야 하나."

"혹시 감기라도 걸리신 거 아닙니까?"

젤리는 화들짝 놀라며 리리의 이마를 손바닥으로 짚었다. 그러나 열이 날 리가 없었다.

스트레스 수치도 감당 가능한 수준이었고, 병에 걸렸다는 시스템창도 없었으며 애초에 리리의 몸 상태가 별로였다면 젤리가 먼저 알아차렸을 테니 말이다.

"아니, 아니, 몸이 아픈 건 아니야. 단지……."

리리가 무어라 말하면 좋을지 알 수 없어 머뭇거리다가 간신히 입을 뗐다.

"원래 내가 살던 세계에선 이런 느낌이 들면 뭐…… 「누가 내 욕을 하나 보다.」라든가 「귀신이 지나갔다.」라든가 「열려라, 차원의 문!」이라든가……. 하여간 그런 소리를 해대곤 했어. 여기선 뭐라고 표현해야 할까."

한순간에 적막이 찾아왔을 때의 그 느낌. 갑자기 주위 모든 것이 낯설게 느껴진다고 해야 할까. 혹은 미처 알아차리지 못했던 주변의 것들이 확 와닿는다든가. 하여간 표현하기 어려운 이상한 느낌이었기에 알아듣지 못하고 어리둥절해하는 젤리에게 더는 설명해줄 길이 없었다.

갑자기 이상하게 감각이 예민해졌던 것 같았다. 워낙 집중하고 있던 터라 정신을 확 차리며 그랬을 수도 있었다. 대수롭지 않게 여긴 리리는 아무것도 아니라며 젤리를 안심시키곤 마저 가위질하기 위해 가위를 들었다.

리리와 젤리, 라이와 다리우스는 리리가 시장에서 사 온 싸구려 동화책을 썩둑썩둑 오리는 중이었다.

작은 손으로 어설프게 가위질하는 라이나 커다란 손으로 몸을 잔뜩 구부린 채 가위질하는 다리우스나 모두들 한껏 집중한 채였다.

오려낸 사람 모형에는 끈을 매달았고, 풀이나 나무와 같은 것들은 커다란 상자에 덕지덕지 붙였다. 리리가 아이들을 집중시키고 더 쉽게 가르칠 때 애용하곤 했던 구연동화를 하기 위해서였다.

"웬만큼 다 된 것 같은데?"

대충 등장인물이 다 준비되자 리리는 상자 뒤로 가 종이 모형을 무대 위에 세웠다. 한 손에 하나씩 끈을 붙잡고 흔들자 종이 사람은 그럴듯하게 흔들거렸다.

"자, 그럼 시작할까요?"

리리가 유치원 선생님처럼 운율 있는 목소리로 말하자 젤리와 라이, 다리우스는 냉큼 상자 앞에 앉았다. 리리는 「다리우스는 왜…….」 하는 마음으로 그를 바라보았지만 막상 다리우스는 라이 못지않게 기대된다는 눈빛으로 알록달록하게 꾸민 상자를 바라보고 있었다.

아무리 오래 산 다리우스라도 이런 건 처음 보나 보다 싶어 굳이 타박하는 대신 내버려두었다.

자꾸 봐서 정이 든 것인지, 근래 젤리를 도와 라이를 잘 돌보는 게 예뻐서 그런지 전만큼 재수 없다거나 무섭지 않고 조금쯤 귀여운 구석도 보였다.

"옛날 먼 옛날, 호랑이가 신을 모실 적에 엘다라는 여자아이가 살았어요."

이곳의 동화는 대부분 신화에 대한 내용이었고, 그게 아니면 다른 지역에 전해 내려오는 전설과도 같은 이야기였다. 이번에 구연해줄 동화는 바로 사막의 전설이었다. 그곳에서 살던 라이였지만 막상 문화나 별의 길 같은 건 알지 못할 테니 재밌게 볼 것 같았다.

리리의 예상이 맞았는지 라이는 그녀의 이야기에 흠뻑 빠져들어 눈도 깜빡이지 않을 정도였다. 사실 여유롭게 구연동화나 하고 있을 때가 아니었지만, 이렇게 리리와 무언가를 하며 노는 걸 좋아하는 라이를 위해 없는 시간을 쪼개는 중이었다.

그러면서도 머릿속으로는 연신 어떻게 해야 이 막막한 퀘스트들을 무사히 완료할 수 있을까, 쉬지 않고 고민했다.

"……그렇게 소녀는 별을 따라 사막을 건너기 시작했어요. 사막에는 무서운 괴물도 있었고, 매서운 모래바람도 있었지만 소녀를 막을 순 없었지요. 그때였어요! 소녀의 앞에 괴물이 나타나 이렇게 외쳤어요! 크와앙! 요정의 만찬에서만 파는 떡 하나 주면 안 잡아먹지!"

아차. 리리는 저도 모르게 요정의 만찬을 광고하고 말았다. 학교에 강의를 나가거나 할 때 은근슬쩍 광고를 집어넣던 것이 버릇이 된 탓이었다.

직접적으로 말하기보다는 이런 식으로 간접적으로, 반복하여 노출하는 게 더욱 효과가 좋으니 말이다.

알게 모르게 세뇌당하거나 익숙해진 구매자가 「이왕 사려면 그걸 사는 게 낫지.」라든가 「얼마나 맛있으면 호랑이도 찾는 걸까?」라는 호기심을 유도하는 방법이었다. 꼭 물건에 한정된 것이 아니라 정치적인 목적으로도 많이 이용했다.

별생각 없이 구연동화를 이어가던 리리의 뇌리에 섬광처럼 번쩍 깃드는 게 있었다.

'……정치적인 목적?'

사람들의 인식을 바꾸기 위해 이미지 메이킹을 한다거나 각인시키고자 하는 정보를 반복해서 노출시키는 등 연예인은 물론이고 정치나 사업가 역시 광고 매체를 많이 이용하곤 했다. 그녀가 살던 곳에선 그것을 「언론플레이」라고 했다.

어디 그것뿐이던가. 책이나 영화, 드라마로도 제작했고 혹은 미담이라고 해서 사람들이 보고 겪은 긍정적인 이야기를 널리 퍼트리기도 했다.

리리의 눈이 동그랗게 뜨였다.

"……그래! 그렇게 하면 되겠다!"

좋은 생각이 떠오르는 바람에 그녀는 구연동화를 하다 말고 벌떡 몸을 일으켰다. 아스더의 오해도 풀고, 천자의 마음도 떠볼 수 있는 일거양득의 방법이었다.

"아가씨?"

"누나?"

"미안. 나 갑자기 중요한 볼일이 생각났어. 나머지는 갔다 와서 해줄게."

"우우웅……."

라이가 실망한 듯이 귀를 움직였다. 리리는 그런 라이의 머리카락을 마구 쓰다듬어주며 말했다.

"대신 하나 더 해줄게. 원하는 동화 골라봐!"

"……응!"

두 개라는 말에 라이의 귀가 도로 쫑긋 섰다. 라이는 곧장 동화책이 있는 방으로 달려가고, 그 뒤를 다리우스가 따랐다. 영락없는 보모였다.

리리는 젤리를 도와 주변을 대강 정리하고는 면사만을 챙겨 쓴 채 곧장 어디론가 향했다.

그녀가 다시금 모습을 드러낸 곳은 웬 복도였다. 그다지 넓지 않은 복도를 빠른 걸음으로 가로질렀다.

사람들의 접근을 막고자 서 있던 덩치 큰 남자 두 명이 리리를 알아보곤 길을 비켜주었다.

얼마 가지 않아 홀로 작업실에 앉아 악보와 씨름을 하는 여인을 찾아낼 수 있었다.

"리, 리리 양?"

처음 보았을 때는 금방에라도 쓰러질 것처럼, 혹은 울음을 터 트릴 것처럼 **빼빼** 마르고 퀭한 인상이었던 하이든 부인은 못 본 사이 더욱 살이 올라 이제는 통통하다는 생각이 들 정도였다. 양 **뺨**이 보기 좋게 포동포동해져선 제법 귀부인 같았다.

"오랜만이에요!"

"세, 세상에! 내가 지금 꿈을 꾸고 있는 걸까요? 리리 양이 내 눈앞에 있다니요! 이게 정말 현실인가요?"

"네, 현실이에요. 꿈 아니에요. **뺨**이라도 꼬집어줄까요?"

그러면서 **뺨** 꼬집는 시늉을 하자 하이든은 벅차오르다 못해 그렁그렁한 눈으로 리리를 바라보며 연신 "어머어머!"만 외치고 있었다.

오랜만이기는 했다. 18세를 맞이한 지 얼마 안 되었을 무렵 한 번 오고 그 뒤로 찾질 않았으니.

"몸이 좋지 않다는 이야기를 들었어요. 제가 얼마나 걱정했는 지 아시나요? 어디 한적한 곳으로 요양 간다는 말에 안부편지조 차 보내지 못하고 마음만 졸였다고요! 이제는 괜찮아지신 건가 요? 이렇게 움직여도 되는 거예요? 아! 우선 여기 앉아요."

속사포로 말을 내뱉은 하이든은 급하게 자신이 앉아 있던 의 자를 내어주었다.

리리는 얼결에 의자를 빼앗아 앉은 꼴이 되었다.

"난 괜찮아요."

"괜찮긴요! 메이다니 백작 부인께 얘기 다 들었다고요. 황궁에서 쓰러지셨다면서요. 어디가 어떻게 아프길래 그런 거예요?"

"이젠 많이 나았어요. 걱정하지 말아요."

"정말요? 여신께서 리리 양을 굽어살피셨나 보군요! 여신님, 감사합니다. 리리 양, 감사합니다."

리리는 어색한 웃음을 흘렸다.

여전히 광신도인 모양이었다. 그냥 두었다간 여신에 대한 찬양을 끝도 없이 펼칠 것만 같아 서둘러 그녀의 양손을 붙잡곤 진정시켰다.

"부인. 사실 아직 밖에 나가면 안 되는 몸이지만, 부인께 아주 중요한 제안을 하기 위해서 찾아왔어요. 내 얘기를 들어줘요."

"무, 무엇이죠? 리리 양의 제안이라면 무엇이든 받아들이겠어요!"

결연한 하이든의 대답에 리리는 빙긋 웃었다. 그러곤 자신이 생각한 것들을 하나하나 끄집어내기 시작했다. 그녀의 말이 이어질수록 "음.", "오.", "와!" 하고 점차 격한 호응으로 반응하던 하이든이 기어코 리리의 양손을 꼭 부여잡으며 흥분 가득한 목소리로 말했다.

"역시! 역시 리리 양! 어떻게 그런 생각을 하실 수가 있는 거죠? 여신의 축복을 받은 예술가답군요! 천재적이에요!"

"괜찮은 것 같아요?"

"괜찮고말고요! 아니, 완벽해요! 이렇게 슬프고도 아름다운 이야기는 처음 듣는답니다! 저는 아무리 머리를 쥐어짜도 생각해낼 수 없을 거예요. 그렇지 않아도 다음 작품을 고심하던 중이었는데, 이걸로 가죠!"

"아직 얘기 다 안 끝났는데……."

"더 들을 것도 없어요! 리리 양의 이야기에 저는 벌써 곡 하나가 떠올라버렸는걸요!"

그렇게 외친 하이든이 갑자기 악기를 꺼내 들더니 연주하기 시작했다.

아름다운 선율이었지만 듣는 이의 가슴이 먹먹해질 정도로 애처롭기도 했다.

가녀린 여인이 사랑을 노래하며 우는 것만 같았다.

"이런 느낌인데! 리리 양이 생각했던 분위기가 맞나요?"

"……네. 아니, 그보다 훨씬 아름다워요. 역시 부인은 천재예요. 여신께서 축복을 내린 건 내가 아니라 부인이에요."

"세상에! 그런 과찬을! 리리 양의 마음에 들었다니, 정말 기뻐요!"

리리야말로 기뻤다. 이렇게 뛰어난 이가 작업을 맡아주기로 했으니까.

"그럼 바로 작업 들어가죠. 저도 도울게요."

"리리 양과 함께라니! 좋아요!"

"세트장과 의상도 준비해야겠네요. 제가 만나서 원하는 분위기를 전할게요."

한껏 들떠선 벌써부터 곡을 써 내려가는 하이든을 두고, 리리는 세트장 담당인 폐안 선생을 만나러 갔다. 그 역시도 리리를 당황스럽게 했던 독설가였다는 사실이 믿기지 않을 만큼 상당히 유해져선 리리에게 협조적이었고, 대화는 길지 않았다.

그렇게 세트까지 얘기를 끝내고 남은 것은 의상과 장신구, 소품이었다. 장신구나 소품은 히로크 남작에게 맡길 거였으니 급하지 않았고, 가장 오래 걸리는 의상부터 주문하기 위해 아르미 양장점으로 이동했다.

그리고 그곳에서 예정에 없던 사람과 마주했다.

"어머나? 리리 여사를 이곳에서 뵙게 되다니 놀라운 우연이네요. 요양 마치고 돌아오셨다는 얘기는 듣지 못했는데…… 몸은 괜찮으신 건가요?"

타이란 후작 부인은 가재봉을 마친 드레스를 걸치고 거울 앞에서 이리저리 살피던 와중이었던지, 놀란 눈으로 리리를 바라보았다. 그래도 귀족 부인은 귀족 부인인지라 우아함을 잊지 않은 채였다.

"……오랜만입니다, 후작 부인."

"전보다 안색이 훨씬 나아졌군요. 요양이 효과가 있는 모양이에요. 우리가 얼마나 걱정했는지 모릅니다."

하필 이곳에서 이렇게 마주치다니. 리리는 안 그래도 바쁜데 시간을 더 잡아먹히겠다는 생각에 입꼬리가 씰룩거렸다. 그래도 애써 웃어 보이는 중이었다.

"드레스 가봉 중이셨나 봅니다. 제가 실례했네요."

"괜찮아요."

상냥하게 웃으며 말한 타이란 후작 부인이 두 사람을 힐끗힐 끗 훔쳐보던 아르미에게 말했다.

"리리 여사의 안부를 편히 묻고 싶은데……."

말뜻을 알아차린 아르미가 냉큼 허리를 숙이곤 자리를 피해주 었다. 리리는 자신이야말로 아르미에게 할 말이 많다며 따라 나 가고 싶은 걸 꾹 눌러 참으며 타이란 후작 부인에게 말했다.

"안부랄 것도 없었답니다. 공기 좋고, 물 좋은 곳에서 다 내려 놓고 쉬었을 뿐이니까요. 아직은 바깥 외출이 힘든 상태지만 급 한 볼일이 있어 잠시 들르게 되었습니다."

"걱정 말아요. 자세한 건 묻지 않을 테니."

타이란 후작 부인의 말에 리리는 뜨끔했다. 다정한 목소리와 미소였지만, 리리는 조금 무서워졌다. 사교계의 여왕이라더니 사 람 대하는 눈치가 웬만한 수준이 아닌 모양이었다.

'설마 황후도 눈치챘던 건 아니겠지?'

그녀를 피해 몸이 아파서 요양한다는 핑계로 잠적해버린 리리 를 알면서도 그냥 둔 거라면 그 속이 궁금하면서도 두려웠다.

"그저 하고 싶은 말이 있어요. 잠시 시간을 빼앗아도 괜찮을까요?"

"……물론이에요."

타이란 후작 부인도 오랜 시간 대화를 나누고 싶은 마음은 아닌 듯 보였다.

지금 가재봉한 드레스를 불편하게 걸친 상태였으니 그럴 만한 상황이 아니기도 했다.

"그렇지 않아도 리리 여사를 꼭 뵙고 싶었는데 이렇게 만나다니 운이 좋네요. 아무래도 여신께서 저를 살펴봐 주시나 봐요."

"물론이죠. 여신께선 늘 우리를 돌보아주시죠."

그저 한마디 보탰을 뿐인데 선교 스킬이 발동되었다는 시스템 창이 떠올랐다.

리리는 어이가 없어져 픽 웃었다.

"그런데 어쩌죠. 아무래도 저는 여신의 사랑에 보답할 수가 없을 것만 같은데. 자애로운 여신께서 이런 저를 용서해주실까요?"

느낌이 이상했다. 리리는 섣불리 묻는 대신 이왕 스킬이 발동된 김에 선교를 이어가보기로 했다.

"……여신께선 보답을 바라고 아낌없이 애정을 나누어 주시는 게 아닌걸요. 사랑으로 품어주실 거예요."

"리리 여사의 말대로 한결같은 여신의 사랑을 느끼게 된다면 기쁘련만……."

"정 마음이 불편하고 걱정된다면, 여신께 기도를 올려보는 것도 한 방법이에요. 여신께선 우리의 목소리에 귀 기울여주실 테니까요."

"그럴까요?"

"물론이죠."

"제가 아닌, 다른 사람을 위해 기도를 올려도 괜찮을까요?"

"어차피 여신께선 차별 없이 누구나 사랑하시니, 부인께서 대신 기도를 해도 자애롭게 들어주실 거예요. 근데…… 무슨 일이 있으신 건지 제가 여쭈어도 될까요?"

조심스럽게 묻자 어쩐지 슬픈 시선으로 거울을 바라보던 타이란 후작 부인이 힘겹게 입을 열었다.

"실은…… 제 남편께서 빈민가를 성역으로 지정해야 한다는 의견에 반대의 뜻을 품은 듯 보입니다."

"……네? 후작께서요?"

"여사께서도 아실지 모르겠지만, 이네아 공작 영애가 황태자비로 내정되었다는 소문이 들리면서 제 남편뿐 아니라 다른 귀족들마저 여신으로부터 등을 돌리고 있답니다. 이를 어쩌면 좋을지 모르겠습니다."

"아니, 어째서……."

"단도직입적으로 말씀드릴게요. 지금의 황후마마께선 천자의 애심을 잃으시어 그동안 이네아 공작가의 기세가 조금 주춤했었

답니다. 그런데 만일 공작 영애가 황태자비 자리에 앉는다면, 장차 황후가 되는 것은 시간문제일진대 태후와 황후를 등에 업은 공작가의 눈 밖에 나고 싶은 이가 어디 있겠습니까."

결국 정치적인 문제라는 소리였다. 아내가 빈민가를 성역으로 지정해야 한다고 목소리를 내보아도, 타이란 가문이 달린 일이니 후작은 고민할 수밖에 없었다.

"아무래도 후작께서는 이 사태의 중요성을 깊이 생각하지 않는 듯합니다. 당장 눈에 보이는 것에 더욱 무게를 두고 있어요. 제가 배움이 미약하여 여신의 사랑을 온전히 알려드리지 못한 탓입니다."

"부인께선 아무 잘못이 없어요. 사실 여신의 사랑은 지극히 당연하여 깨달음을 얻기 전에는 알아차리지 못하기 마련이니까요. 그저 우리가 먼저 깨달았을 뿐입니다."

"그런 걸까요? 후작께선 언제쯤 여신의 사랑을 느끼실까요. 혹, 리리 여사께서 말씀을 전해주신다면 쉽지 않을까, 근래 많은 고민을 했답니다."

결국, 자신의 남편에게 선교해달라는 말이었다.

"아직 몸도 성치 않으신 분께 제가 너무 무리한 부탁을 드리려는 거겠지요."

"그렇지 않습니다. 아직 제대로 눈을 뜨지 못한 후작께 여신의 숭고한 사랑을 보여드리고 싶군요."

타이란 후작 부인의 부탁이 아니더라도, 빈민가를 위해선 어쩔 수 없이 선교해야만 했다.

'이거 아무래도, 만나봐야 할 사람이 더 늘어난 것 같은데?'

리리는 안 그래도 바쁜 자신에게 일거리를 더 안겨준 후작에 대한 원망과 어떻게든 빈민가의 편에 서게 만들겠다는 다짐이 이글거리는 눈으로 타이란 후작 부인을 바라보았다. 그녀는 결의 가득한 리리의 눈빛에 흠칫 어깨를 떨며 고개를 돌렸다.

다음 권에서 이어집니다.